창녀정치 봇짐정치

정성태 정치 칼럼집

신세림

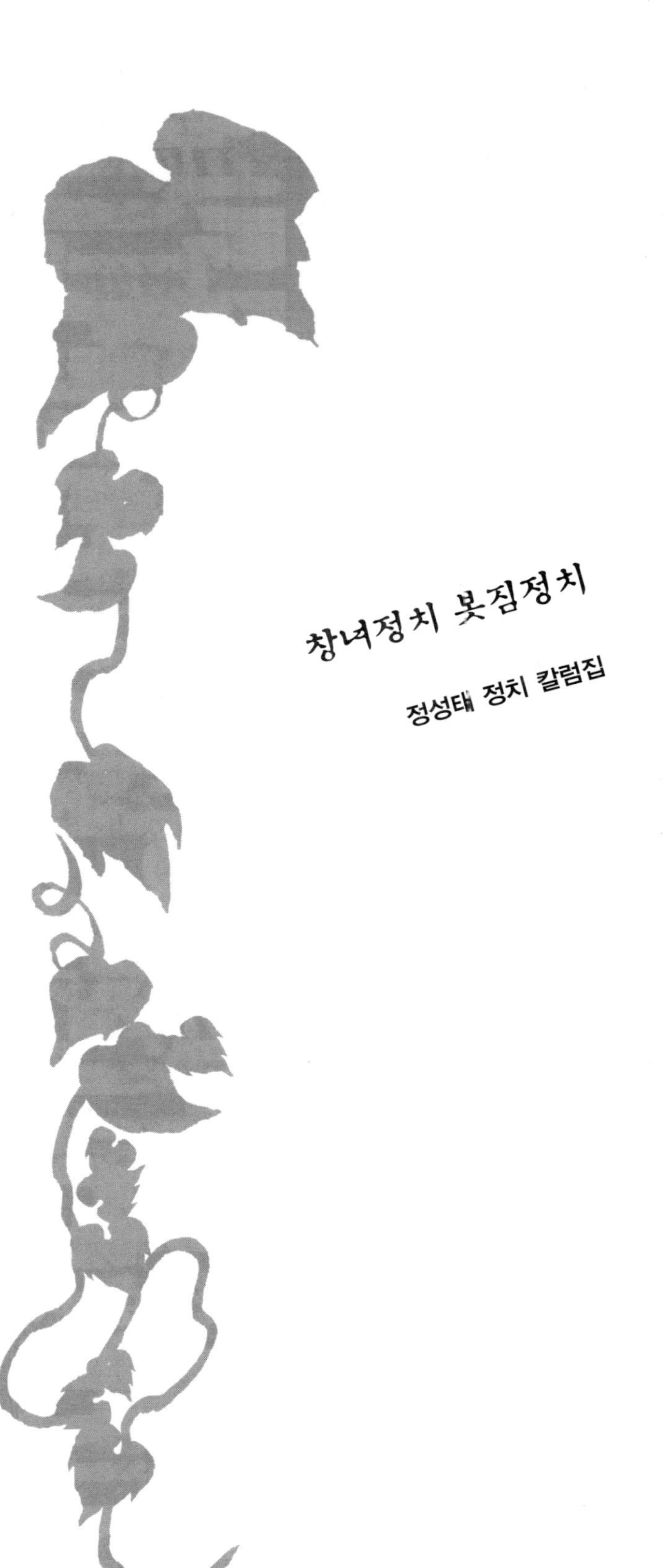

창녀정치 봇짐정치

정성태 정치 칼럼집

 # 서문

　정성태 님, 당신이 '황제와 나'라는 필명으로 인터넷 사이트를 종횡으로 누빌 때 내가 처음 만났지요. 그리고 그 후 어언 7년의 세월을 정성태 님과 함께 하고 있으니 참으로 빠르다면 빠른 세월입니다.

　하지만 그 세월 동안 정성태 님이나 내가 겪어야 했던 마음고생과 지난함을 생각해보면 참으로 긴 세월이기도 했지요. 그 세월 동안 정성태 님은 항상 나에게는 고마운 벗이자 동지였습니다. 어떤 때는 같이 울분을 토하고, 어느 때는 내가 의지 했던, 그래서 고마움을 느끼는…….

　그런데 오늘 새삼 정성태 님에게 더 깊은 동지애를 느낍니다. 2004년부터 2007년까지 당신이 썼던 글들 때문입니다. 그 세월은 중도개혁세력이 국민들에게 버림받는 과정이었지요. 노무현 대통령, 노무현 대통령의 권력과 함께 했던 분들이 개혁의 이름으로 개혁세력을 붕괴시키는 과정이었지요. 그 결과 오늘 우리는 외마디 비명조차 지르지 못한 채 보수의 이 압도적 승리를 지켜보아야만 했지요.

　그 시절, 정성태 님의 글은 어떻게든 개혁의 가치를 지켜내겠다는 외로운 깃발이었습니다. 어떻게든 개혁세력의 소멸을 막아보려는 애절한 외침이었고 어지러운 아우성이었습니다.

　하지만 오늘 정성태 님과 나의 다름도 보았습니다. 당신에게는 그 시절 나와 함께 했던 그 울분보다 더 깊고, 더 큰 세상에 대한 사랑이 있었습니다. 그리고 그 사랑을 실천하기 위한 천착도 있었습니다.

역사에 대한 깊은 이해와 미래에 대한 혜안을 바탕으로 지금 이 시대가 부딪치고 해결해야 할 문제들에 대한 정성태 님의 몸부림을 보면서 정치인이라면서도 제대로 된 해결책 하나를 내놓지 못하는 내가 부끄러웠습니다.

그래도 이번에 정성태 님의 글들이 한 권의 책으로 묶여져 출간된다니 반갑고 기쁩니다. 과거를 반성하고 미래를 개척하자는 통상적 기쁨은 아닙니다. 개혁세력을 자초하며 개혁세력을 몰락시켰던 그 시절. 그 황당하게 잘못된 권력에 대한 피 끓는 분노가 있었다는 것. 개혁세력의 붕괴를 막기 위한 애절한 노력이 있었다는 것. 무엇보다 함께 했던 그 분노와 분투, 그 애절한 노력에 대한 기록을 나의 벗, 나의 동지 정성태 님이 남겼기 때문입니다.

책이 출간되는 날, 그 날은 정성태 님과 밤새도록 통음이라도 해야겠습니다. 기다리겠습니다.

2008년 1월 30일 당신의 벗 김영환 드림

차례

차례

창녀정치 봇짐정치

대통령 자격상실자
노무현 탄핵을 촉구하며

노무현 대통령은 지난 대선에서 당선된 후 민주당의 자산과 부채를 승계하겠다고 국민 앞에서 엄숙히 약속한 바 있다. 그런데 정작 대통령에 취임하기 무섭게 자신을 낳아 준 정당을 온갖 모략으로 폄하하고 분열시킴으로써 헌정사상 초유의 철새대통령이 되었을 뿐만 아니라 그를 대통령으로 당선시켜 준 지지자 일반의 가슴에는 향후 무엇으로도 치유될 수 없는 대못을 두들겨 박았다. 이는 은혜를 원수로 돌려 갚은 파렴치한 배신행위이며 유권자에 대한 모독임과 동시에 범죄인 것이다.

분단민족사의 위대한 업적으로 평가 받고 있는 햇볕정책을 특검으로 난도질함으로써 진일보 되었던 남북협력과 평화공존의 역사적 성과를 후퇴시켰으며 아울러 지난 6.15 남북정상회담 3주년 기념식이 열리던 날에는 비가 오는데도 불구하고 골프 놀이를 즐김으로써 대통령의 반민족적 행태에 대해 전 국민적 분노를 산 바 있다.

부안방사선폐기장 부지 선정 과정에 있어서도 그 절차상의 철저한 비민주성과 그리고 해당 지역민을 돈으로 회유하려던 지극히 편의주의적 발상과 비열한 작태를 드러냄으로써 구시대적 정치행태를 그대로 연출하였다. 아울러 해당 지역민의 정당한 요구에 대한 폭압적 진압은 지난 군사독재 시절로의 회귀에 다름 아닌 것이었다.

명분과 국가적 실익이 전혀 없는 이라크 전투병 파병 그리고 외교란 명분으로 나라 밖에 나가 국치 외교를 자행한 점 아울러 유독 현충일을 택해 일본을 방문함으로써 국민적 자존에 먹칠을 한 행태는 대통령의 역사성과 철학 부재를 여실히 드러낸 것이었다.

노무현 대통령의 불법대선자금 규모가 지금까지 밝혀진 것만도 무려 104억 원을 웃돌고 있다. 대규모 기업에 대한 수사가 아직 이뤄지지 않은 시점이란 점과 그리고 노무현 검찰에 의한 것임을 감안한다면 이는 빙산의 일각에 불과할 것이란 국민적 공감대가 널리 형성되어 있다. 이와 관련 노무현 대통령이 한나라당의 불법대선자금에 비해 자신의 불법대선자금 규모가 10분의 1을 넘으면 하야할 것이라고 이미 공언한 바 있다. 그렇다면 이에 대해서도 노무현 대통령은 책임 있는 자세를 보여야 할 것이다.

무릇 대통령의 말이란 국민의 다양한 여론을 수렴하고 이를 합리적으로 조정하는 마지막 단계여야 한다. 계층과 세대 간 그리고 정치 제반의 혼선에 대한 최후의 보루로써 그 진술자가 되어야 하는 것이다. 그런데도 불구하고 대통령의 잦은 실언과 말 바꾸기 그리고 다분히 위헌적이고 정략적 발상에서 나온 재신임 제안, 여기에 지난 불법대선자금 문제에 있어서의 10분의 1 발언 등은 노무현 대통령 자신의 심각한 도덕적 불감증을 잘 나타내고 있는 것이다.

경제 사정이 지난 IMF 위기 때보다 더 악화되고 있는 상황에 놓여 있다. 청년 실업자와 신용불량자 문제는 심각한 국가재난 위기 상황에 직면해 있으며 이로 인한 서민생활 파탄으로 자살자가 속출하고 있는 추세에 있다. 그런데도 노무현 대통령은 국정을 팽개쳐 둔 채 오직 다가오는 총선 승리만을 위해 전력을 기울이고 있다. 국정을 살피고 경제 살리기와 민생 안정에 모든 역량을 쏟아도 부족할 판국에 특정 정당을 위한 사전선거운동을 자행하고 있는 실정이다.

노무현 대통령의 특정 정당에 대한 사전선거운동에 대해 그간 선관위가 여러 차례 자제 요청을 하였음에도 불구하고 대통령의 거듭된 불법 사전선거운동에 급기야 선관위로부터 선거법을 위반했다는 판정과 함께 경고 조치를 당했다. 그런데도 이에 대해 자숙하기는커녕 오히려 선관위를 무시하고 이를 기만하며 심지어 협박에 가까운 발언으로 선관위를 압박하며 지속해서 특정 정당에 대한 선거운동을 지원하겠다는 발상을 계속 하고 있다. 이러한 작태는 대통령이란 막강 권력을 이용한 초법적 언동이라 아니 할 수 없으며 대통령 자신이 헌법 위에 군림하겠다는 제왕적 태도로 밖에 여겨지지 않는 것이다. 이는 곧 헌법과 법률을 수호하고 선거에서의 엄정 중립을 지켜야 할 국정최고책임자인 대통령으로서의 본분을 망각한 처사로써 결국 모든 국정파탄의 원인제공과 국민의 정치 불안을 가중시키는 결과를 초래하고 있는 것이다.

이와 같이 노무현 대통령의 반 유권자적 행태와 대국민 기만행위 그리고 파행적 독선과 국치외교 아울러 심각한 경제위기 상황에서도 오직 총선만을 염두에 둔 특정 정당 띄우기를 자행함으로써 국법질서 파괴행위가 극에 달하고 있다. 이러한 국가의 총체적 위기상황 앞에서 이를 더는 좌시할 수 없기에 노무현 대통령 탄핵을 강력히 촉구하는 바다.

노무현 대통령 탄핵은 단순히 국민의 불편한 마음을 해소시켜 주는 차원에서 그치는 것이 아니라 끝 모를 나락으로 추락하고 있는 국가 경제를 되살리고 파탄 난 민생을 회복시키는 지름길인 것이며 아울러 나라의 기강을 바로 세우는 첩경인 것이다. 이는 곧 혼란스런 국정을 바로잡아 제 2의 IMF를 미연에 방지하는 길이 되는 것이며 증가 일로에 놓인 서민 대중의 애꿎은 죽음을 방지하는 가장 효과적인 방안인 것이다. 따라서 노무현 대통령 탄핵은 피할 수 없는 국민적 요구 사항인 것이며 국익을 위한 최선의 선택인 것이다.

2004년 3월 10일

집행유예를 선고한
헌재 판결

　노무현 대통령에 대한 국회 탄핵 안이 헌법재판소에서 기각되었다. 장문의 판결문에서 드러나듯이 재판관 9인의 고뇌에 찬 흔적이 잘 들여다보인다. 법리적 원칙과 극단적 국론 분열에 대한 우려를 함께 하고 있음이 역력하게 나타나고 있다. 이를 한 마디로 정의하자면 노무현 대통령의 죄는 인정하지만 그러나 이에 대한 실형보다는 집행을 유예하는 것이라 해석할 수 있을 것 같다.

　필자는 노무현 대통령에 대한 국회 탄핵 결정이 불러 올 총선에서의 역작용을 우려하면서도 그러나 현 참여정부의 초법적 언행에 대한 마지막 경고로 대통령 탄핵을 강도 높게 주장했던 사람이다. 필자의 주장에 대해 적잖은 국민이 반대해왔음을 익히 알고 있다. 특히 '노사모' 회원들의 악의적 비난은 참으로 비열하고 유감스런 것이었다. 그렇다고 필자의 주장이 잘못된 판단이었다고는 아직 생각하고 있지 않다. 다만 국민의 한 사람으로서 이번 헌법재판소의 판결에 대해서는 이를 존중하고 받아들일 것이다. 그러나 대통령 탄핵에 대한 입장이 찬반 어느 쪽이었든 이번 헌법재판소의 판결로 인해 우리 모두가 상처 입은 사람이며 동시에 패배자임을 인식하여야 할 것이다.

　헌법재판소의 이번 결정에 대해 왈가왈부할 생각은 전혀 없다. 이에 대한 평가는 대통령 탄핵에 대한 국민의 찬반양론에 따른 극단적 감정의 골이 해소된 후에 보다 이성적이고 합리적인 관점에서 새롭게 조명

되리라 여기기 때문이다. 지금은 이를 겸허한 자세로 받아들이고 피차 스스로를 되돌아보는 계기가 되었으면 하는 바람이다. 그럼에도 지금 시점에서 아쉽게 생각하는 것은 탄핵을 찬성한 소수 재판관의 의사를 전혀 밝히지 않았다는 점이다. 이는 탄핵 찬반을 떠나 우리사회의 소수 의견은 언제든 묵살되어도 괜찮다는 뜻과도 같기 때문이다.

이제 참여정부는 대통령의 복귀와 아울러 국회에서도 과반 이상의 의석을 차지한 그야말로 무소불위의 거대한 권력집단이 되었다. 모든 국정과제가 한 곳에 부여된 만큼 보다 작고 세심한 곳까지 살피는 국정운영을 펼쳐 줄 것을 기대한다. 필자가 인터넷상에 글을 올린 것이 선거법 위반이 되어 42일간의 수감생활을 마치고 1심 재판부로부터 집행유예를 선고받았으나 검찰에서 이에 대한 항소를 하여 아직 2심 재판 날자가 정해져 있지 않은 상태다. 비록 법의 제재를 받고 있는 몸이지만 그렇다하여 필자의 양심의 소리에 반하는 글쓰기를 할 생각은 추호도 없다. 잘하는 것은 칭찬할 것이지만 불만스런 것은 지적할 것이다. 이는 지극히 당연한 국민의 권리이자 동시에 의무라 믿기 때문이다.

참여정부와 집권 여당인 열린당은 이번 헌법재판소의 대통령 탄핵 기각 결정이 결코 대통령과 거대 여당인 열린당에 대한 정당성을 부여하고 있는 것이 아니라 한 번 더 기회를 주고 있음을 겸허한 자세로 여기고 경제 살리기와 민생안정에 모든 노력을 다하여 줄 것을 요청한다. 권력이 얼마나 무상한 것인지 이를 한시도 잊지 말고 민족의 평화통일과 세계평화 그리고 국리민복을 위한 각고의 노력을 기울여 줄 것을 거듭 부탁하는 바다. 국정운영에 대한 무한책임을 지고 있음을 명확히 직시하고 보다 책임 있고 스스로 겸손할 줄 알기를 기대한다.

2004년 5월 14일

구천과 범려

중국 춘추전국시대의 월나라 범려는 오늘날에도 인구들 사이에서 널리 회자되고 있는 인물이다. 의리와 지조가 굳고 충성심이 강하며 지략이 뛰어난 인물로 현대인에게도 귀감으로 삼을만한 흠모의 대상이 되고 있기 때문이다.

특히 오늘날과 같이 자신의 이해득실만을 좇아 아무렇지도 않게 이리저리 정당을 옮겨 다니는 우리의 정치 현실과 비춰 볼 때 참으로 뜻하는 바가 크다 하겠다.

범려는 어려서부터 총명하였을 뿐만 아니라 풍부한 학식과 경륜을 갖춘 사람이다. 정치와 군사는 물론 경제에 이르기까지 다양한 분야에 있어서 통달한 출중한 인재였다.

그럼에도 세상 사람들은 특출한 그의 재능을 정확히 헤아려보지 못하고 마치 미친 사람 취급하였다. 이에 세상에 대한 미련을 모두 버리고 미치광이 마냥 그저 강호를 떠돌아 다녔다.

이 때 월나라의 대부로 있던 문종의 눈에 띄어 구천에게 천거된다. 구천 역시 범려의 인물됨을 보고 곧장 대부로 중용한다.

때는 춘추전국시대 후기로 각 제국들 간에 패권을 다투던 시기다. 특히 오나라와 월나라가 서로 대치하며 두 나라간의 전쟁이 자주 발생하였다.

그러나 월나라의 국력이 차츰 오나라보다 약해져 급기야 월나라는 오나라에 조공을 바치는 지경에 이르게 된다. 이 무렵 월나라 왕으로 구천이 즉위하면서 오나라에 대항하기 위한 군대 양성에 힘을 쏟게 된다.

이를 불쾌하게 여기던 오나라 왕 부차는 더욱 강력한 군대를 육성하여 월나라를 공격할 기회를 엿보게 된다. 그러자 초조해진 월나라 왕 구천은 오나라로부터 공격을 당하기 전에 먼저 공격할 것을 결심하게 된다.

당시 오나라 왕 부차는 그의 아버지 합려가 월나라와의 전투에서 손가락에 화살을 맞고 부상을 당하게 된다. 그리고 이것이 악화돼 끝내 사망한 상태인지라 끓어오르는 치욕과 원한이 사무쳐 있었다. 뿐만 아니라 이에 대한 복수의 칼날을 갈면서 전쟁을 준비해 왔던 터라 병사들의 사기는 드높고 용맹하기 그지없었다.

이를 잘 알고 있던 범려로서는 지금 당장의 무리한 공격보다는 이를 잠시 피하여 방어를 견고히 하면서 때를 기다릴 것을 건의하였으나 일언지하에 거절당하고 만다.

그런 범려의 말을 듣지 않고 오나라 공격을 감행한 구천은 결국 대패하게 되고 얼마 남지 않은 군사와 함께 오나라 군대에 포위당하고 만다.

범려의 전략을 따르지 않은 구천은 그제야 때늦은 후회를 하며 범려에게 대책을 숙의한다. 그러자 범려는 지금의 상황은 죽음을 면하는 것이 우선 급한 일이라며 지금 당장의 치욕이 따른다 할지라도 그러나 최대한 자세를 낮추고 후일을 도모할 것을 권한다.

다른 뾰족한 수가 없는지라 구천은 문종을 파견하여 오나라에 화의를 청하지만 실패로 돌아가게 된다. 이에 구천은 죽음을 각오하고 오나라와의 마지막 결전을 불사할 것을 작정한다.

그러자 범려와 문종은 그러한 구천에게 현재의 정세를 냉정하게 분석해 주며 다른 방법을 모색할 것을 강력하게 권한다. 하는 수 없이 구천은 오나라 왕 부차와 신하들에게 많은 미녀와 무수한 금은보화를 바친 후에 오나라 군대의 포위망에서 겨우 풀려나게 된다.

오나라 군대의 포위망에서 풀려난 구천은 남은 군사를 데리고 월나라로 돌아가게 된다. 그러나 구천은 국가의 운명이 풍전등화와 같음을 한탄하며 범려에게 모든 국정을 맡기고 오나라의 인질로 길을 나서고자 한다. 그러자 범려 또한 국정을 문종에게 맡기고 자신도 함께 오나라에 따라갈 뜻을 밝힌다.

그리하여 구천은 범려와 함께 오나라의 왕 부차에게 미녀와 갖은 재물을 바치고 최대한 신하의 예를 갖춰 부차의 환심을 얻는다. 그러자 부차는 그들을 죽이지 않고 석실에 가두어 말을 기르는 노역을 맡긴다. 그리고 부차가 수레를 타고 사냥을 떠날 때마다 구천은 채찍을 들고 부차의 마차를 호위하며 따라다니게 하는 수모를 겪게 한다.

그러던 어느 날 부차가 구천과 범려를 함께 부른 자리에서 범려를 회유하고자 한다. 그러나 범려는 지금의 생활에 지극히 만족하고 있다며 구천의 청을 완곡히 사양한다.

물론 지조를 지키기 위함이기도 하지만 구천의 경계심을 허물기 위함이기도 한 것이다. 뿐만 아니라 구천과 범려는 인질로 잡혀 온 이래 아무런 불평불만도 하지 않고 오로지 마부 일과 마당 쓰는 일을 게을리 하지 않고 맡은 바 일을 성실히 수행하였다.

그러자 부차는 이를 기분 좋게 여기고 마침내 구천과 범려를 석실에서 나오게 하여 근처 민가에 살도록 하였다. 그리고 인질로 삼은 지 3년여 만에 부차는 구천과 범려를 풀어 줘 월나라로 돌아가게 한다.

오나라에서의 인질생활을 마치고 월나라로 돌아 온 구천은 와신상담하며 범려에게 월나라를 발전시키기 위한 방법을 구한다.

이에 범려는 무슨 일을 하기 위해서는 미리 각종 정책과 전략을 세워 대처해야 하며 무엇보다 먼저 백성의 마음을 얻어야 한다며 구천에게도 직접 들에 나가 백성들과 함께 농사를 짓도록 청했다. 구천의 부인에게도 직접 베를 짜면서 백성들과 고통을 함께 나눌 것을 권하며 이런 가운데 백성이 기쁜 마음으로 국가의 동원에 응할 수 있도록 하였다.

아울러 인재를 널리 등용하고 군대를 양성하는 일에도 나태함이 없어야 한다며 부국강병을 이룰 수 있도록 하였다. 대외관계에 있어서도 약소국에게는 친절하게 대하고 강대국에게는 표면적으로만 유순한 입장을 취함으로써 적국으로부터의 경계심을 최소화했다.

그리고 오나라에 대해서도 그들의 힘이 쇠약해질 때를 기다렸다가 일거에 멸망시켜야 한다는 책략을 세웠다. 그 결과 월나라는 점점 백성의 생활이 안정되고 국력도 강해졌다. 이에 때가 이르렀다고 판단한 구천은 지난 날 오나라에 대한 치욕과 원한을 씻고자 하였다. 그러나 범려는 아직 상황이 무르익지 않았다며 좀 더 기다릴 것을 간청한다.

그러던 어느 날 범려는 구천에게 오나라의 국력을 쇠퇴하기 위한 계책을 내 놓는다. 오나라를 쳐부수기 위해서는 일단 금은보화와 미녀로 오나라 왕을 안심시켜 월나라에 대한 경계심을 허물어트리고 내부적으로는 월나라의 군사력을 더욱 정예화 시켜 나라를 부강하게 할 것을 간했다.

구천은 범려의 의견에 지금의 조급함을 잠시 뒤로 미루고 범려로 하여금 세간의 미인을 찾게 하였다. 범려가 이 때 찾아 낸 절세미인이 바로 서시란 여인이다.

범려 자신이 직접 찾아 낸 미녀 서시는 월나라에 대한 애국심이 매우 뛰어난 여인이었다. 범려는 그런 서시로 하여금 온갖 금은보화와 함께 오나라 왕 부차에게 헌상하도록 하였다. 서시의 빼어난 미모에 흠뻑 빠진 부차는 매우 만족해하였다.

부차의 마음을 사로잡은 서시는 온갖 감언이설로 제나라를 공격할 것을 부추긴다. 한편 월나라 왕 구천은 오나라가 제나라와의 전쟁으로 인해 많은 국력을 소모할 수 있기를 기대하며 오나라의 경계심을 허물어트리고자 직접 여러 예물을 가지고 오나라를 방문한다.

이에 안심한 오나라 왕 부차는 제나라 공격을 감행하게 되고 결국 이로 인해 오나라 국력은 급격히 쇠퇴하게 된다. 드디어 구천은 오나라를 공격할 기회를 얻게 되고 마침내 오나라의 왕 부차를 생포하여 지난날의 원한과 치욕을 갚고 부차를 자결케 한다.

이렇듯 범려는 구천을 도와 그를 패왕의 반열에 오르게 한 일등공신이다. 그러나 범려는 구천의 인간됨이 환난은 함께 할 수 있으나 즐거움은 함께 누릴 수 없는 인물이라는 것을 알고 제나라로 건너가 초야에 묻히고 만다. 범려는 이미 목적을 달성한 구천 밑에서 오래 함께 한다는 것이 그 자신의 목숨을 보존키에 위험하다는 것을 알고 스스로 몸을 숨긴 것이다.

월나라에서 정치를 그만두고 제나라로 이주한 범려는 이후 장사로 큰 돈을 벌게 된다. 그러나 그는 그마저도 온 재산을 던져 가난한 사람을 도와 나눔과 베품의 인간애를 몸소 실천한다.

나아갈 때와 물러날 때를 알았으며 크게 벌어 크게 쓸 줄 알았던 범려를 통해 우리시대의 진정한 지도자의 모습을 그려보는 마음 크다.

2004년 5월 30일

공공재로서의
부동산 정책 필요

　자본주의를 채택하고 있는 국가들에서도 이미 부동산에 대한 인식이 공공의 개념으로 나타나고 있는 현실이다. 비록 개인의 사유 재산이기는 하지만 그러나 그 소유권이 여타 화폐가치와 비교할 때 강력한 공공적 의의로 작용하기 때문이다. 따라서 사유재산으로서의 부동산 가치를 국가권력이 적절히 통제하여 이를 공공의 이익과 안녕 그리고 편리 증진을 도모할 수 있도록 한다는 것은 지극히 당연한 일이다. 토지는 한정되어 있고 특별히 우리나라와 같은 좁은 국토여건을 감안한다면 부동산에 대한 공적 개념은 더더욱 필수불가결한 사안일 것이다.

　최근 들어 정부와 집권 여당인 열린당이 아파트 분양원가 공개를 없던 일로 하고, 그 대신 국민주택 규모인 전용면적 25.7평 이하의 아파트 분양가에 대해서만 원가연동제를 적용하겠다고 밝혔다. 그리고 그보다 더 큰 규모의 아파트에 대해서는 채권입찰제를 도입할 방침이라고 한다. 이는 노무현 대통령의 지난 대선 공약사항이기도 했던 아파트 분양원가 공개 방침에서 완전히 뒤로 물러 난 느낌이어서 실망스럽기 그지없다. 아울러 정부가 방향선회를 하면서 내 놓은 "헌법에 보장된 자본주의 시장경제 원칙에 위반될 뿐만 아니라 아파트 공급에 대한 건설사의 의지를 약화시켜 장기적으로는 아파트 가격을 상승시킬 우려가 있기 때문"이란 것이다. 그러나 이는 건설사가 하고 있는 말을 그대로 되풀이하고 있는 것에 지나지 않는 것이어서 참으로 유감스런 마음이다.

　　정부의 입장대로 채권입찰제가 될 경우 입찰 최고액으로 채권을 매입
하는 건설업체에게 택지가 공급되게 된다. 따라서 건설사가 아파트를
실수요자에게 분양할 때 채권매입비용 등을 분양가에 그대로 전가시키
게 됨으로써 이는 결국 아파트 분양가 상승이 불가피하게 발생하게 된
다. 결국 주택가격 상승으로 파급될 수밖에 없으며 이로 인한 빈부격차
의 확대심화는 물론이거니와 서민들의 내 집 마련에 대한 꿈도 그만큼
요원해지게 되는 것이다.

　　현재 우리나라의 주택보급률이 100%를 넘어서고 있는 것으로 나타나
고 있다. 그런데도 여전히 무주택 서민의 수는 줄지 않고 있다. 예전에
비해 주택공급률은 상대적으로 높아졌는데도 불구하고 수요에 있어서
이상증세가 발생하고 있다는 반증일 것이다. 행자부의 통계에 따르면
전국의 주민등록 세대 중 절반가량이 주택을 소유하지 못하고 있는 것
으로 파악되고 있다. 집은 많아도 정작 2가구 가운데 1가구는 내 집 없
이 살고 있다는 얘기다. 그러나 이에 반해 2채 이상을 재산증식용으로
보유하고 있는 세대도 276만이나 된다고 한다. 이런 상황에서는 수치상
의 주택보급률이 제 아무리 올라간다 하더라도 여전히 집 부족 현상은
나타날 수밖에 없게 되는 것이다.

　　우리나라가 급속한 경제개발을 이뤄 가는 과정에서 나타난 부동산에
대한 화폐가치로서의 신화는 가히 충격적인 것으로 국민들 심리에 강하
게 자리 잡고 있는 것이 사실이다. 그러다 보니 금융시장에서 차지하는
부동산 가치는 가장 안전하고 수익률 높은 최고 상품으로 통하게 된 것
이고 이는 다시 개인이나 기업 모두가 부동산에 대한 사적 재산권만을
최고의 선으로 여기게 되는 악순환을 초래한 것이다. 결과적으로 부동
산 가격의 거만하고 가파른 상승만을 부채질하게 된 것이고 이로 인한
기업의 공장부지 및 사무실 임대비용 증가 등을 초래함으로써 기업의

채산성 약화와 대외 경쟁력을 떨어트리게 한 요인으로 작용하게 된 것이다.

차제에 정부는 1가구 1주택자가 일정 기간 이상 살던 집을 불가피하게 팔게 되는 경우에 있어서도 지나친 세 부담을 주고 있지는 않는지 살펴야 할 것이다. 가구 대비 주택 보유수와 이들의 전체 시가 그리고 평수를 종합 관리해 이에 따른 보유세의 차등 세율이 적용되어야 할 것이다. 아울러 향후 부동산에 대한 과다거품이 제거될 경우 국가경제 전체에 미치는 영향도 신중히 고려해 비록 늦었지만 지금부터라도 국가가 나서 이를 적절히 안정화시켜 나가는 노력을 기울여야 할 것이다. 정부 당국은 과연 진정으로 서민대중의 주거안정을 실현하고자 하는 의지가 있는 것인지 스스로를 검증해 볼 수 있기를 기대한다.

2004년 6월 6일

일본의 우려스런 우경화 현상

일본의 자위대 창설 50주년 기념행사가 대한민국의 수도 서울 한 복판인 장충동 신라호텔에서 성대히 개최됐다. 일본 내에서의 행사였다 하더라도 그들의 지난 행적을 비춰볼 때 비난 받기에 충분할 것이다. 그런데도 왜 굳이 한국에서 이런 행사를 대대적으로 연 것인지 국민의 한 사람으로서 무거운 마음 떨쳐버릴 길이 없다. 더욱 가관인 것은 우리 정부의 통일부와 국방부 관계자를 비롯하여 입법부에서는 한나라당의 송영선, 안명옥, 나경원, 김석준 의원과 열린당의 신중식 의원도 참석한 것으로 알려져 국민적 자긍심에 심한 모멸감을 안겨주고 있다.

일본의 우경화 현상이 우려할만한 수위를 나타내고 있음은 우리 모두 주지하고 있는 사실이다. 작년에 있었던 독도 관련 우표 발행 시비를 비롯해 최근에는 독도유람선 운항허가 취소 요구 등과 같은 파렴치한 작태를 보이고 있다. 이런 상황에서 국민의 대변자라 할 수 있는 몇몇의 국회의원까지 일본의 자위대 기념행사에 버젓이 참석했다고 하니 과연 그들이 국민의 혈세로 이루어진 세비를 받을 수 있는 자격이 있는 사람들인지 묻지 않을 수 없다.

일본의 군사 대국화에 따른 아시아 국가들의 현실적 인식도 외신을 통해 심심찮게 들려오고 있다. 일본 정부 관계자는 물론이고 의회를 비롯한 그들의 국민의식 또한 일본의 군국주의 부활이란 망령과 맞물려 있음을 쉽게 파악할 수 있다. 이는 일본 자위대의 해외 파병과 관련해서

더욱 확연해지는 대목이다. 우리 정부와 일부 몰지각한 의원들과는 달리 아시아 국가들의 우려가 결코 기우에 그치는 것이 아닌 심각한 수준에 이르고 있음을 정확히 반영하고 있는 것이다.

이는 일본의 군사력 보유와 관련해서 살펴보면 더욱 실감나게 깨닫게 된다. 1945년 일본의 패망과 함께 그들은 군사력 비보유를 선언하고, 아울러 2년 후 시행된 이른 바 평화헌법에서는 국가간의 교전권 포기와 어떠한 군사력도 가지지 않는다는 내용을 명문화 한다. 그러나 이도 잠시, 1950년 한국전쟁이 발발하면서 일본의 치안유지를 목적으로 한다는 구실 아래 경찰예비대를 창설함으로써 사실상의 군사력을 보유하게 된다. 이어 1952년 보안대로 재편한 뒤, 1954년 현재의 자위대로 명칭을 변경함으로써 그들의 헌법에 명시된 내용과는 달리 분명한 군사력 보유 의지를 드러내게 된다. 그리고 계속된 자위대의 전력 확충과 함께 1990년대부터는 자위대의 해외파병과 집단자위권 행사를 천명함으로써 명실상부한 일본의 군대로 발전시킨 것이다.

현재 일본 자위대의 군사비는 미국에 이어 세계 2위를 차지하고 있는 것으로 나타나고 있다. 장비 또한 그들의 경제력과 맞물려 모두 최신형 첨단 무기들로 구성되어 있으며 병력면에서도 세계적인 수치를 보이고 있다. 더욱 놀라운 사실은 그들이 세계에서 몇 척 안 되는 이지스함을 4척이나 보유하고 있다는 점이다. 특히 일본과 지리적으로 근접해 있는 우리나라의 입장에서 보자면 실로 두려운 존재임에 틀림없는 것이다. 목표의 탐색으로부터 이를 파괴하기까지의 전 과정을 하나의 시스템에 포함시키고 있음으로써 전방위 공격과 방어가 가능하다는 점에서 일본의 해상 자위대가 보유하고 있는 이즈스함이 갖는 가공할만한 위력은 가히 상상 이상인 것이다.

참으로 무서운 나라를 바로 옆에 두고 있는 다한민국의 현실임에 틀림없다. 그리고 우리는 역사를 통해 이미 일본의 침략전쟁으로 인한 감당키 어려운 숱한 피해를 당해 왔다. 이를 감안할 때 군사력 증강을 통한 자주국방은 우리의 불가피한 선택이 되어야 함은 지극히 당연한 일이라 아니 할 수 없다. 그러나 이는 북한을 전제로 한 것이어서는 결코 아니 될 말이다. 통일 이후 필연적으로 나타나게 될 일본과 중국 그리고 러시아와 같은 주변 강국의 군사력을 제고한 체계적인 방위전략이 수립되어야 한다는 뜻이다. 아울러 그에 상응하는 국방력 강화와 함께 우리 기술에 의한 무기체계를 갖추는 데 보다 많은 예산과 노력이 집중되고 또한 투자되어야 하는 것이다. 자주국방은 단순한 구호가 아닌 정부와 국민 모두의 실천의지를 통해서만 효과적으로 수립되고 완성될 수 있기 때문이다.

2004년 6월 20일

파병반대는 세계평화와
우리의 존엄에 대한 가치

　한국의 민간인 신분인 김선일 씨가 이라크 무장단체들에 의해 피랍되었다. 한국 정부의 이라크 추가파병 결정과 함께 이미 예고된 일이나 다름 아니었다. 그리고 그러한 우려가 이제 혼실로 드러난 것이다. 이는 스페인, 폴란드, 일본 등과 같은 이라크 파병국들에 대한 현지 저항세력들의 태도를 보면 쉽사리 예측할 수 있었던 대목이기도 하다. 그런데도 굳이 추가파병을 해야겠다는 정부의 저의가 무엇인지 참으로 의아스럽기만 하다.

　지금 시점에서 필자가 갖는 궁금증은 사실 따로 있다. 작년까지만 해도 이라크 파병 반대를 목 놓아 외치던 유시민, 임종석 의원의 태도다. 임종석 의원의 경우에는 올 총선 전까지만 해도 이라크 파병 반대를 외치며 단식 농성까지 마다하지 않았던 장본인이다. 뿐만 아니라 이라크 파병이 결정되면 의원직까지 내 놓겠다고 서슴없이 국민 앞에 약속한 바 있다. 그런 그가 이제는 현실적 이유 때문에 파병은 불가피한 것이라고 밝히고 있다. 도대체 그가 말하는 현실적 이유란 것이 무엇인지 속시원히 듣고 싶은 마음 간절하다. 우리보다 먼저 이라크 파병을 강행했던 국가들마저 철군하고 있는 시점에서 무엇이 그에게 현실적 정당성을 안겨다 주었는지 그가 386 정치인으로서 보다 칙임 있고 분명한 해명이 있어야 할 것이다.

　미국이 이라크 침공을 강행하면서 내 세운 명분이란 것이 후세인 정권의 핵무기 개발 차단과 알 카에다와의 연계 고리 봉쇄를 들고 있다. 그러나 이는 미국의 애초 당위성과는 달리 이라크 내에서의 그 어떠한 물적 증거나 타당한 개연성을 입증하지 못하고 있는 실정이다. 세계 국가가 다 아는 바와 같이 미국의 이라크 침략이란 것이 기실 중동 지역에서의 패권강화와 석유찬탈 그리고 자국 내의 군수산업체 지원에 있음은 자명한 사실이다. 따라서 이라크 파병반대는 세계평화와 우리의 존엄을 지키기 위한 하나의 분명한 가치가 되는 셈이다.

그런데도 이런 추악한 미국의 침략 전쟁에 우리의 미래를 담보하고 있는 젊은 군인들을 사막의 황량한 거리로 내어 좇겠다는 정부의 태도는 어디에서 기인하고 있는 것인지 묻지 않을 수 없다. 현재 국민 여론도 갈수록 파병 반대 목소리가 높아지고 있는 실정이다. 이는 생과 사의 문제이기도 하지만 그러나 보다 근원적인 것은 미국의 이라크 침략에 대한 부당성을 국민들 사이에서 차츰 인식하고 있다는 반증인 것이다. 우리의 귀한 자산인 젊은 피가 헛되이 흐를 수 있다는 데 대한 공통의 인식이 확산되고 있는 것이다.

그나마 정치권에 대해 다행스럽게 여기는 것은 열린당 내의 이라크 파병 반대 의원들이 소수라도 있다는 점이다. 민주당과 민노당 그리고 일부 한나라당 의원들과 함께 이라크 파병을 반대하는 국회 결의안을 제출할 것이라고 하니 비록 작지만 희망의 불씨를 찾아보고자 한다. 부디 그 소신을 굽히지 말고 정의롭게 판단하고 용기 있게 행동해 줄 것을 기대한다. 정략적 이해관계를 떠나 오직 양심의 소리에 귀 기울일 수 있기만을 거듭 기대하는 바다.

2004년 6월 21일

백성의 호곡소리에
수수방관한 정부

　피랍되었던 김선일 씨가 끝내 변을 당했다. 이틀 전, 극한 공포에 휩싸인 채 "나는 살고 싶다"란 TV 화면 속에 비친 그의 절규가 살아 있는 사람에 대한 죄책감으로 강하게 다가온다. 머나먼 이국땅에서 국가와 동족을 원망하며 죽어 갔을 그를 생각하니 차마 숨이 막혀 한동안 말문을 열지 못 할 지경이다. 무슨 말을 어떻게 해야 그 가족에게 위로가 될 수 있을지 참으로 치솟는 분노를 달리 주체할 길이 없다. 그러나 어찌 이 고통스런 현실을 그의 가족 문제만으로 한정지어 애써 덮어 둘 수 있겠는가. 이는 대한민국 전체 국민의 뼈를 깎는 자성이 되어야 하는 것이며 아울러 평화와 정의를 사랑하는 세계 인류의 공통된 슬픔이 되어야 하는 것이다.

　그렇다면 여기서 정부 당국에 꼭 짚고 넘어가고 싶은 것이 있다. 김 씨 피랍 사건이 알려진 다음 날(22일) 국가안전보장회의(NSC)와 열린당과의 간담회가 있었던 것으로 알려지고 있다. 이 날 있었던 NSC의 주된 보고 내용은 김 씨의 조속한 석방을 위해 노력할 것이지만 그러나 김 씨를 억류하고 있는 현지 무장 세력과의 접촉이 어려운 실정이란 것이다. 아울러 김 씨가 이라크 무장 세력에 의해 살해당할 경우 그에 따른 정부 보상대책과 시신운송 방안이 주요 보고 내용이었다고 한다. 이를 통해 보면 그의 죽음은 이미 정해진 것이나 다름 아닌 것이란 생각이 강하게 든다. 백성의 안위를 염려해야 할 정부 당국이 김 씨가 사망하게 되리란 것을 기정사실화하고 있다는 측면에서 이 땅에 사는 국민의 한 사람으로서 끓어오르는 원통함과 참담한 마음 가눌 길이 없다.

이는 다음 사실을 통해 더욱 극명해진다. 현지에서 활동하고 있는 프리랜서 PD인 김영미 씨에 의하면 김 씨 피랍은 정부가 인지한 6월 21일보다 훨씬 전인 5월 31일에 이뤄졌다고 타전하고 있다. 그 근거로 김 씨가 실종된 날이 5월 31일이고, 그 날 이후로 김 씨를 본 사람이 아무도 없었다고 김영미 씨는 전하고 있다. 아울러 이라크 주재 임홍재 한국대사 역시 이 부분에 대해서 어떤 명확한 입장 표명을 하지 않고 있다고 전하고 있다. 이는 김 씨와 가나무역 사장을 잘 아는 바그다드 현지 교민이 KBS 취재팀에 밝힌 내용에서도 여실히 입증되고 있다. 현지 교민에 따르면 김 씨로부터 모든 연락이 끊긴 날은 지난 달 31일이라고 KBS는 보도하고 있다. 또한 실제로 납치 사실이 방송되기 전에 이미 현지 공관도 알고 있었던 것으로 KBS는 보도하고 있다.

여기서 우리가 명확히 알 수 있는 것은 김 씨의 구출에 대한 정부 당국의 늑장 대응 또는 안이한 자세란 것이다. 이에 대해서도 KBS는 믿을만한 보도를 내고 있다. KBS 보도에 따르면 김 씨가 5월 31일 납치된 이후 단순 강도로 생각해 현지 가나무역 사장을 비롯한 민간인들이 자체 구출 노력을 했다고 밝히고 있다. 더불어 처음 협상과정에서는 분위기가 좋았지만 납치 무장 세력에 대한 미군의 공격이 시작되고 이어 한국 정부의 추가 파병 소식이 전해지면서 분위기가 급변한 것 같다고 밝히고 있다.

만일 김영미 프리랜서 PD의 증언과 KBS의 보도가 사실이라면 이는 정부의 김 씨에 대한 살해 방관에 해당되는 것이다. 김 씨를 납치한 것으로 알려진 '알 타우히드 알 지하드(유일신과 성전)' 는 이라크 내의 종교적 광신도 단체나 단순 폭력단체가 아닌 외부로부터 유입된 정치테러

단체인 것이 분명한 것으로 알려지고 있다. 이들은 김 씨 피랍 이후 한국 정부의 유연한 정치적 입장을 기대했지만 그러나 한국 정부의 이라크 파병에 대한 입장 불가라는 강경한 자세가 전해지면서 피랍 김 씨에 대한 살해라는 극단적인 행동을 취한 것으로 보인다는 점이다.

무장 세력들이 당초 제시한 24시간의 협상 시한에서 12시간가량이 더 지난 36시간이 되는 시점에서 김 씨가 살해됐다는 점은 이를 잘 입증하고 있다. 한국 정부가 시간을 더 달라는 데 대한 일종의 기대감을 현지 무장 세력들이 갖고 있었던 것으로 추론할 수 있는 것이다. 그러나 한국 정부의 이라크 파병에 대한 강경방침이 알 자지라 방송을 타고 보도되면서 끝내 젊은 목숨이 사지를 향해 돌아 올 수 없는 길을 나선 것이다. 사막의 황량한 모래바람과 함께 그는 영영히 우리와는 다른 길을 떠난 것이다.

이제 정부 당국은 분명히 밝혀야 한다. 무엇이 김 씨를 사막의 주검으로 몰아넣을 만큼 서둘러 이라크 파병 방침 입장을 공고히 재확인해 주었는지 이에 대해 정직히 답해야 할 것이다. 도대체 무엇이 얼마나 급해 무고한 백성의 목숨을 그리도 비정하게 버렸는지 참회하는 심정으로 그 진상을 밝혀야 할 것이다. 한 사람의 무고한 목숨을 담보하고 있는 상황에서 정부는 무엇 때문에 이라크 파병 강행 결정을 고수한 것인지 이에 대해 명확한 설명이 있어야 할 것이다. 백성의 목숨과 안위는 뒷전으로 내팽개쳐 둔 채, 미국의 야만적인 침략전쟁어 들러리를 서게 한 명분이 어떤 것인지 분명하고도 납득할만한 해명이 따라야 할 것이다. 김 씨의 사망은 결국 정부 당국의 수수방관에 의한 고의적 살해 행위임을 분명히 지적하며 이에 대한 정부 당국의 명명백백한 진실 규명을 촉구하는 바다.

2004년 6월 24일

미국의 패권주의와
참여정부의 졸렬함

미국이 이라크에서 종전을 선언하며 마치 자신들이 단기간에 거쳐 전쟁에서 승리한 것처럼 국제사회에 대고 선전하던 기억이 아직 새롭다. 언뜻 보면 참으로 그럴 듯하게 들렸던 것도 사실이다. 물론 이라크 집권세력이던 후세인과 그 측근들을 제거했으니 외형상으로는 그렇게 보일 수도 있다. 그러나 이는 미국의 오만에서 기인하는 대단히 큰 착각에 불과하다.

현재 이라크 국내 사정이 미국의 뜻에 따라 조속한 시일 내에 마무리되리란 기대는 하기 어려운 상황에 처해 있다. 미국의 당초 기대와는 달리 이라크 무장 세력의 끈질긴 저항이 날로 악화되고 있으며 이에 미국은 물론이고 마지못해 이라크에 파병을 감행한 몇몇 국가 역시 당황해하기는 마찬가지다. 이를 반증하듯 이미 철군을 완료한 나라가 발생하고 있으며, 남아 있는 국가들마저 철군을 기정사실화 하고 있다.

이라크전을 반대한 대부분의 세계국가 역시 미국의 일방주의적 패권주의에 대한 불만을 노골적으로 나타내고 있는 실정이다. 이는 군사, 경제적인 외형적 요인도 작용하고 있지만 그러나 보다 심층적인 것은 그들의 심리적 요인에 의해 더 크게 영향 받고 있음도 숨길 수 없는 사실이다. 미국에 의한 소외감과 함께 자신들에게 주어졌던 일정 부분의 기득권 상실에 따른 반감 표출의 성격도 강하다. 앞으로 이라크 내의 혼란 양상이 지속되게 되면 세계는 상당한 분열양상을 보이게 될 전망이다.

세계 각국의 이해관계에 따라 그야말로 국제질서는 격랑에 휘몰릴 가능성이 한층 높아졌다. 국제정세가 혼미하게 전개될수록 인류는 더욱 불안한 상태에 놓이게 될 것이며 지구촌에는 우리가 미처 예상할 수 없었던 형태의 무수한 사태가 발생할 우려를 안고 있다.

이라크전이 종전되었다고는 하지만 그러나 그 내용에 있어서는 장기전 양상을 띠고 있음이 목도되고 있다. 이로 인한 미국의 패권주의는 그 어느 때보다 와해될 가능성이 한층 높아지고 있는 상황이다. 모든 것이 미국으로만 쏠리던 국제관계에서 그리고 그들에 의해 재편되던 국제질서가 앞으로는 개별국가들의 블럭화 양상으로 급속히 진행될 가능성이 높아진 것도 사실이다. 따라서 미국의 발언권은 지금보다 적잖이 약화될 것이고 오히려 중국을 포함한 유럽의 반전국가들 목소리가 보다 커질 개연성을 안고 있다.

유엔 체제도 유명무실화 된지 이미 옛말이 되었다. 이와 관련한 유럽연합의 태동에서 보듯이 국제질서도 복잡한 양태를 나타내고 있다. 그러나 유럽연합도 이미 그 한계를 보이고 있다. 이는 유럽연합 내의 복잡한 이해관계에서 비롯되는 현상으로 향후 세계는 보다 더 다양한 형태로 합종연횡 할 가능성이 높아지고 있음을 예고하는 대목이다.

이는 현재 미국의 외교적 움직임을 통해서도 파악되고 있다. 이라크전으로 인한 국내 여론의 따가운 질책과 그리고 국제사회의 차가운 눈총을 절감한 부시정권이 오히려 이라크 문제에 대한 평화적 해결 가능성을 모색하고 있다는 점이다. 미국 내의 철군주장이 갈수록 커지면서 공화당 부시 정권의 입지도 그만큼 위축된 상황에 놓여 있으며 이와 함께 부시가 재선에 성공할 확률도 상대적으로 낮아지고 있는 것이다. 설혹 부시가 재선에 성공한다 하더라도 그러나 미국은 그들의 실추된 국제위상을 회복하기 위해 다각적인 협상을 모색하게 될 것이다. 아울러 부시에 비해 보다 당선 가능성이 높은 민주당 케리 후보가 집권할 경우에는 더 분명하게 전개되리란 것은 자명한 사실이다.

여기서 우리 정부가 깊게 생각해야 할 점이 있다. 설혹 이라크에 친미정권이 들어서게 된다 하더라도 그러나 우리가 그곳에서 기대할 수 있는 것은 아무 것도 없다는 사실이다. 미국 석유자본에 의해 이라크 석유가 통제될 것이 확실시 된다고 가정하더라도 그 석유를 우리가 값싸게 확보할 수 있으리라는 기대는 참으로 어리석은 망상이란 점이다. 아울러 전후 이라크 복구사업에 우리가 우선권을 쥐고 참여하게 되리란 막연한 환상도 버려야 한다. 설사 우리에게 일정 부분의 지분이 주어진다 하더라도 그래서 그것이 우리에게 실질적인 화폐가치를 제공해준다 하더라도 그러나 그 돈을 누가 우리에게 줄 수 있겠느냐 하는 점이다. 폐허더미에 주저앉은 이라크가 주리란 것은 만무하고 그렇다고 국제사회가 십시일반해서 대납해 줄 수 있는 사안도 아니다. 또는 미국 정부가 이라크를 대신해 우리에게 땀 값을 줄 수 있는 것도 결코 아니란 사실을 직시해야 된다.

한국사회 내에서의 파병반대 목소리에는 분명한 이유가 또 있다. 그간 관례처럼 이어져 온 한미 간의 정치, 외교적 종속관계를 일정부분 해소하자는 것이다. 특히 국제여론이 좋지 않은 상태이고 아울러 우리나라의 국민 여론도 정부의 파병 결정에 대해 대단히 부정적으로 작용하고 있는 실정이다. 따라서 우리정부가 굳이 파병을 감행하지 않는다 하더라도 미국으로부터의 압력은 최소화 될 수 있다. 그리고 이는 민족문제와 관련해서도 매우 중대한 사안이다. 향후 미국이 북한의 핵문제를 빌미로 한 무력침공을 막을 수 있는 중요한 구실로도 삼을 수 있다는 점이다. 따라서 우리는 그 어느 때보다도 성숙한 국민자세와 지혜를 필요로 하고 있다. 아울러 정부당국의 치밀한 정보력과 유연한 외교력을 요구하고 있기도 하다.

우리는 세상을 살면서 참으로 많은 선택을 해야 하는 상황에 놓이게 된다. 어떤 일을 결정해야 되는 와중에서 무수한 고뇌와 고통이 따르는 경우도 발생하게 된다. 이는 세상을 살아가는 어느 누구도 크게 예외는 아닐 것이다. 다만 차이가 있다면 어떤 이는 자신의 이익만을 좇아 움직이는 사람이 있는가 하면 또 어떤 이는 원칙과 소신을 비교우위에 두기도 한다. 진실이 어디에 기인하느냐 하는 내면의 울림에 귀 기울이고 이를 좇아 정직하게 말하고 행동한다는 차이다. 그리고 우리는 세상을 살면서 늘 새로운 친구를 사귀게 된다. 오래된 친구와도 지속적인 우정을 쌓으면서 다른 한편으로는 새로운 친구와도 좋은 만남의 폭을 넓혀 가기를 희망한다.

미국은 일정 측면에서 볼 때 우리와는 오래된 친구임에 분명하다. 그러나 이제는 그간 관례처럼 지속되어 왔던 한미관계를 재 검점해야 할 때가 되었다는 점이다. 이제는 한국사회도 여러 면에서 발전하였고 또 상당 부분 성숙해져 있다. 그런데도 여태 한미 간의 관계가 굴욕적인 형태를 나타내고 있음은 주지의 사실이다. 이러한 요인 때문에 우리사회 일각에서 불필요한 반미구호가 나오게 되는 것이다.

필자는 미국과의 관계에 있어서 결코 판을 깨자는 사람이 아니다. 파병을 반대하고 있는 입장이지만 그렇다고 미국과 등을 돌리자는 입장은 결코 아니다. 분명히 밝히지만 필자는 오히려 할리주의적 입장에 가까운 사람이다. 김선일이라고 하는 대한민국 국민의 목숨이 경각에 달린 위급한 상황에서 왜 파병고수 입장만을 강경하게 재확인해 주었느냐 하는 것에 대해 따져 물을 줄 아는 정상적인 사고를 할 줄 아는 사람이란 것이다.

어찌 된 것이 한반도에는 겹겹이 강대국들로만 휘둘려 있는 것 같다.

우리와 지리적으로 가장 가까이에 있는 중국은 현재 엄청난 경제성장을 이루고 있다. 향후 미국에 맞설 가장 강력한 국가로 대두되고 있다. 러시아 역시 오늘날에는 비록 경제적으로 어려움을 겪고 있지만 그러나 절대 무시할 수 없는 막강한 군사대국임에 틀림없다. 우리와도 지리적으로 가까운 나라임과 동시에 향후 어떤 모습으로 회복될지 모를 일이기도 하다. 동쪽으로는 일본이 지근거리에 자리하고 있다. 일본의 자위대가 갖는 군사력은 미국에 이어 세계 두 번째인 것으로 나타나고 있다. 그야말로 한반도를 둘러 싼 사방이 강대국들로 포진해 있는 것이다. 지정학적으로 한국에 대해 갖는 강대국들의 군사, 경제적 교두보로서의 필요성과 함께 이는 우리에게 위기임과 동시에 다른 한편으로는 기회인 것이다.

앞에서도 언급했지만 냉전 후 국제질서는 급속하게 변화하고 있다. 전통적으로 미국의 우방이었던 유럽도 오늘날에는 다른 양상을 나타내고 있다. 중국도 결코 예전의 그들 모습이 아니다. 미국과도 그들이 필요한 만큼의 관계를 유지하면서 다른 한편으로는 적극 견제하고 있는 것이 사실이다. 아울러 유럽과도 보다 더 적극적인 관계구축에 나서고 있다.

이와 관련해 미국과 중국의 입장을 살펴보면 참으로 흥미로운 사실이 발견된다. 바로 대만 문제가 그것이다. 미국 입장에서 볼 때, 대만은 태평양 방어와 함께 중국 견제라는 이중의 효과를 거둘 수 있는 매우 중요한 전략적 요충지로 자리하고 있다. 우리나라도 이와 크게 다르지 않다. 중국도 북한을 통한 대륙방어라는 지리적 특수성을 포기할 수 없는 입장이란 것이다. 중국과 미국이 모두 한 치의 양보도 허용할 수 없는 접점이 바로 대만과 우리나라인 셈이다. 따라서 일각에서 제기되고 있는 미국의 북한 침공 우려에 대해서는 그야말로 난센스라 아니 할 수 없다.

이제 우리에게는 새로운 인식이 요구되는 때다. 그간 고착화된 미국이란 울타리와 그 환상에 가까운 믿음에서 보다 전향적인 자세와 함께 발상의 전환을 요구받고 있다. 모든 것이 미국으로만 집중되었던 행태에서 벗어나 보다 운신의 폭을 넓혀야 할 때가 되었다. 오래된 친구와도 좋은 관계를 지속하면서 아울러 새로운 친구와도 적극적인 활로를 찾아야 한다는 것이다. 그런데 문제는, 세계 각국의 이해 당사자들 사이에서 어떻게 운신한 것인가 하는 점이 참 어려운 문제로 남는다. 바로 여기서 정부의 외교력이 변수로 작용하게 된다. 그리고 그 외교력 여하에 따라 국운의 향배도 달리 나타날 수 있게 되는 것이다.

거듭 밝히지만 지금 우리 정부의 정보, 외교력이 그 어느 때보다 다양한 국제관계를 고려해야 할 때임이 분명하다. 이를 통해 다각적으로 모색되고 최종 결정되어야 하는 것임은 두 말 할 나위가 없다. 진짜 국익이 무엇인지 보다 냉엄히 생각하고 판단해야 할 때다. 미국, 중국, 유럽, 러시아 또는 일본마저도 적절히 활용할 수 있어야 한다. 그것이 정부가 할 일인 것이고 또한 정부의 역량을 검증받게 되는 것이다. 다시 한 번 강조하지만 우리정부의 이라크 파병 강행은 절대 국익과 부합되지 않는다는 사실을 시급히 깨닫기 바란다.

2004년 6월 28일

정치 지도자의 덕목

　어느 날 자공이 그의 스승 공자에게 "자장과 자하 중에 누가 더 현명한 사람입니까?"라는 질문을 한다. 예기치 않은 질문을 받게 된 공자는 일순 당황하였으나 평소 제자들에 대한 성품을 잘 파악하고 있던 그였다. 그런지라 머뭇거리지 않고 곧장 대답하기를 "자장은 매사에 지나친 면이 있고, 자하는 부족한 점이 많은 것 같다"고 답변한다. 그러자 자공이 재차 묻기를 "그럼 자공이 자하보다 낫단 말씀입니까?" 하고 반문한다. 이에 공자가 이르기를 "그런 뜻이 아니라, 지나친 것은 오히려 미치지 못한 것과 같은 것이다."라고 일러준다. 즉 과유불급(過猶不及)이란 말로 논어에 나오는 유명한 구절이다.

　논어에서 자장과 자하는 상호 대조적인 인물로 묘사되고 있다. 자장은 높은 기상과 진취적인 사고를 지녔음에도 불구하고 그의 지나친 자신감으로 인해 자칫 타인에 대한 배려보다는 독선과 아집에 빠지게 되는 우를 안고 있다. 반면에 자하는 매사에 신중하고 현실적인 행동을 하나, 그게 도리어 지나치게 순응적이어서 자신의 이상과 그에 대한 열망이 결여된 것으로 그려진다. 공자는 자장과 자하의 이러한 점에 대해 과유불급이란 말을 사용하며 아직 세상 이치에 대한 성찰이 부족한 인물로 평가하고 있는 것이다.

　인간은 그의 일생을 통해 수많은 일을 겪게 되고 또 이를 처리하게 된다. 희망찬 진군나팔을 부르게 되는 경우가 있는가 하면, 살갗 찢기는 인내를 요구하는 경우도 발생하게 된다. 무릇 인간의 삶은 기쁨과 슬픔이 끝없이 교차하는 위태로운 양다리인 셈이다. 그러나 때로는 스스로의 꿈을 충족시키지 못해서 고통스런 가운데 처하기도 한다. 자신의 내적 발달과 성숙을 고루 살피지 못한 채 오직 성공만을 향해 힘껏 가속페달을 밟게 된 연유이다. 목적이나 목표를 정확히 인식하지 못하고 무한정 앞만 바라보고 달려간 까닭이다. 남이야 어찌됐든 나만 성공하면 그만이라는 독선과 아집에 깊이 함몰된 데 따른 역작용인 것으로, 온갖 수단 방법을 가리지 않고 오직 목적 달성에만 집착하는 데서 기인하는 현상인 것이다. 이는 오늘날 우리 정치판에서 가장 두드러지게 나타나고 있음은 주지하는 바와 같다.

사실 인간이 자신의 중심을 확고히 지키던서 아울러 고유의 주체성을 잃지 않는 가운데 어떤 사안이나 현상 또는 정치적 입장을 견지해 나간다는 것이 그리 쉬운 일은 아닐 것이다. 자신의 사욕이 완전히 배제될 수 있는 상황이란 참으로 어려운 일임과 동시에 부단한 자기 검증이 수행되지 않고서는 결코 이룰 수 없는 일이 분경한 때문이다. 어쩌면 인간의 본성이 무제한의 욕망을 염원하고 있는 까닭인지도 모를 일이다. 그러나 그로 인해 파생되는 결과는 그 자신이 원하지 않는 엉뚱한 곳으로 귀결되는 경우가 발생하게 된다는 점을 깊이 깨달아야 한다. 따라서 우리는 조직 구성원간에 있어서 특히 지도자의 경우에 있어서는 자신의 입장만을 지나치게 반복해서 밝히는 독선이나 아집을 엄히 경계해야 하는 것이다. 아울러 상대방으로부터 받는, 특히 자신의 열혈 지지자들로부터 받는 지나친 칭찬이나 과대포장도 함께 경계해야 하는 것이다.

현대사회의 병폐 가운데 하나로 어떤 가시적 성과를 거두기 위한 조급함과 그에 따른 무책임을 들 수 있을 것이다. 이에 따른 조직 전체의 규칙과 규정을 존중하지 않는 방종과 무질서가 여기저기서 난무하고 있음을 목도하게 된다. 자신의 주장만이 지고지선의 절대가치란 식의 극단적 현상들이 우리사회에 뿌리 깊이 보편화되고 있는 것이다. 그러나 더 큰 문제는 자신의 그러한 주장이 극단적 편견에 빠져 있다는 위험을 인식하고 있으면서도 결코 이에 대해 조정할 생각을 하지 않는다는 것이다. 그로 인해 그 자신 뿐 아니라 조직 전체를 와해시키는 어리석은 결과를 초래하게 되는 것이다.

어떤 조직 구성원 사이의 지도자, 그게 특별히 정치인이라면 변화하는 시대적 상황에 올바로 대처하는 자세도 반드시 필요한 덕목일 것이다. 그러나 전통적 예를 지켜나가는 일도 그에 못지않게 중요한 일임에는 틀림없다. 따라서 이 둘의 상호 모순을 어떻게 극복할 것이냐 하는 문제는 바로 지도자로서의 자질을 가늠할 수 있는 바로미터가 되는 것이다. 자신의 진취적 기상을 통해, 고루한 형식주의나 국수주의에 빠져 그 조직 전체의 방향성과는 유리된 가치를 고집하는 일도 차단해야 할 것임에는 분명하다. 그러나 자신의 주의 주장이 아무리 정당하고 필요한 것이라 할지라도 이는 그에 알맞는 때와 장소가 있게 마련인 것이다. 이제라도 바라기는 과거와 대화하고 미래를 전망할 줄 아는 참된 지도자의 모습을 그려보는 마음 간절하다.

2004년 7월 6일

도전과 응전

영국의 역사학자 아놀드 토인비는 그의 저서 역사의 연구에서 "도전과 응전의 조우 속에서 창조가 이루어진다."고 밝히고 있다. 개인이나 조직에게 직면한 갖가지 형태의 도전과 시련 앞에서 이를 어떻게 대응하고 극복할 것인가 하는 문제는 굳이 토인비의 말을 인용하지 않더라도 참으로 중대한 일임에 틀림없을 것이다. 이를 통해 어떤 개인이나 조직의 흥망을 가늠할 수 있는 중요한 척도가 될 수 있음도 지극히 당연한 일임에 분명하다.

사실 인간은 지위고하를 막론하고 그의 삶을 살아가면서 숱한 고난과 역경에 처하게 된다. 이는 조직에 있어서도 결코 예외가 아니다. 인간사회 전반에 걸쳐 적용될 수 있는 피할 수 없는 과정인 것이다. 그러나 이를 타개하기 위해서는 현재 스스로가 처해 있는 상황에 대한 정확한 인식과 분명한 목적이 수반되어야 한다. 그리고 고통을 참고 견디어 내는 의지력과 함께 실천역량이 뒤따라야 하는 것이다. 이를 통해 그 개인과 조직의 성패가 결정되는 것이다.

역사가 우리에게 주는 진리 역시 끊임없이 변화하고 있다는 점을 여실히 증명하고 있다. 생성과 소멸의 반복 앞에서 어떤 이는 위기를 기회로 삼을 줄 아는 지혜로움이 있는가 하면, 또 어떤 이는 좋은 기회를 맞았음에도 불구하고 그냥 우두커니 날려 보내는 어리석음을 범하는 경우도 있다. 성공에 이른 사람이나 조직은 늘 변화하는 세상 구도를 간파하고 그러한 변화 속에서 혼신의 힘을 경주해 스스로를 방어하거나 또는 쟁취해 내는 것이다.

영국 속담 가운데 "하늘은 스스로 돕는 자를 돕는다."는 말도 있다. 우리가 자주 사용하는 말 가운데도 이와 유사한 진인사대천명(盡人事待天命)이란 것이 있다. 사람이 마땅히 해야 할 도리를 다한 후에 하늘의 도움을 바래야 함은 동서고금을 막론하고 한결같을 것이다. 특히 조직의 경우에는 상호 유기적인 의사소통과 함께 이를 통한 원활한 협력체계가 이뤄져야 함은 이론의 여지가 없을 것이다. 개인이나 조직이 당면하고 있는 일에 최선을 다하지 않고서 어떤 좋은 결과를 기대한다는 것은 참으로 어리석은 바람이며 아울러 그만큼 어려운 일이 되는 것이다.

그러나 인간은 최선을 다했음에도 불구하고 때로 쓰라린 패배를 맛보아야 하는 경우에 처하기도 한다. 이럴 때 느끼는 상실감은 대부분의 경우 크고도 깊게 각인되어 질 것이다. 그럼에도 불구하고 보다 더 중요하게 생각해야 할 점이 있다. 그것은 지금 눈에 보이는 현상에만 너무 지나치게 매몰되어서는 곤란하다는 것이다. 패배 앞에서도 새로운 용기와 희망의 끈을 다시금 발견할 줄 알아야 한다는 것이다. 어떤 고난과 시련 앞에서도 이를 극복하기 위한 끊임없는 노력과 강인한 의지로 임하게 되면 지금의 불행이 오히려 더 큰 행복으로 바뀔 수도 있게 된다는 사실을 잊지 말아야 하는 것이다.

세상만사 새옹지마(塞翁之馬)라고도 하질 않던가. 오늘의 불행이 또 어떻게 내일의 희망이 될 수 있을지 누구도 장담할 수 없는 것이다. 이러한 사실을 깨닫게 된다면 오늘 자신에게 닥친 불행에 대해 너무 집착하는 우를 범하지는 말아야 하는 것이다. 실패했다고 무한정 의기소침해 할 필요가 없다는 것이다. 오히려 좌절의 아픔을 겪은 사람이 다시금 새로운 의지를 다질 때, 이는 강력한 힘의 원천이 될 수 있기 때문이다.

역경과 고통을 잊지 않고 전화위복(轉禍爲福)의 계기로 삼는 자세를 통해 더 큰 발전을 이룰 수 있다는 사실을 명심할 필요가 있는 것이다.

뒤집기라는 기묘한 씨름 기술도 있지 않는가? 우리의 인생 여정에 있어서도 언제나 가능한 일임을 한시도 잊지 말아야 할 것이다. 상황을 반전시키는 뒤집기야말로 참으로 짜릿하고 황홀한 기쁨으로 다가서게 되는 것이다. 인류사에 있어 결코 오늘만 존재하거나 또는 국한되지 않는다는 사실을 깊이 자각하고 도전과 응전의 변화에 스스로를 적극적으로 내어 맡겨야 하는 것이다. 그리고 최선을 다하는 가운데 하늘의 도움을 구해야 하는 것이다. 고난과 역경에 굴하지 않고 이에 맞서 싸우는 불굴의 자세를 지녀야만 비로소 원하는 것을 얻을 수 있는 기회에 한층 가까이 다가설 수 있게 된다는 점을 깊이 새겨야 할 것이다.

2004년 7월 10일

시발노무색기
(始發奴無色旗)

중국 고서에 보면 3황 5제에 관한 전설이 나온다. 중국인들의 생활 속에 깊게 뿌리 내리고 있는 3황 5제의 역사적 실존에 대한 진위여부를 떠나 그들이 갖고 있는 세계관을 잘 들여다 볼 수 있는 것임에는 틀림없다. 3황 5제와 관련된 내용이 기록에 따라 다소 차이가 나타나고는 있지만 그러나 일반적으로 3황은 주역을 만들었다는 복희, 인류를 낳았다는 여와, 농경과 의학을 개척했다는 신농을 지칭하고 있다. 이들 3황 가운데 복희와 관련된 흥미로운 얘기가 있다. 시발노무색기(始發奴無色旗)라는 말의 유래에 관한 것으로, 그 시기는 복희가 중국을 통치하던 때다.

어느 날 태백산 주변의 시발현(始發縣)이라는 부락에 돌림병이 창궐해서 그로 인해 많은 인명피해가 속출하게 된다. 흉흉한 전갈을 받게 된 복희는 서둘러 그곳으로 향한다. 황하의 물이 시작된다는 뜻의 시발현에 도착한 복희는 그곳에 돌고 있는 전염병을 퇴치시키기 위해 지성으로 기도를 드리게 된다. 그러던 3일째 되는 밤에 홀연히 거센 바람이 일면서 웬 성난 노인이 나타나 크게 꾸짖었다.

"나는 태백산의 자연신이다. 이 마을 사람들은 곡식을 거두고도 여러 해 동안 자연에 대해 감사할 줄 모르고 또한 제사도 지내지 않고 있다. 이를 괘씸히 여겨 벌을 주는 것이다. 나는 집집마다 피를 보지 않고서는 결코 돌아가지 않을 것이다"고 경고했다.

　그래서 복희는 마을 사람들에게 이르기를 "집집마다 동물의 피로 붉게 물들인 깃발을 걸어 두라"고 지시했다. 그런데 시발현의 관노 가운데 어떤 한 사람이 "귀신은 본디 깨끗함을 싫어하니 나는 피를 묻히지 않은 깃발을 걸어 두는 것이 좋겠다."는 생각으로 자기 집에는 무색기(無色旗)를 걸어 놓았다.

　그날 밤 복희가 다시 지성으로 기도를 하는데 같은 자연신이 또 나타나 노여워하기를 "이 마을 사람들이 모두 정성을 보여 물러가려 했으나 한 놈이 나를 놀리려 하니 몹시 불경스럽다. 내 전염병을 거두지 않으리라"고 했다. 그리고 그 다음 날부터 마을의 전염병이 오히려 더욱 기승을 부려 많은 사람이 극심한 피해를 당했다. 이에 복희가 이르기를 "시발현(始發縣)의 한 노비가 색깔 없는 깃발을 걸었기 때문"이라고 탄식하였다. 여기서 유래된 말이 바로 시발노무색기(始發奴無色旗)인 것이다.

　결국 노비 한 사람의 돌출적인 행동으로 인해 마을 전체가 더 큰 화를 당하게 된 것이다. 즉 자신의 경거망동으로 인해 타인이나 집단에게 피해를 주는 사람 또는 어떤 사안에 대해 정확히 알지도 못하면서 마구잡이로 덤비는 사람을 가리켜 시발노무색기(始發奴無色旗)라고 부르게 되었다는 것이다.

　현대사회에서도 나 혼자 잘났다고 하는 사람을 통칭해 '씨팔놈의새끼'라는 욕으로 일컫고 있다. 고사 본래의 의미가 오늘날에는 육두문자로 탈바꿈된 측면이 있지만 여전히 뭇 사람들 사이에서 입에 오르내리고 있다는 것은 참으로 뜻하는 바가 크다 하겠다.

　우리도 세상을 살면서 간혹 종잡기 어려운 부류의 사람을 경험하게 된다. 개인 간에는 피하면 되는 일이지만 그게 조직과 연계될 경우에는 참으로 심각한 마음고생을 하게 된다. 자칫 즈직 전체를 와해시키는 어리석음을 범하게 되는 경우도 발생하게 된다.

물론 어떤 사안에 대해 자신의 생각이나 사상 또는 입장을 확고히 갖는 것은 매우 중요한 일이라 할 수 있다. 그러나 자신의 언행이 그 시기와 장소에 따라 적절한 것인가를 살필 줄 아는 지혜 역시 그에 못지않게 중요하다는 것도 깊이 새겨야 한다. 우리 가운에 혹여 씨팔놈의새끼와 같은 경우가 없잖아 있는지 스스로를 살피고 검증하는 노력이 절실히 요구된다 하겠다.

2004년 7월 22일

정부의 실체 없는
국익 타령

이라크 추가파병 부대의 출국이 철저히 비공개로 진행된 가운데 현지로 떠났다. 언론취재까지 통제된 상태에서 우리 미래의 자산인 젊은이들이 사막의 황량한 사지를 향해 몸을 맡겼다. 추가파병에 따른 국민의 반대여론을 의식해 정부가 이를 일시적으로 모면하기 위한 것으로 보인다. 결국 정부 스스로가 자신들의 잘못된 결정을 인정하고 있다는 반증에 다름 아닌 것이다.

우리나라보다 현격하게 낙후된 필리핀의 경우에는 자국민이 이라크 현지 무장 세력에 의해 피랍되자 미국의 추가 파병 압력에 대해 이를 단호히 거부했다. 결국 자국민의 목숨도 살리그 추가파병 불가라는 명분도 손쉽게 얻어내는 결과를 낳았다. 미국과 국경을 맞대고 있는 멕시코도 우리보다 상대적으로 못한 처지에 놓여 있는 국가다. 그럼에도 불구하고 미국의 파병 압력에 대해 이를 지혜롭게 극복했다. 그런데 이와 관련한 우리정부의 역할은 과연 어떠했는지 의아스럽지 않을 수 없다.

부시가 유럽 각국을 향해 이라크군을 훈련시킬 나토군을 보내달라고 사정한 바 있다. 전투병 파병 얘기는 아예 꺼내지도 못한 상태였다. 독일과 프랑스는 미국의 그러한 요구에 대해 이라크군 병사들을 자신들의 나라인 독일과 프랑스로 데려와서 훈련시켜 주겠다고 했다. 터키도 미국에 추가 파병을 약속했다가 이를 지키지 않았다. 그런데도 부시는 그러한 터키에 대해 예전 일은 서로 잊고 앞으로 잘해보자는 식의 구걸외교를 한 바 있다.

참으로 재미있는 현상이 아닐 수 없다. 부시가 재선을 노리고 허겁지겁 달려드는 천박한 짓에 괜한 들러리만 서지 않겠다는 강한 메시지를 담고 있는 것이다. 부시의 비열한 몰골이 참 딱하게 되었다. 부시라는 한 사람의 전쟁광으로 인해 미국이란 나라 자체가 우스운 꼴이 된 셈이다. 항공모함 선상에서 자신만만하게 이라크 종전을 선언하던 부시의 모습은 이제 오간 데 없고 오직 외교적 구걸만 보이고 있는 것이다.

추가파병을 이행하지 않거나 또는 아예 파병 자체를 하지 않은 국가들이 오히려 미국으로부터 연정의 손짓을 받고 있는 흥미로운 현상이 벌어지고 있다. 그렇다면 이라크에 한국군을 추가파병 하지 않으면 나라가 절단날 것처럼 선전에 열을 올리던 대통령과 청와대 그리고 집권 여당인 열린당과 제 1 야당인 한나라당의 지금 입장은 과연 어떤 것인지 묻지 않을 수 없다. 도대체 국익의 실체가 무엇인지 국민 앞에 분명히 답해야 할 것이다.

2004년 8월 3일

카드 문제와
어긋난 정치 공방

신용불량자들로 인해 파생되고 있는 이런 저런 사회문제와 관련해 정치권이 소란스럽다. 물론 개인의 신용도 및 수입 등이 전혀 고려되지 않은 채 무분별하게 발급된 카드문제로 인해 우리사회 곳곳에서 적지 않은 폐해가 나타나고 있음은 주지의 사실이다. 직접 당사자가 겪는 정신적 고통은 물론이거니와 그로 인해 가정파탄을 비롯한 다양한 형태의 범죄문제 아울러 나라살림 전체에도 심각한 악영향을 끼치고 있다.

카드 문제는 그 시발이 IMF를 초래한 김영삼 정부로부터 거슬러 올라간다. 문민정부 말기에 터진 IMF로 인해 내수경기의 급속한 침체와 함께 중소기업이 줄도산을 하였다. 이무렵 정권을 이양 받게 된 국민의 정부가 펼칠 수 있는 정책적 고심은 그야말로 상당한 것이었으리라 미루어 짐작할 수 있다. 꽁꽁 얼어붙은 시장경제를 활성화하기 위해 자금 흐름도 가능한 범주에서 원활히 수행해야 했을 것이다. 이와 함께 IMF라는 국난도 헤쳐 나가야 하는 2중의 부담이 있었을 것이다. 그리고 국민 앞에 뭔가 가시적인 성과도 낳아야 한다는 심리적 압박도 크게 작용했을 것이다.

이런 상황에서 하나의 대안으로 선택되어진 카드 문제가 오늘날과 같이 심각한 양상을 나타내고 있는 것에 대해 국민의 정부도 그 책임으로부터 결코 자유로울 수는 없다. 따라서 당시 카드 관련 정책을 담당했던 장·차관 및 실·국장의 책임은 더 할 나위 없이 무겁다는 것을 통감해야 할 것이다.

그러나 문제는 여기서만 그치지 않는다. 참여정부 들어서도 특별히 달라진 모습을 보이지 않고 있다는 데 문제의 심각성이 더 크게 도사리고 있다. 카드문제로 인한 악순환의 고리를 적극적으로 대처하고 이를 해결하려는 의지보다는 모든 책임을 전 정부에게만 떠넘기는 듯한 태도를 보이고 있다는 것이다.

노무현 대통령까지 직접 나서 그와 유사한 발언을 했으니 아연 벌어진 입이 다물지 않게 된다. 부도 위기에 몰린 LG 카드 사태에 대한 참여정부의 대응을 보면 가히 그런 말을 할 자격이 있는 것인지 묻지 않을 수 없다. 부실경영으로 인해 이미 망한 것이나 다름없는 상태의 LG 카드였다. 그런데 이런 대기업을 살리기 위해 참여정부가 쏟아 부은 국민의 피눈물어린 세금은 누가 책임져야 할 것인지 대통령을 위시한 참여정부는 스스로를 되돌아보아야 할 것이다.

카드문제의 1차적인 책임은 당시 관리감독을 철저히 하지 않은 정부의 정책 담당자에게 있음은 물론이다. 그리고 개인의 사용 능력에 대한 적절한 판단 없이 카드 발급을 남발한 채권자에게도 있다. 그렇다고 자신의 처지를 고려하지 않고 무분별하게 사용한 채무자에게는 전혀 그 책임이 없다는 뜻은 단언코 아니다. 다만 그 책임의 후순위에 놓여 있다는 차이만 있을 뿐 결코 책임으로부터 완전히 자유로울 수는 없다.

지금 현재 신용불량자가 400만 정도 되는 것으로 나타나고 있다. 이들 가운데 상당수가 우리 경제의 주체로서 활동가능한 사람으로 파악되고 있다. 그런데 더 심각한 문제는 또 있다. 관리감독인 국가와 그리고 카드를 직접 발급해 준 채권 당사자인 카드사의 안이한 발상으로 인해 나라의 재원들이 우리 경제의 주체로서 펼쳐야 할 의사와 능력을 사실상 차단당하고 있다는 것이다.

　따라서 참여정부는 우리사회의 건강성을 담보하고 아울러 경제회생을 위한다면 이들 채무자에 대한 보다 능동적이고 구체적인 정책이 요구된다. 이전 정부에 대해 책임 떠넘기기나 하는 행태로는 그 어떠한 해법도 찾을 수 없다는 것이다.

　그렇다면 이제 참여정부가 해야 할 일은 명확하다. 문제가 되고 있는 사안에 대해 이를 어떻게 하면 지혜롭게 극복할 것인가 하는 점이다. 이와 관련해 우선 채무자의 신용을 전면 회복시켜 주는 것으로부터 열쇠의 단초를 마련해야 한다. 그래서 그들이 정상적인 사회활동을 통해 변제 능력을 갖출 수 있도록 도와야 한다.

　관리감독의 주체인 국가와 그리고 돈을 직접 빌려준 채권자에게 1차적인 책임이 있느니만큼 이자는 전액 탕감허줘야 할 것이다. 그러나 이게 여의치 않다면 이전까지의 모든 이자에 대해서는 탕감해주고 향후 발생할 이자에 대해서는 보통예금 금리 수준으로 책임지게 하는 것도 좋은 방안이 될 수 있을 것이다. 아울러 원금에 대해서는 채무자의 도덕적 해이를 감안하여 이를 장기로 분할상환 받아야 할 것이다. 물론 채무자의 적극적인 변제 의지와 그러한 노력도 칸드시 수반되어야 함에는 이론의 여지가 없다.

　문제 제기를 가장 활발히 하고 있는 민주노동당도 이를 정략적으로 이용해서는 안될 것이다. 잘잘못을 가려 향후 이와 같은 정책판단의 오류를 방지하고자 하는 것은 좋은 일이라 할 수 있다. 그러나 보다 차분한 가운데 그래서 카드문제 해결이 원활하게 수행될 수 있도록 면밀한 대안을 내 놓고 이를 통해 정치권은 물론이거니와 국민일반의 폭넓은 동의를 얻어야 할 것이다.

　무엇보다도 정부가 적극적인 해결 의지를 갖고 이를 위한 사회 각계의 여론을 수렴하여 최종 대책 안을 내 놓는 것도 바람직 할 것이다. 그

러나 이를 정략적으로 이용해 오히려 문제해결의 실마리를 오도하는 일
은 없어야 할 것임을 정치권 모두에게 엄중 촉구하며 아울러 지혜로운
정책적 결단이 있기를 기대한다.

2004년 8월 5일

강대국 전쟁노름에
남북한은 지혜롭게 운신해야

근래 들어 미국과 중국의 군사적 움직임에 대한 우려 섞인 내용이 연일 타전되고 있다. 예전부터 종종 보도되었던 내용이지만 최근 들어 더욱 빈번해지고 있다. 미국의 북한폭격과 중국의 대만폭격에 대한 가능성이 그것이다. 그러나 이는 지나친 가설에 불과하다.

우선 미국이 대만을 완전히 포기하기는 어려운 실정이다. 중국이 대만 장악을 통해 태평양으로 진출하는 것을 막기 위한 미국의 포석이 깔려 있는 까닭이다. 아울러 중국이 북한을 완전히 포기하기란 것도 또한 어려운 실정이다. 미국이 북한을 장악하게 됨으로써 한반도를 통한 미국의 대륙진출을 막기 위한 중국의 중요한 전략적 요충지이기 때문이다.

그러나 여기서 하나의 가능성도 점쳐 볼 수 있다. 만일 미국과 중국이 서로 간에 대만과 북한에 대해 어떤 빅딜을 도모하고 있다면 중국의 대만침공과 미국의 북폭이 가능할 수 있다는 시나리오가 나오게 된다.

또는 미국이 중국을 통해 북한을 견제하게 되는 상황도 가능하다. 중국으로서도 북한의 대량살상 무기가 큰 부담으로 작용하고 있기 때문이다. 물론 여기에는 러시아라는 또 다른 변수가 있다는 점도 간과해서는 안 된다.

설혹 미국과 중국의 이해관계가 서로 맞아 떨어진다고 하더라도 문제는 또 있다. 그들의 바람과 같이 모든 것이 미국이나 중국의 입맛대로만

실행되기에는 결코 쉽지 않은 장애요인이 발생하고 있는 것이다. 현대
전은 그야말로 가공할만한 위력의 최신무기들이 쌩쌩 거리며 적진을 피
폐화시킨다.

북한이 소유하고 있는 미사일은 미국 본토까지 위협하고 있는 수준이
다. 여기에 핵무기까지 장착하게 되면 미국이 북한을 쳐서 얻는 것보다
훨씬 더 많은 손해를 감수해야 하는 상황이 발생하게 된다. 이로 인해
미국이 북한에 대해 함부로 헛짓을 하지 못하게 되는 중요한 요인으로
작용하고 있는 셈이다.

대만 또한 그 군사력이 결코 만만치 않다. 물론 중국과 대만이 전면전
을 벌이게 되면 결국 전쟁은 중국이 승리로 이끌 것이다. 그러나 그로
인한 중국 본토의 피해 또한 결코 만만치 않을 것임은 명확하다. 중국으
로서도 전쟁이라는 극단적 수단을 선택할 수 없게 하는 어려움이 여기
에 있는 것이다. 따라서 이를 잘 알고 있는 그들 당사자들이 쉽게 전쟁
을 감행하기는 어렵다는 것이다.

우리는 이 점을 잘 파악해야 한다. 국가의 안위는 경제성장과 함께 군
사력 강화와 맞물려 있다는 것을 명심할 필요가 있다는 것이다. 이를 위
해 정부 당국은 물론이거니와 국민 역시 가능한 모든 노력을 동원해 자
주국방의 틀을 마련해야 하는 것이다. 이는 한반도가 통일 이후를 내다
보는 가운데 매우 지혜롭게 진행되어야 한다. 우리 민족 모두에게 대단
히 중요한 과제라 아니 할 수 없다.

진정한 평화는 자신을 지킬 수 있는 힘이 전제되어야 한다는 점을 거
듭 강조하며 남북한 양국은 우리민족 공동의 적이 누군지를 분명히 인
식해야 할 것이다. 강대국들의 미친 전쟁노름에 남북한은 공히 지혜롭
게 운신할 것을 당부하는 바다.

2004년 8월 8일

# 각주구검
(刻舟求劍)

한방의 치료법 가운데 하나인 침술이란 것이 있다. 우리 주변에서 간혹 얼굴이나 입이 돌아가고 비뚤어지게 되는 구안와사란 질병을 침으로 손쉽게 치료하는 것을 기억하고 있을 것이다. 뿐만 아니라 중풍으로 오랫동안 거동이 불편한 환자가 뛰어난 침술사의 도움으로 많은 차도를 나타냈다는 보도도 접하고 있을 것이다. 이러한 침술법이 오늘날에는 서양에서도 하나의 학문 분야로 자리 잡고 있다.

한방에서 하는 주장에 따르면, 인체는 늘 기혈(氣血)의 순환이 이뤄지고 있다고 한다. 그리고 기가 모여드는 곳을 경혈이라고 한다. 이러한 경혈이 고장 나고 기혈의 순환이 막히게 되면 병이 된다고 한다. 물론 교통사고와 같은 급격한 외래적 요인에 의한 것은 예외일 것이다. 그러나 대부분의 질병이 차츰차츰 진행 과정을 통해서 생겨난다고 한다.

그런데 정작 주의해야 할 점은 기혈의 잘못된 흐름으로 인해 생긴 질병을 역으로 추적해 이를 바로 잡아가는 과정이라는 것이다. 인체에 기혈의 흐름을 바로 만들어 줌으로써 병이 되고 있는 근본 원인을 침법으로 해소시켜 이를 통해 본래의 건강을 회복시켜줘야 한다는 것이다. 양방의 해부학이나 신경계와는 상당한 차이를 보이고 있지만 오늘날에도 사람들로부터 꾸준한 호응을 얻고 있는 것도 사실이다.

그러나 더욱 중요한 것은 침을 놓는 자리가 정확해야 한다는 것이다. 자칫 침을 잘못 찌르게 되면 그야말로 선무당이 사람 잡는 꼴이 된다는 것이다. 정확한 자리에 침을 찌르지 않고서는 질병을 치료하기 보다는 오히려 질병을 악화시키거나 또는 사망에 이르게 하는 엄청난 부작용을 낳게 된다는 것이다.

따라서 질병을 치료하고 인명을 살리는 뛰어난 침술사가 되기 위해서는 그만큼 각고의 노력이 뒤따라야 함에는 이론의 여지가 없을 것이다. 그런지라 침술사로써 충분히 검증된 사람이어야 함은 지극히 상식적인 일이라 할 수 있을 것이다. 이와 마찬가지로 어떤 조직을 운영하는 책임 있는 위치에 있는 사람의 자세도 당연히 그러하다. 현상에 대한 정확한 진단과 해법을 찾지 못하게 되면 그로 인해 그 조직 구성원 전체가 큰 어려움에 봉착하게 되는 것이다.

이와 딱히 정확한 비유는 아니겠지만 각주구검(刻舟求劍)이란 고사성어가 있다. 판단력이 둔하여 세상일에 어둡거나 또는 어리석게 구는 사람을 일컫는다. 아울러 시세의 추이도 모르고 눈앞에 보이는 하나의 현상만을 고집스럽게 주장하는 처사를 빗대어 부르는 말이기도 하다. 사회 환경의 변화를 인식하지 못한 채 어떤 고정관념만을 지나치게 내세우는 사람을 지적할 때에도 같은 말이 사용된다.

이와 관련한 우화를 살펴보는 것도 현대를 사는 우리에게 하나의 삶의 지혜가 될 수 있겠다. 춘추전국시대의 일로 초나라의 한 청년이 배를 타고 양자강을 건너고 있었다. 배가 강 한복판에 이르렀을 때 그만 실수로 손에 들고 있던 보검을 강물에 떨어뜨렸다. 청년은 허겁지겁 자신의 허리춤에 차고 있던 단검을 빼 들고 보검을 떨어뜨린 그 뱃전에다 표시를 해 두었다. 이윽고 배가 나루터에 닿자 청년은 표시를 해 두었던 뱃전의 물밑으로 뛰어 들어가 보검을 열심히 찾았으나 배는 이미 멀리 이동해 온 상태였다. 당연히 그 자리에 보검이 있을 리 만무한 것이었다.

인간은 누구를 막론하고 이와 비슷한 경험을 할 수 있다. 자신의 주장에 대한 적절한 때와 장소 또는 나아가고 들어 올 때를 구분하지 못하는 어리석음을 범할 수 있게 되는 것이다. 욕심이 앞서다 보면 생각과 판단력이 마비되게 되고 그로 인한 일탈과 부침만 드세게 나타나게 된다. 지금 혹여 내 자신이 각주구검의 어리석음을 자초하고 있지는 않는지 깊이 살펴 볼 일이다.

2004년 8월 10일

평화개혁의 길

바다는 생명의 보고다. 숱한 물길과 물길이 마침내 한데 만나, 서로 얼굴을 맞대고 살아가는 우리 모두의 하나가 된 공간이다. 비록 그 시원은 각기 달라도, 바다는 그들 모두를 편견 없이 포용하고 삶의 터를 제공한다. 따라서 같은 바다에 몸을 담고 있는 각양의 다른 인자는 결국 타인이 아닌 형제인 것이다.

우리사회에 몇 개의 바다가 있다. 태평양이 있고 대서양이 있으며 인도양과 홍해가 있다. 이들에게는 저마다의 분명한 지류가 있다. 각자의 바다를 이루고 있는 인적 지류가 스스로의 모습을 분명히 지닌 채 엄격히 상존하고 있는 것이다. 때문에 이들 중에 누가 나의 힘이 되어 줄 수 있는지 그리고 과연 누가 나의 공동의 적으로 똬리 틀고 있는지 이를 분별하고 헤아릴 줄 아는 안목과 지혜를 지녀야 하는 것이다.

그럼에도 불구하고 바다는 스스로 파도를 일으킨다. 끊임없이 출렁대는 몸짓으로 인해 자신에게 풍성한 산소를 공급하기 위함이다. 이와 같이 조직의 건강성을 담보하기 위한 부단한 자기검열은 반드시 필요한 일이다. 그런지라 같은 바다를 이루고 있는 인적 구성원 간에도 적당한 긴장은 늘 요구되는 것이다. 조직이 고루하고 나태해 질 수 있는 위험을 예방할 수 있기 때문이다.

따라서 스스로를 건강하게 유지하고 이를 통해 자신에게 일체를 의탁하고 살아가는 생명을 풍성하게 하기 위한 적당한 높이의 파도는 늘 필수불가결한 요소라 할 수 있다. 긴장을 통한 적절한 경쟁 없이 조직의 성공을 보장 받기란 어렵기 때문이다.

그러나 분명히 기억해야 할 일이 있다. 어느 조직이든 불신의 골이 깊어지게 되면 돌이키기 어려운 상황을 맞게 된다는 것이다. 따라서 구성원 모두에게 넘지 말아야할 선은 반드시 있게 마련이며 이를 망각하는 우를 범하진 말아야 하는 것이다. 스스로를 담금질하기 위한 상호간의 몸짓이 자칫 감당할 수 없는 상황을 초래해서는 안 된다는 것이다. 폭풍이 우리에게 남겨 줄 수 있는 것은 형언키 어려운 시련과 파괴일 뿐이란 사실을 한시도 잊지 말아야 할 것이다.

2004년 8월 11일

망국적 환상

　노무현 정권의 총대를 온 몸에 짊어진 이해찬 총리가 직접 나서 수도 이전을 확정 발표해 놓은 상태다. 수도권 과밀문제를 해소하겠다는 요량이지만 그러나 이게 현실화되기에는 참으로 숱한 문제점을 안고 있다. 이와 관련해 필자가 이미 그 문제점을 몇 차례 지적한 바 있다. 그리고 수도권 과밀해소와 지역균형발전 아울러 이전의 효율성이란 차원에서 필자 나름의 대안도 제시한 바 있다.

　그런데 정부의 수도이전 방침에 대해 참으로 이해할 수 없는 일이 발생하고 있다. 수도권 과밀을 해소하기 위해 충남지역으로의 수도이전을 확정 발표한 정부가 현재의 수도권 지역인 경기 일원의 그린벨트 820만 평을 해제하겠다는 것이다. 이유는 국민임대주택단지를 조성해 그곳에 100만 가구를 건설하겠다는 것이다.

　물론 서민의 주거 안정을 위해 정부가 임대주택을 조성하겠다는 방침에는 깊이 동의한다. 그로 인한 주택가격의 거품도 일정 부분 해소될 수 있을 것 같다는 생각이 드는 까닭이다. 서울의 아파트 값이 현재보다 최소 30% 이상은 내려가야 타당하다는 점에 대해 전문가 집단에서도 공히 인정하고 있는 분위기다. 또 그래야만 한다. 국민이 자신의 주거비용을 마련하는 데 평생을 힘들어 하게 되면 이 또한 국가가 서민대중에게 가하는 또 다른 형태의 횡포이기 때문이다. 그리고 이는 시장경제의 선순환에 있어서도 결코 바람직하지 못하기 때문이다.

　그렇다면 정부의 수도권 과밀해소를 위한 충남지역으로의 수도이전 발표와 그리고 현재의 수도권 지역에 대한 대규모 택지조성 발상과의 괴리와 이율배반에 대해 어떻게 이해하고 또 납득하란 말인지 의문스럽지 않을 수 없다. 수도권 과밀해소를 위한 정부의 수도이전 정책에 대해 도무지 납득이 되지 않는다는 것이다.

　수도이전을 기정사실화 하던 참여정부였다. 그런데도 불구하고 청와대와 국회를 새롭게 꽃단장 할 때 뭔가 수상쩍은 생각이 들었다. 사실 그 때부터 이미 답은 어느 정도 나와 있었지만 이제 모든 것이 확연해지는 듯하다. 한 마디로 말해 충청권의 표심을 자극하겠다는 발상이었다는 것이다. 그러다 이제 수도권에서 거센 탄발을 사고 또 국민 여론이 갈수록 악화되자 이에 다시 수도권 카드를 꺼내 들고 있는 것이다.

　충남지역에서 땅장사로 실컷 배를 불린 소위 큰손들은 참여정부의 덕을 톡톡히 본 채 현재는 다들 빠져 나갔다고 한다. 대대로 농사를 지어오던 농심만 멍들게 하고 땅값만 엄청나게 부풀려 놓은 결과만 초래하고 만 것이다. 현재 상투를 쥐고 있는 사람단 이러지도 저러지도 못한 채 속앓이를 하고 있는 셈이다.

　거듭 강조하지만, 정부와 민간 자본이 지방으로 지속해서 스며들 수 있도록 정부가 이에 대한 확고한 의지를 갖고 지속적으로 추진해야 할 것이다. 정부산하기관과 국영기업을 단계별로 현재의 수도권이 아닌 지방으로 완전히 내려 보내는 것과 함께 민간의 대형 생산시설이 지방으로 이전 될 수 있도록 꾸준히 유인해야 한다. 중앙정부가 큰 틀에서 밑그림만 그리고 보다 많은 부분을 지방으로 이양해야 한다는 것이다. 그리고 중앙정부는 이에 대한 관리감독만 철저히 하면 되는 것이다.

2004년 8월 13일

오기정치와
땡깡정치

　참여정부 출범과 함께 우리 정치권, 특히 노무현 대통령과 그의 친노 세력을 빗대 생겨 난 말이 바로 코드 정치다. 그 후, 또 다른 신조어가 생겨나서 널리 회자되고 있는 데 소위 오기정치 또는 땡깡정치란 표현이 그것이다. 자신에게 조금이라도 쓴 소리를 하는 정치인이나 또는 같은 조직 내의 경쟁관계에 놓여 있는 동료를 향해 인간으로서는 그 도리상 차마 할 수 없는 말을 서슴없이 자행하고 있는 정치인을 두고 하는 말일 것이다.

　자신보다 훨씬 더 개혁적이고 뛰어난 인물마저 자신의 발아래 굴복하지 않는다고 구태 정치인으로 매도했던 것이 대표적인 경우에 속한다. 아울러 어떤 조직 내의 구성원 간에 있어서도 상호 선의의 경쟁을 통해 자신의 입지를 강화해야 하는데도 불구하고 어떻게든 자신의 입지를 강화하기 위해 동료를 폄하하는 독설을 퍼붓는 정치인을 두고 생겨난 말이기도 하다. 국민은 그런 정치인에게 많이 식상해 있다. 오히려 심한 역겨움마저 나타내고 있다.

　이제 앞으로의 정치지형은 새로운 지도자를 필요로 하고 있다. 국민 일반이 처해 있는 삶의 고통과 눈물의 깊이를 정확히 이해하고 이를 두루 살펴 보듬어 안을 수 있는 그런 정치인을 원하고 있다. 자신의 정치철학을 확고히 하면서도 보다 합리적인 가운데 우리사회의 구태를 씻겨 낼 수 있는 비전과 실천 역량을 지닌 지도자를 갈망하고 있는 것이다.

자신의 개혁에 대한 의지를 입으로만 남발하지 않고 조용한 가운데 그러나 확고한 신념을 갖고 이를 진정으로 실천해 낼 수 있는 인물을 요구하고 있는 것이다.

우리는 어떤 사람의 말이나 글을 통해서 그의 생각을 알게 된다. 그와 마찬가지로 그 사람의 행실을 보고서 그 사람의 말이나 글에 대한 진정성을 확인하게 된다. 향후 진보진영이 찾아내고 키워가야 할 정치지도자 상은 바로 그의 말과 행동이 일치하는 사람이어야 한다. 말만 무수히 앞선 채 정작 실천해 내는 일은 별반 없이 끊임없이 사회불안만을 야기하는 사람으로는 절대 신뢰를 받기 어렵다. 아울러 사회개혁도 결코 실질적인 성과를 얻어 낼 수 없다.

앞으로 진보진영에서는 표리부동한 사람이 득세하게 되는 상황은 철저히 막아야 한다. 입으로는 무수한 향연을 펼치면서도 정작 실천에 있어서는 전혀 다른 모습을 보여주는 식의 정치인은 철저히 가려내야 한다. 독기서린 표정으로 자신보다 월등히 개혁적 마인드를 갖고 있고 또 뛰어난 역량을 갖추고 있는 정치인을 적으로 간주한다거나 또는 표독스런 얼굴로 같은 조직의 동료에게 칼침이나 놓는 식의 정치인으로서는 지금의 노무현 대통령과 같이 소리만 요란한 뿐 결코 개혁을 일궈 낼 수 없기 때문이다.

따라서 진보진영은 진정으로 국가의 위상 강화와 국민의 자존 그리고 왜곡된 경제구조를 타파하고 아울러 서민대중을 위해 실질적으로 일할 수 있는 정치인이 누구인지 원점에서부터 다시금 차근히 따져보고 점검해 볼 필요가 있다. 자신에게 주어진 사명을 정직하게 완수할 수 있는 그런 인물이 누구인지를 철저히 검증해야 한다는 것이다.

노무현 대통령이 진보진영에 준 선물이 딱 하나 있기는 하다. 이는 입술만 앞선 채 국민을 끊임없는 갈등구조와 혼란의 격랑으로만 내모는

지도자로는 결코 우리사회의 그 어떠한 개혁도 참되게 일궈내기가 어렵다는 것이다. 노무현 대통령으로 인해 급기야 개혁피로증후군이란 말까지 여기저기서 생겨나고 있다. 정작 해야 할 일은 전혀 하지 못한 채 정쟁만 일삼다 날 새는 지도자에 대해 환멸을 느끼고 있는 것이다. 국민과 보다 가까운 거리에서 다정다감하게 그들의 눈물을 이해하고 함께 동참할 수 있는 그래서 실제적으로 이들을 위해 일 할 수 있는 정치인을 국민은 지금 원하고 있는 것이다. 진보진영은 이를 귀중한 교훈으로 삼아야 할 것이다.

작금의 치안상태를 보더라도 국민이 마음 놓고 잠을 잘 수 없는 상황에 놓여 있다. 선량한 불특정인 특히 여성이 연이어 살해되는 끔찍한 사태를 경험하며 하루하루를 마음 졸이며 살아가고 있다. 심지어는 업무를 수행하던 경찰관마저 한꺼번에 흉악범에게 살해되는 도무지 상상할 수 없는 일조차 발생하고 있다. 정치권이 모든 일을 정쟁의 도구로만 사용하고 있는 데 따른 심각한 가치왜곡 현상이 그대로 투영되고 있는 것이다. 내가 아닌 남을 모두 적으로 규정한 채 연일 계속되는 정치권의 싸움질을 그대로 보고 배운 결과인 것이다. 그러다보니 공권력에 대한 국민의 비아냥거림이나 또는 무시현상이 더욱 확대되고 있는 것이다.

서민대중의 가계경제도 이미 파탄 난 상태에 이르렀다. 신용불량자가 400만 명에 이르고 있으며 여기에 젊은이들은 취업을 하지 못해 유리방황하고 있다. 꽁꽁 얼어붙은 내수 시장을 활성화 할 수 있는 대책도 도무지 보이지 않고 있다. 시장 상인들에 의하면 차라리 IMF 때가 그나마 더 나은 편이라고 할 정도니 그 심각성은 가히 하늘에 사무칠 지경에 다다른 것이다.

여기에 노무현 대통령이 해외 나들이를 하면서 보여준 역사에 대한 그릇된 인식은 급기야 중국의 해괴한 역사날조를 초래하게 되었으며 일본 또한 역사왜곡에 대한 고삐를 더욱 강화하고 있다. 미국 역시 역대 어느 정권 때보다 한국정부를 무시하고 있는 듯하다. 국치의 전형을 보여주는 것이며 이보다 더한 국권 침탈행위가 따로 없을 것이다. 무엇을 어떻게 해야 할지 모르는 노무현 대통령의 총체적 무능으로 인해 나라 안팎이 어느 한 곳도 성한 모습을 보여주지 못하고 있는 것이다.

남은 3년 6개월여 동안을 더 인내하며 고통당해야 하는 국민 일반의 처지가 참으로 딱하다 아니 할 수 없다. 백성의 원성이 하늘에 사무치고 있으니 공권력인들 어찌 다르다 할 수 있겠는가. 나라는 안팎으로 중병에 걸려 신음하고 있는 데, 몇몇 특정인을 위해 정작 국가의 주인인 국민 모두는 마음고생과 몸 고생을 동시에 하고 있는 것이다. 그를 선택한 우리 모두의 업보라 생각하며 향후 진보진영은 보다 철저한 검증을 통해 참된 지도자를 세워야 할 것이다. 다시는 이와 같은 어리석은 일을 역사에 반복하지는 말아야 할 것이다.

2004년 8월 16일

엇박자 걷는
친일청산

　노무현 대통령과 열린당이 한솥밥을 이루며 국민 앞에 표방했던 것이 새로운 정치를 하겠다는 것이었다. 기존 정당 내의 파벌적 커넥션과 이해관계에 의한 모리배적인 권력 형태를 지양하고 이를 통해 정치개혁은 물론이거니와 사회 제반의 모순과 구태에 대해 폭넓은 개혁을 단행하겠다고 누누이 강조하며 그러한 주장은 현재까지도 똑 같이 되풀이되고 있다. 그런데 과연 그 약속이 제대로 지켜지고 있는 것인가? 대통령을 비롯한 열린당 내의 모든 인사가 틈만 나면 스스로가 환골탈태를 하겠다고 강조해 왔음에도 불구하고 지금 국민의 눈에 비친 정치현실은 대통령과 집권 여당의 말을 전혀 신뢰할 수 없는 상황에 놓여 있다. 국민을 볼모로 한 끊임없는 편 가르기와 위선적 행태로 인해 정치현실은 전혀 창조적 발전을 이루고 있지 못한 채 오히려 퇴보되고 있는 양상이다. 그야말로 구태정치의 확대 재생산에 다름 아니며, 일정 부분에 있어서는 오히려 더 심한 수구적 태도마저 나타내고 있다.

　얼마 전, 열린당 김희선 의원의 독립군 조부와 관련된 진위 의혹이 인터넷 웹상에서 처음 제기된 바 있다. 그리고 이는 네티즌 일반에게 급속하게 번져 나갔다. 마침내 언론에서도 이에 대해 공식적으로 문제 제기를 함으로써 모든 국민이 훤히 알게 되는 상황에 이르렀다. 그런데도 정작 문제의 당사자인 김희선 의원은 그 모든 의문에 대해 속 시원한 입장을 밝히지 못하고 있다. 해명을 하면 할수록 오히려 더한 의문점만 부각

되고 있는 실정이다.

　최근 이와 유사한 일이 인터넷 웹상에서 또 불거졌다. 집권 여당의 의장을 맡고 있는 신기남 의원의 선친 신상묵 씨의 친일행각과 관련된 의혹이 그것이다. 이에 대해 언론도 본격 가세하면서 국민 사이에서도 널리 회자되고 있다. 그리고 그러한 의혹이 마침내 사실로 밝혀지고 말았다. 도덕성을 누구보다 강조하던 열린당의 본 모습이 그야말로 만천하에 드러난 순간이었다.

　신기남 의장의 선친인 신상묵 씨가 당시 일본군 헌병의 오부란 위치에 있었다는 것은 그야말로 독립 운동하는 애국지사들을 가장 악랄하게 괴롭혔던 자리로 널리 알려지고 있다. 그리고 아직 생존해 계신 분들에 의해서도 신상묵 씨가 당시 항일운동을 하던 이들에게 저지른 고문행위 등이 적나라하게 진술되고 있다. 자신의 출세를 위한 수단으로 항일열사들을 앞장 서 잡아들이는 일을 아주 적극적으로 열심히 했다는 것이다. 그러나 정작 중요한 것은 김희선 의원의 조부에 대한 사실관계 또는 신기남 의장의 선친이 친일부역을 했다는 것에 국한되지 않는다. 바로 그 때마다의 끊임없는 말 바꾸기와 거짓말로 일관했다는 것이 더 큰 문제인 것이다. 정치집단에 아무리 야바위꾼들로만 득실댄다지만 그러나 진실을 규명하고자 하는 네티즌에 대해 사법처리를 하겠다는 식의 엄포는 참으로 추한 몰골이라 아니 할 수 없다. 아울러 언론의 의혹 제기에 대해서도 사실규명 없는 오보경쟁 또는 법적대응 운운하며 스스로의 양심을 속였다는 것이다.

　물론 인간이 자신의 치부에 대해 숨기려 하는 것은 어쩌면 인지상정이라 할 수 있을 것이다. 더더욱 선대의 일로 연좌제를 적용한다는 것도 결코 바람직한 일만은 아닐 것이다. 지난 군사독재 시절, 자신의 의지나 행위와는 전혀 상관없이 얼마나 많은 사람이 연좌제로 인해 이루 말 할 수 없는 고통을 당했는지 이에 대해 돌이켜 보면 충분히 납득이 갈 것이다. 그럼에도 불구하고 큰 문제로 지적하지 않을 수 있는 것은, 김희선 의원과 신기남 의장이 자신에 대한 의혹이 불거질 때마다 이에 대해 온갖 거짓으로 일관했다는 것이다. 심지어는 막강 권력을 이용한 공갈 협박까지 서슴없이 자행했다는 점은 그들의 도덕성이 어떠하다는 것을 단적으로 입증하고 있는 것에 다름 아닌 것이다.

이제 정치권에 남은 일은 그간의 밀린 숙제를 철저히 마무리 하는 것이다. 비록 늦었지만 친일청산은 우리시대에 반드시 짚고 넘어가야 할 문제이며 시대적 사명이기 때문이다. 이제라도 조국의 광복을 위해 피 흘려 싸우셨던 독립투사들의 한을 풀어줘야 할 것이며 이를 통해 우리 역사에 다시는 이러한 부끄러움이 되풀이 되지 않도록 그 진상을 철저히 밝히고 또한 기록으로 남겨야 할 것이다. 그래서 우리 후손들이 자손만대에 이르도록 두고두고 교훈으로 삼을 수 있도록 해야 할 것이다.

이는 한나라당의 박근혜 대표도 결코 예외가 될 수 없다. 박정희 전 대통령에 대해서도 짚고 넘어가야 할 점이 있다면 반드시 바로잡고 가야 할 것이다. 따라서 우리 근대사의 왜곡된 역사를 바로 잡고 이를 통해 민족 기상을 명확히 확립하는 일에 적극 협조해야 할 것이다. 친일청산 문제가 어떤 정치적인 이해관계로 인해 공정성에 문제가 발생하거나 또는 중도 하차되는 일은 어떠한 경우에도 없어야 할 것이다. 우리 속담에 "도둑이 제 발 저린다."는 말이 하나의 기우에 불과하기만을 기대하며 그간의 밀린 숙제가 우리시대에 마무리 될 수 있기를 기대하는 마음 크다.

2004년 8월 18일

혼돈의
열린당 정체성

열린당의 초대 의장인 정동영 씨가 노인폄하 발언에 대한 책임을 지고 중도하차한 바 있다. 그 뒤를 이어 신기남 의원이 의장직을 승계하였으나 그의 선친 신상묵 씨의 친일부역에 대한 위선적 작태가 들통 나면서 취임 3개월 만에 역시 중도하차 하였다. 이로 인해 공석이 된 의장직을 지난 열린당 전당대회에서 3위를 했던 이부영 씨가 승계하게 되었다. 그렇다면 명색이 원내 과반 이상 의석을 차지하고 있는 집권 여당의 최고 실력자인 만큼 그에 걸 맞는 검증도 필요할 것이다.

이부영 씨 하면 우선 떠오르는 것이 DJ 저격수란 이미지로 강하게 연상되어진다. 그는 지난 97년 대선 무렵 한나라당 내의 소위 '새물결유세단' 이란 것을 조직하여 DJ에 대해 온갖 독설을 퍼붓는데 앞장선 사람이다.

한나라당 이회창 총재의 두터운 신임을 얻어 그의 전략가로 입지를 굳히면서 DJ 죽이기에 모든 정열을 쏟아 붓던 장본인이 바로 이부영 신임 열린당 의장인 것이다. 그는 지난 2002년 대선 당시에도 현재의 노무현 대통령 저격수로도 혁혁한 공을 세운 바 있다. 97년 낙마에 이어 두 번째 대선에 도전한 한나라당 이회창 후보 당선을 위해 맹렬히 활동한 그였다. 극우성향의 후보를 대통령으로 만들기 위해 그 때마다 최전방에서 칼자루를 휘둘렀다는 점만으로도 그의 정치철학이 어떠하다는 것을 잘 입증하고 있는 것이다.

　그의 정체성이 무엇인가를 대변해주는 것은 또 있다. 17대 국회에서 활발히 논의되고 있는 ‘친일진상규명특별법 개정안’과 관련해 그 조사 대상에서 박정희 전 대통령은 빼 놓을 수 있다고 말한 점이다. 심지어는 박정희 전 대통령의 친일부역은 그리 큰 문제가 될 수 없다는 식의 발언은 그가 과연 친일청산에 대한 의지가 있는 것인지 심한 의구심을 낳기에 충분한 것이다. 참으로 극우 부역자 출신다운 면모를 유감없이 보여준 것에 다름 아닌 것이다.

　군부독재 세력을 자양으로 하고 있는 한나라당의 극우 앞잡이 전력을 가진 열린당의 신임 의장 이부영 씨와 그리고 과거 기회주의적 친일부역에 앞장섰던 세력과 서로 어떤 점에서 다를 수 있단 말인가? 한나라당 원내총무와 최고위원을 거쳐 부총재까지 했던 그가 과연 무슨 낯으로 개혁을 입에 달게 될지 심히 개탄스럽지 않을 수 없다. 열린당이 잡탕당이란 세간의 비아냥거림을 그대로 확인해 주고 있는 것에 다름 아닌 것으로써 그야말로 한국 정치판이 코미디만도 못한 상황을 연출하고 있는 것이다. 참으로 씁쓸한 날의 연속이라 아니 할 수 없다.

　이제 열린당은 국민 앞에 답해야 한다. 지난 시절 군부독재 세력의 앞잡이 노릇을 하던 인사가 열린당 의장이 되는 이 기막힌 현실에 대해 자신들의 정체성이 무엇인지를 분명히 밝혀야 한다. 아무리 기회주의자들과 야바위꾼들이 득세하는 곳이 정치판이라지만 적어도 이 문제에 대해서만큼은 명확한 입장이 있어야 할 것이다. 거듭 묻는다. 과연 열린당의 정체성은 무엇이란 말인가?

2004년 8월 19일

태풍 피해 복구와 음주가무

　작년 이 무렵 기상 관측 이래 가장 강력한 태풍 '매미'가 우리에게 수많은 인명과 재산 피해를 남겨준 채 물러간 바 있다. 그 와중에 이 나라 최고 통치자인 노무현 대통령은 가족 일행과 함께 태평히 오페라 관람을 하였다. 참으로 훌륭한 문화정책을 최 일선에서 몸소 실천하였던 대통령인 셈이다. 우리는 대통령의 이러한 문화정책을 자자손손 대를 이어 기념해야 할 일이다. 대통령에게는 무척 뿌듯하고 자랑스러울 일일 것이다. 청사에 길이 남을 업적을 세웠으니 말이다.

　올해는 태풍 '메기'가 우리를 힘들게 하고 지나갔다. 호남 일대와 강원 지방의 피해가 대단히 큰 것으로 나타나고 있다. 해당 지역민과 공무원이 총 동원되어 복구 작업을 펴느라 여념이 없는데 열린당 관계자 150여명이 술판에다 춤판까지 벌였다고 한다. 물 맑고 공기 좋은 강원도 땅의 의암댐 인근 유원지에서 그랬다. 이를 보다 못한 농민들이 거세게 항의까지 했다고 하니, 해당되는 열린당 인사들의 음주가무놀이가 어떠했겠는가는 굳이 보지 않아도 훤히 들여다보인다.

　물론 누구나 술을 마실 수 있는 일이고 노래도 부르고 또 춤도 출 수 있는 일이다. 그러나 그러한 놀이문화도 그 시기와 장소를 적절히 분별할 줄 알아야 하는 것이다. 농민들은 수마에 재산을 잃고서도 체념하지 않고 이를 어떻게든 극복하겠다고 구슬땀을 흘리고 있는데 정작 집권여당 인사들은 떼거리로 한데 몰려 추태를 부린대서야 어디 될 말인가?

그리고 술판도 모자라 확성기를 틀어잡고 가무까지 즐겼다고 하니 어찌 나라의 지도자라고 할 수 있겠는가? 보다 못한 농민들이 항의하자 서로 뒤엉켜 실랑이까지 벌였다고 하니 참으로 위대한 조국의 선각자들인 셈이다. 그 명단을 아로새겨 국민 앞에 세세히 공개토록 할 일이다.

하나 더 짚고 가자. 작년 태풍 '매미'로 인한 부산과 경남 지방의 피해에 대해서는 정부가 상당한 액수의 국고지원을 하였다. 이번에도 그에 상응하는 국고지원이 이뤄질 수 있을 것인지 관심을 갖지 않을 수 없다. 그리고 그간 매년 관례처럼 행해지던 공중파 방송의 수재의연금 모금방송을 비롯하여 아울러 기업에서도 푼돈 정도는 나오게 만들지 한 번 지켜볼 일이다. 국난 앞에서 오페라를 관람하고 음주가무를 즐길 줄 아는 훌륭한 대통령과 집권 여당의 고품격 문화가 과연 어떠한지를 말이다.

2004년 8월 23일

남북한이 함께
사는 길

구 소련의 해체와 함께 세계국가가 이념에 의한 국제질서 체제에서 자국 또는 민족의 실익추구 위주로 급속히 전환되었음은 주지하는 바와 같다. 물론 국제사회에 있어서 이데올로기적인 요소가 전무하다는 뜻은 아니지만 그러나 국가 간의 관계에 있어서 그 영향력이 현저히 약화된 것만은 분명하다. 중요한 것은 국제사회의 각각적인 흐름 속에서 어떻게 하면 우리 민족이 밀리지 않고 보다 주도면밀하게 대처할 것이며 아울러 운신의 폭을 넓혀 갈 것인가 하는 점이다.

세계가 냉전체제의 와해를 겪는 과정에서 중국의 경우에는 그러한 국제정세의 흐름을 정확히 읽고 발 빠르게 개방화 정책을 적극적으로 펼쳐 나갔다. 그리고 이는 오늘날과 같은 괄목할만한 성과를 나타내고 있다. 심지어는 그리 머잖은 시점에서 미국을 능가하고 세계 제 1국가가 되리란 분석이 지배적인 실정이다. 우리와는 지리적으로 가까운 중국의 성장이 한편으로는 위기로 인식될 수 있지만 그러나 동시에 이는 우리에게 대단히 좋은 기회이기도 하다. 다만 중국이라는 엄청난 시장을 우리가 어떻게 효과적으로 공략할 것인가 하는 점에 있다. 이를 위해 경제주체인 기업은 물론이거니와 정부의 대내외적인 노력도 필수불가결한 요소임은 지극히 당연한 일이라 하겠다.

중국의 성공에 자극을 받은 북한도 국제사회에 대한 개방과 경제적인 교류의 필요성을 절감하고 몇 곳의 경제특구 지정과 금강산관광 허가 그리고 개성공단 조성 등을 통해 본격적으로 개방화의 길로 나서고 있다. 그러나 북한의 이러한 노력이 실효를 거두기 위해서는 몇 가지 단서 조항이 붙는다. 특별히 남북한 상호간의 신뢰구축이란 정치적 기반이 더욱 공고히 강화되지 않으면 안 된다는 점이다. 물론 상대적 우위를 확보하고 있는 남한당국의 보다 유연한 자세도 필요한 대목이라 할 수 있겠다. 아울러 국제사회에서 남한 당국의 북한에 대한 외교적 협력도 더 긴요하게 요구된다 하겠다.

최근 북한 당국이 개성공단의 부동산관련 권리를 한국법에 따라 상속과 재산배분을 할 수 있도록 관련규정을 사실상 마무리한 것으로 전해지고 있다. 비록 토지소유권은 제외된 상태로 토지 이용권과 건물에 대해서만 그 소유권을 인정하고 있지만 이는 북한의 사회체제와 그리고 노무현 정권 들어 경직된 남북관계에도 불구하고 북한 당국이 적극적인 자세를 보이고 있다는 것은 개성공단에 대한 그들의 기대가 그만큼 크다는 것을 단적으로 반영하고 있는 것이다.

바라기는 개성공단 가동과 함께 반세기를 넘기고 있는 남북한 간의 적대관계를 확실히 불식시키고 새로운 한민족 시대를 향해 힘찬 걸음을 멈추지 말아야 할 것이다. 개성공단이 어떤 상징적인 시설에 머물고 마는 것이 아니라 남북한 양자 모두에게 실질적인 이익을 보장해 주는 형태로 나아 갈 수 있어야 한다는 것이다. 아울러 북한의 경제력 향상과 함께 인권문제도 더욱 강화될 수 있기를 함께 기대한다. 이를 통해 향후 통일을 대비한 남북한 모두의 상호 부담도 현저히 줄어 들 수 있으리라 믿는 까닭이다.

끝으로 개성공단의 재산권 문제에서 보여준 북한의 전향적인 자세에 대해 크게 환영의 뜻을 전하며 덧붙여 민족의 명운이 걸린 중대한 실체적 첫걸음임을 남북한 모두가 깊게 자각하고 지속적인 발전방안도 함께 마련되어야 할 것이다. 세계국가를 이해시키고 마침내 감동의 물결로 출렁이게 할 수 있도록 남북한 당국 모두가 민족의 통일이란 과업을 향해 필요한 모든 노력을 아끼지 말아야 할 것이다. 한반도 통일을 통해 잃어버린 만주벌판을 끝내 회복하고 아울러 대륙을 넘어 유라시아로의 깊고 방대한 진출이 이루어 질 수 있기를 기대하는 마음 크다.

2004년 8월 27일

대통령의
왜곡된 현실 인식

노무현 대통령이 향후 정부 예산을 편성할 때 기존 예산중에 10% 정도를 잘라내는 대신 그에 상응하는 자금을 각 지방에서 추진하고자 하는 일 가운데 상대적으로 훨씬 효율적인 사업을 찾아내 지원하겠다고 밝혔다.

원칙적으로 공감하는 발언이다. 그러나 간과하고 있는 점이 있다. 바로 지금 현재 시점에서 나타나고 있는 지역 간의 편차에 대해서는 전혀 언급이 없다는 점이다. 그간 지속적으로 심화되어 온 지역 간의 불균형으로 인해 재정자립도 뿐만 아니라 각종 인프라에 있어서도 지역 간에 현격한 차이가 발생하고 있는 현실은 전혀 도외시하고 있다는 것이다.

다시 말해, 지자체 스스로가 경제주체로써 종합적이고 핵심적인 활동을 할 수 있도록 하겠다는 대통령의 발언에 대한 진정성이 담보되기 위해서는, 지역 간의 심각한 불균형에 대해 이를 해소할 수 있는 또 다른 방안도 함께 마련되어야 한다는 것이다.

지역주민에 대한 포괄적이고 일상적인 서비스 제공이 그야말로 대통령의 발언과 같이 지역균형적인 차원에서 원활히 수행되기 위해서는 그에 걸 맞는 실질적인 방안이 함께 도출될 수 있기를 바란다는 것이다.

예컨대 일단의 무리가 100m 달리기를 한다고 가정하자. 그런데 영남은 그 출발선에서 70m 앞쯤에 서 있고 그 외의 충청, 호남, 강원, 제주 등은 대통령이 정한 규칙에 따라 출발선을 철저히 지켜야 한다면 이는 대단히 불공정한 경기가 된다는 것이다. 서울의 경우에도 그렇다. 강남과 강북이 현저한 차이를 안고 있는 데, 이에 대한 정책적 배려 없이 일률적으로 같은 규칙을 적용하겠다는 것은 상식 밖의 발상에 불과하다는 것이다. 그간의 불균형으로 인한 지자체간의 저정 자립 수준이 전혀 반영되지 않은 상태에서 그들 모두를 동일선상에 세워 놓고 달리기 시합을 하게 만들겠다는 발상 자체가 그야말로 기만스럽게 들릴 뿐이라는 것이다.

수도이전 지역으로 확정된 충청권의 경우에도 그게 과연 대통령의 인식과 같이 충청권에 대해 실질적인 발전을 안겨 줄 수 있겠느냐 하는 점에 있어서는 상당한 의문을 갖지 않을 수 없다.

충청지역의 저개발에 대한 프로그램이 전무한 상태에서 수도이전만한다고 해서 충청권이 발전할 수 있으리란 기대는 그야말로 수준 이하의 안이한 생각이란 것이다. 정부청사가 몰려 있는 현재의 과천시 정도가 충청지역으로 옮겨가는 것 외에 별다른 진척은 없을 것이기 때문이다. 충청권의 저개발을 향상시킬 수 있는 생산 및 인프라의 구축 없이는 결단코 실질적인 발전을 이룰 수 없다는 것이다.

문제는 또 있다. 수도권 과밀현상을 해결하기 위한 하나의 방편으로 수도이전을 추진하겠다는 정부가 오히려 수도권 그린벨트 수백만평을 이미 풀어 놓은 상태다.

아울러 공장총량제 조정과 토지이용규제 해제를 통해 수도권에 생산시설을 늘리겠다는 것은 또 어떻게 이해될 수 있단 말인가? 수도권의 교통체증과 환경오염 그리고 주택문제 등을 풀기 위해 수도이전을 추진하겠다는 대통령 발언의 진위에 대해 도무지 종잡기 어렵다는 것이다. 이에 대한 대통령의 명확한 입장 표명 있기를 기대한다.

2004년 9월 7일

청와대의
도덕 불감증

  양정철 청와대 홍보기획 비서관이 정부 주최로 열리는 '디지털방송 선포식' 행사의 준비과정에서 이와 관련된 소요 비용을 8개 기업에 압력을 행사해 분담케 하려 했던 것으로 최종 밝혀졌다. 청와대의 전화 한 통화로 모든 것을 만사형통하려던, 마치 3공화국이나 5공화국이 새롭게 부활했다는 느낌마저 들고 있다. 결국 들통 난 전화 한 통화였지만 말이다.

  이번 일이 정부와 민간 기업이 함께 참여하는 행사였다고 하느니만큼 그와 관련된 민간부분의 일정한 부담이 발생할 수 있는 일인지에 대해서는 정확히 알 수 없다. 그러나 설혹 이에 대해 납득할 수 있는 점이 있다 하더라도 어떻게 행사의 전반적 비용까지 민간 기업이 떠안도록 압력을 행사했는지에 대해서는 도무지 이해가 되지 않는 부분이다.

  관련 행사에 민간 기업의 행사 부스 사용료가 1~2억 정도가량 소요되는 것으로 알려지고 있다. 사실 이 액수도 결코 적은 것은 아닌 것으로 추정된다. 그런데도 불구하고 청와대 양정철 비서관은 기업에게 4~5억 원의 행사비를 분담하라는 압력을 행사했다고 한다. 별반 크지 않은 행사 하나 치루면서 8개 기업에서 4~5억씩을 분담금으로 요구했으니 결국 32~40억 정도를 행사비로 산정했다는 것이다. 그 저의가 심히 의심스러운 대목이라 아니 할 수 없다.

  그러나 더 큰 문제가 도사리고 있다. 처음 인터넷 언론에서 이와 관련된 의혹을 제기하자 청와대 당사자가 거짓말을 했다는 점은 더욱 유감스런 일이다. 더 나아가 해당 인터넷 언른사에 대고 "초강경 대응하겠다"는 식으로 또 다른 압력을 행사했다는 점이다. 그리고 문제가 확산되자, 양정철 비서관과 삼성그룹의 해당 임원 역시 서로간의 전화통화에 대해 이를 전면 부인했다는 점이다. 기업과 정치권력의 유착을 확인할 수 있는 하나의 단적인 면을 들여다 볼 수 있는 점이기도 하다.

이러다 보니 결국 기업이 타락할 수밖에 없다. 기업 스스로가 정치권에 대한 방어적 차원의 비자금을 따로 조성할 수밖에 없게 된다는 것이다. 기업에 대한 불필요한 규제는 대폭 줄이는 대신 경영의 투명성은 확보될 수 있도록 제도 개선에 노력하고 감시해야 할 정치권력이 기업으로부터 금품이나 갈취하려는 추태를 부리고 있으니 어디 될 말인가? 그것도 권력의 가장 핵심인 청와대에서 말이다. 기업사주의 개인 착복과 함께 우리 기업이 안고 있는 고질적인 병폐인 것이다.

참여정부가 잊을 만하면 공무원의 부정투패를 엄벌하겠다고 호통치고 있다. 절대 옳은 말이다. 지금까지의 관료적 공무원에서 이젠 국민에 대한 서비스를 제공하는 공무원으로 탈바꿈되어야 함은 지극히 당연한 일이기 때문이다. 이를 위해서 중앙정부와 지자체의 불편부당한 규제도 하루 빨리 제거되어야 한다. 그러나 더욱 중요한 것은 권력의 핵심이 도덕적으로 모범이 되어야 한다는 점이다. 스스로가 부정부패와의 연계고리를 차단하겠다는 의지와 함께 그런 시스템을 구축해야 하는 것이다.

그런데 생각해 볼 문제다. 청와대의 대통령 비서실장은 이 문제에 대한 책임을 물어 관련 비서관의 해임 필요성을 느끼지 못하고 있다고 말한 점이다. 하급 공무원에 대해서는 서슬 퍼런 도덕적 잣대를 강요하면서도 정작 권력의 핵심 인사들은 스스로가 자기성찰을 하고 있지 못하다는 반증이다. 이러니 어디 대통령과 청와대의 권위가 설 수 있겠느냔 말이다. 스스로가 심각한 도덕적 불감증에 처해 있으면서 어찌 국민 일반에게 훈계를 할 수 있단 말인가. 청와대 스스로가 먼저 모범이 되어 줄 것을 기대하는 마음 크다.

2004년 9월 9일

울고 싶은
추석 명절

우리민족은 음력 8월 15일을 추석이라 해서 이를 명절로 삼고 있다. 한가위 또는 중추절이라고도 부르는 데, 이는 가을의 한 가운데 있는 큰 날이라는 뜻을 담고 있다. 추석 무렵이 되면 여름의 땡볕 무더위도 완전히 물러가고 제법 서늘한 날씨를 보이게 된다. 논에는 벼 이삭이 튼실하게 익어 빼곡한 황금빛으로 물들게 된다. 이른 경우에는 추수를 끝내고 비어 있는 논이 주는 삶의 무상을 깨닫게도 한다. 들판도 형형색색의 옷으로 갈아입은 채 온갖 여문 알곡과 각종 과실 역시 그 마지막 단맛을 채우며 스스로가 풍성히 내어줄 채비를 다해간다.

추석이 되면 농사일도 거의 마무리 된 상태여서 마음의 여유도 회복되는 시기다. 날씨 역시 덥지도 않고 춥지도 않으니 오늘날과 같이 각종 문화시설이 없던 때로서는 놀이문화를 즐기기에도 딱 좋은 때다. 새로 수확한 과일과 곡식을 정성스레 차려 자연의 베풂에 대해 감사를 표한다. 이처럼 추석은 즐겁고 신나는 날인 동시에 그에 대한 고마움을 잊지 않고 기리는 날이기도 한 것이다.

추석과 관련된 속담에 "덜도 말고 더도 말고 한가위만 같아라."란 말이 있다. 추석이 되면 이웃과 떡이며 각종 나물을 나눠 먹게 되니 이때만은 가난한 사람도 배고픔을 피할 수 있었던 것이다. 먹고 사는 일이 궁핍했던 시기에도 추석 명절만큼은 서로 나눌 줄 알았던 우리민족의 자연과 이웃에 대한 감사와 배려를 잘 나타내고 있다.

올해도 어김없이 추석을 맞고 있다. 그러나 인심은 결코 넉넉하지 못한 채 오히려 흉흉하기만 한 것 같다. 수도이전 문제, 과거사청산 문제, 국보법개폐 문제 등 어느 것 하나 마무리되지 않은 채 연일 극심한 정치 공방으로만 치닫고 있다. 민족문제도 딱히 어떤 돌파구가 보이지 않은 가운데 교착상태에 빠져 있다. 남한 사회에서도 내수경제의 극심한 침체로 인해 서민의 삶은 고달프기만 하다.

나라 안팎의 대형 이슈들로 말미암아 독거노인, 소년 소녀 가장, 시설 장애인, 시설 고아 등은 물론이고 일용직 노동자를 비롯한 비정규직 근로자, 영세상인 그리고 최저임금 직군의 추석을 맞는 심정은 결코 들뜨고 기쁜 마음만은 아닐 것이다. 오히려 더 막막하고 수심만 가득한 채 맞는 추석이 될 것 같다는 생각을 지울 길이 없어서 마음 한 구석이 답답하기만 하다.

정치권에서 마땅히 해야 될 입법 활동은 착착 차질 없이 진행하고 또 마무리 되어야 하겠지만 그러나 무엇보다 중요한 것은 국민이 배고픔과 추위로부터 내 몰리는 일을 겪게 해서는 안 된다는 것이다. 국민 사이의 상대적 박탈감을 최소화하는 것도 국가경영을 책임지고 있는 이들의 당연한 몫이지만 더욱이 헐벗게 한데서야 이는 도저히 있을 수 없는 일이다.

마땅히 직장을 구하지 못해 거리를 배회하고 있을 청년 실업자 그리고 이런 저런 불우한 처지에 있는 우리 이웃들을 생각하니 다가오는 추석이 그리 달갑지만은 않은 것이 사실이다. 함께 목 놓아 울고 싶은 조국의 슬픈 자화상 앞에서 무기력하기만 한 손짓이 그저 슬플 뿐이다.

2004년 9월 25일

서민 생활 안정이
최우선 개혁

권력을 갖고 있는 어떤 사람이 실제 국민의 참된 입장을 헤아리기 위해서는 그 권력과 한 동안 유리되어 있어야 비로소 가난하고 힘없는 사람이 안고 있는 삶의 질곡이 무엇인지를 정확히 꿰뚫어 보게 되는 측면이 있다. 권력을 쥐고 있는 모든 사람이 다 그렇지는 않겠지만 그러나 상당 부분 그런 요소들이 있음도 숨길 수 없는 사실이다.

우리 경제가 매우 어려운 지경에 처해 있다. 특히 서민생활은 이미 파탄 상태에 이르렀다고 해도 결코 과언이 아니다. 더욱 우려스러운 현상은 국민 일반 사이에서 뭔가를 해 보자는 의욕이 도무지 일지 않고 있다는 데 있다. 주머니가 텅텅 비어 있는 까닭도 있겠지만 더 큰 문제는 심리적으로 매우 위축되어 있다는 것이다.

정부 당국도 서민생활 안정과 시장 활성화에 대한 별다른 묘수를 현재로선 제시하지 못하고 있다. 시장 침체 요인이야 여러 복합적인 면이 함께 작용하고 있을 것이다. 그러나 여기서도 가장 큰 문제로 지적할 수 있는 것은 역시 국민에게 희망의 메시지가 전달되지 못하고 있다는 것이다. 오히려 정치권의 극심한 정쟁으로 인해 춥고 배고픈 민심만 더욱 흉흉하게 짓찢기고 있는 형국이다.

굵직굵직한 정치 현안들이 어느 것 하나 제대로 해결되는 모습은 보여주지 못한 채, 매번 국민 사이의 갈등 양상만 증폭시키고 있으니 가난한 서민의 소비 심리는 더더욱 위축될 수밖에 없다. 어떤 정책적 사안의 선후를 정해 이를 하나씩 온전히 풀어가야 하는 데도 불구하고 정치권은 자신들의 당리당략에만 매몰된 채, 온갖 현란한 말잔치만 남발하고 있으니 정작 문제의 해결점은 보이지 않고 오히려 국론 분열만 부채질하고 있는 것이다.

현재 자살자 수가 하루에만도 30여명 정도가 된다고 한다. 강남 부자들은 오히려 살판났다는 표정인 데 비해, 서민 대중은 혹독한 가난을 참지 못하고 목숨을 끊고 있는 실정이다. 삶의 질고를 견디다 못해 죽어가는 국민을 방기한 것보다 더 큰 정책적 오류는 없을 것이다. 결국 개혁은 국민이 마음 편하고 평화롭게 잘 살 수 있는 길과 함께 모색되고 창출되어져야 한다는 것이다.

여론이 찢기면 찢길수록 그리고 가난한 국민이 배고픔과 추위에 내몰리게 될 수록 우리시대의 개혁은 그만큼 어려운 소명이 될 수밖에 없다. 국민의 상대적 박탈감을 해소시켜 주고 가난한 백성이 추위와 배고픔으로부터 몸서리치지 않게 하는 것보다 더한 개혁은 없을 것이다. 정치권이 민생을 편안하게 안정시키지 못하고서는 그 어떠한 개혁구호도 결국 실패로 끝날 수밖에 없게 된다는 것이다.

영세 자영업자, 비정규직 근로자, 일용직 노동자 여기에 최저임금 수준을 겨우 웃도는 다수의 서민대중의 마음을 읽을 수 있어야 한다. 아울러 장래에 대한 희망을 전혀 길러내지 못하고 있는 청년실업자의 소리에 귀 기울일 수 있어야 한다. 갈수록 허리가 휘고 있는 그들의 눈물을 닦아주는 것보다 더 중요한 국정과제가 무엇이란 말인가? 이들의 하소연과 원망을 해결하지 못하고서는 그 어떠한 개혁주장도 이젠 설득력을 담보할 수 없게 되었다.

지위고하를 막론한 엄정한 법집행도 필요한 일이겠지만 아울러 국민을 하늘처럼 떠받들 줄 아는 정치권력의 자세가 오늘 우리가 처한 문제를 풀어 갈 수 있는 가장 큰 급선무라 아니 할 수 없다. 가능한 범주 내에서 국민의 심리적 공황 상태를 극복해 낼 수 있는 현실적 대안과 함께 그런 비전을 제시할 수 있어야 한다. 이를 해결할 수 있는 길은 무엇보다도 대통령과 정부 당국에 있음은 두 말할 나위가 없을 것이다.

2004년 9월 30일

대통령은 쓴 소리에
귀 기울일 줄 알아야

구태를 벗겨내자는 것이 개혁이다. 이를테면 과거의 찌든 때를 청소하자는 것이다. 이를 위해서는 하이타이도 풀고 표백제도 넣어야한다. 아울러 소독약도 뿌려야 한다.

개혁! 당연히 해야 한다. 참으로 바람직한 일이다. 집안을 깨끗하게 정리하지 않으면 음흉한 바퀴벌레며 또는 온갖 벌레들이 서식하게 되기 때문이다. 그런데 문제가 있다. 쌀독에 쌀이 떨어져서 차츰 굶는 식구들이 늘고 있고 아울러 생활고를 견디다 못해 목숨을 끊고 있는 데도 불구하고 집안의 온 식구가 만사 제쳐두고 청소하는 일에만 매달려서야 그리 큰 설득력을 얻을 수는 없게 된다. 그리고 청소해야 된다는 말만 무성하게 꺼내 놓았지 실제 제대로 된 청소를 어느 한 구석이라도 해내고 있는지 반문하지 않을 수 없다.

우리가 이젠 솔직해져야 한다. 집안의 더러운 것을 치우자는 데 개혁 세력 어느 누가 반대할 리 있겠는가? 적어도 극우세력을 제외한 제 세력이 말이다. 그런데도 어찌된 것이 정부당국과 집권 여당은 연일 조중동 탓만 하고 있다. 그리고 한나라당 탓만 하고 있다.

물론 조선일보와 같은 종이매체와 그리고 군부독재세력의 주역인 한나라당이 그간 우리사회의 진일보한 역량을 가로막는 중대한 장애요인으로 작용해 온 것만은 사실이다. 그러나 그들만 욕해서는 안 된다. 솔직히 말해서 국민 일반이 지난 총선에서 개혁하라고 열린당에게 원내 과반이 넘는 엄청난 세력을 안겨주지 않았던가? 그리고 친일청산과 국보법 폐지에 대해 민주당과 민노당에서도 옳은 일이기 때문에 적극 동의해 주고 있지를 않는가? 그런데도 불구하고 아직까지 뭐 하나 시원스런 결론은 내지 못하고 있다.

이래서는 안 된다. 입만 살아서는 절대 곤란하다는 것이다. 상대적 빈곤을 최소화 하는 것도 개혁의 큰 화두일진데, 절대적 빈곤자가 목숨을 끊게 한대서야 어디 될 말인가? 결국 집안 청소하는 사람도 있어야 하겠지만 이와 함께 식구들 먹여 살릴 궁리도 해야 한다는 것이다. 배가 허기지게 되면 결국 같은 식구마저 집안 소지할 기력을 잃게 된다는 것을 명심해야 한다.

사실 요즘은 어디 가서 개혁이란 말을 함부로 입에 담기가 민망할 지경이다. 필자 역시 누구 못지않게 친일청산에 찬성하고 또한 국보법이 폐지되어야 한다고 굳게 믿고 있는 사람이다. 그런데 요새는 어디 가서 개혁이란 단어만 꺼내 들어도 곧장 싸구려 취급을 받고 있는 판국이다.

우리가 서로 정직해지지 않으면 안 된다. 지금 청와대를 비롯한 행정, 사법, 입법 여기에 심지어 공중파 방송은 물론이고 적잖은 종이매체를 장악하고 있는 그런 막강한 힘이 있을 때 소위 말하는 개혁도 가능하게 된다. 그런데 말만 앞 세웠지 정작 성과는 전혀 내지 못하고 있다. 서민들의 먹고 사는 것마저 더욱 힘들게 하고 있는 실정이다. 이러다보니 다들 아우성만 높아가게 되는 것이다.

쓴 소리에 귀 기울이지 않는다면 결코 노무현 대통령과 참여정부는 성공할 수 없게 된다는 명백한 사실을 명심해야 할 것이다.

2004년 10월 8일

국정 감사와
가을 단상

　한국의 사계는 비교적 뚜렷하다. 예전 먼 시골길을 걸어 학교에 다니던 유년시절과 비교해 보면 뭔가 좀 다른 느낌도 들지만 그럼에도 여전히 한국의 계절은 제 오고 감이 분명하다. 이제 가을 기운이 참으로 완연하다. 굳이 시인이 아니라 할지라도 뭔가 시심이 불현듯 일어나게 되고 또 시 한 편쯤 지어보고 싶은 충동을 느끼게 되는 때다.

　나라 형편이 여러모로 어려운 처지에 놓여 있다. 특별히 경제사정의 악화로 서민대중의 삶은 그야말로 피폐일로를 치닫고 있다. 그런데도 우리 정치권의 정쟁은 끝이 보이지 않는 캄캄한 터널을 질주하고 있는 듯하다. 물론 사람 사는 동네에 여러 복잡다단한 일들이 발생하게 되는 것은 지극히 당연한 일이라 하겠다. 그리고 그로 말미암은 이해 당사자 간의 분쟁도 어쩌면 불가피한 측면도 있을 수 있는 일이라 하겠다.

　그러나 돌이켜 볼 일이다. 제 아무리 학문적 경지가 높고 또 그 업적이 지대한 것이라 할지라도 이와 함께 정서적 토양이 일정부분 갖춰지지 않는다면 그에게서 우리가 기대할 수 있는 것은 타인에 대한 이해와 배려보다는 오직 독선과 오만으로 인한 생채기만 깊어 갈 뿐이란 사실이다. 따라서 인간의 품성과 미덕이 실종된 곳에서 공동체의 모범은 찾기 어렵게 된다는 것이다. 결국 미적 교감이 전무한 곳에서 우리가 얻을 수 있는 것은 파괴와 혼란뿐이란 점을 깨달아야 하는 것이다.

　17대 국회 들어 첫 국정감사가 열리고 있다. 그런데 이를 바라보는 국

민적 시선은 매우 차갑기만 하다. 뭔가 새로운 정치문화를 통해 조국발
전에 기여할 것으로 기대하고 집권 여당에 엄청난 표를 몰아줬던 지난
총선에서의 민의도 이젠 완전히 급랭하고 있는 형국이다. 오히려 한나
라당에 대한 지지율이 더 높게 나타나고 있는 실정이다.

　여기서 우리가 교훈으로 삼아야 될 것이 있다. 정치권에 대한 국민의
무관심과 싸늘한 여론의 이면에 무엇이 자리 잡고 있는지를 정확히 이
해할 수 있어야 한다는 것이다. 이는 개인 간의 인간관계에 있어서도 결
코 간과할 수 없는 중요한 덕목이다. 즉 어떤 개인이나 조직이 타인 또
는 다른 조직에 대한 상호 이해보다는 오직 지나친 경쟁심과 공격성에
기인하는 것으로 풀이할 수 있을 것 같다. 다시 말해 개인 간이나 조직
간에 있어 일종의 정서장애 현상을 일으키고 있다는 것이다.

　물론 모든 사람과 친하거나 또는 인정받을 수는 없는 일이다. 예수,
부처, 공자와 같은 성현도 당대의 그들에게 적지 않은 반대세력이 있었
음을 기억한다면 말이다. 아울러 모든 사람의 생각이 한결같이 일치할
수도 없는 일이다. 그리고 어떤 정책적 과제들에 대해서 딱히 같은 생각
을 공유할 수도 없는 일이다. 그러나 이 때 필요한 것이 정서적 감수성
을 잃지 않는 일이다. 그리고 부단히 설득하고 이해를 구하는 가운데 풀
어가야 하는 것이다. 내가 아닌 타인은 결코 적이 아니라 함께 풀어가야
할 상대자이기 때문이다.

　깊어가는 가을 문턱에서 그리고 국정감사가 실시되고 있는 지금 시점
에서 우리 모두가 시 한 편 쓰는 심정으로 상호간에 자기고백이 있었으
면 하는 바람이다. 국가를 위한 최선의 길이 무엇인지를 깊이 성찰하면
서 말이다.

2004년 10월 12일

평화의 사도가 아닌
파괴의 전령 미국

후세인은 1979년 이라크 최초의 민정 대통령에 오른 인물로 그는 한때 서방세계로부터 중동 근대화의 희망으로까지 평가받은 바 있다. 그런 그가 오늘 날에는 어떻게 해서 이라크의 잔혹한 독재자로 낙인찍힌 것일까? 후세인이 이라크 대통령에 오른 그 해, 이란에서는 호메이니의 회교혁명이 일어나면서 친미 정권이던 팔레비 왕조가 무너진다. 그러자 미국은 이란을 견제할 가장 이상적인 인물로 후세인을 선택하게 되고 아울러 미국의 전폭적인 지원 아래 중동의 실권자로 부상한다.

그리고 미국으로부터 대량 살상무기를 비롯한 막강한 군사지원을 약속 받은 후세인은 1980년 마침내 이란과의 전쟁을 강행하게 된다. 그리고 8년간에 걸친 전쟁 끝에 200만이라는 엄청난 양측 사상자를 내고 결국 미국의 대리전을 승리로 이끌게 된다. 종전이 임박할 무렵인 1986년에는 미국의 생화학무기 지원을 받은 후세인이 쿠르드족 5천여 명을 무참하게 살해하는 만행을 저지르기도 한다. 처절한 절규와 피의 살육 그리고 그 파괴의 중심에 실상은 미국이 자리하고 있었던 것이다.

이는 미국 조지워싱턴대 부설 국가안보기록보존소의 비밀문서 공개를 통해 미국의 중동정책에 대한 파렴치한 음모가 더욱 확연히 드러난다. 이란과 이라크 전쟁에서 초기 이라크가 수세에 몰리게 되자 현 미국 공화당 부시 행정부의 대표적 강경파로 알려진 럼스펠드 국방장관이 당시 미국 공화당 레이건 정권의 중동 특사 자격으로 83년과 84년 두 차례 후세인을 만난 자리에서 이라크에 대한 군사지원을 굳건히 확인해 줬다는 사실이다. 기록보존소 측의 추가된 공식 자료에 따르면 이라크의 생화학무기 사용을 비판했던 미국이 정작 다른 한편으로는 후세인에게 대량 살상무기의 획득을 돕고 이의 사용을 묵인했다는 경악스런 사실도 기록되어 있다. 이를 바꿔 말하면 미국이 후세인의 손을 빌려 자신들의 천인공노 할 만행을 감추려 했다는 것으로 풀이 될 수 있다.

다시 말해 팔레비 왕조가 무너진 1979년 전까지만 해도 이란은 중동지방에서 사실상의 유일무이한 강대국 위치를 확보하고 있었다. 팔레비 왕조가 미국의 석유업자 그리고 군수산업체와 결탁해 중동지역에서의 가장 막강한 군사대국으로 군림하게 됨으로써 미국은 이란을 통해 중동지역에서의 확고한 패권을 장악하고 있었다. 그러나 문제가 발생하게 된다. 미국의 이란에 대한 종속적 지배관에 대해 강한 반감을 갖고 있던 과격 회교 종교 지도자 호메이니가 팔레비 왕정 체제를 축출하고 이란에서의 권력을 장악하게 된다. 이와 함께 외세 배척을 바탕으로 하는 이슬람 원리주의 민족주의자 호메이니가 미국과 관련된 많은 것을 부정하고 끝내 미국과 등을 돌리게 된다.

이로 인해 미국은 자국의 값싼 석유확보에 비상이 걸리게 된 것은 물론이고 그간 중동지역에서 누렸던 미국의 영향력에 적잖은 누수가 발생하게 된다. 아울러 미국의 일그러진 자존심에도 커다란 타격을 입게 된다. 이를 기점으로 이란은 미국에 의해 악의 축으로 지목되었으며 아울러 이란을 견제하기 위한 가장 적절한 파트너로 미국은 이라크의 후세인을 끌어 들이게 된다. 그러나 미국의 당초 의도와는 달리 오늘 날 이라크에서 전개되는 양상은 미국이 또 한 번의 커다란 상처를 입게 되는 결과만을 낳고 있다. 이는 미국의 부도덕성에 기인한 중동지역에서의 딜레마에 다름 아닌 것으로써 미국이 직면하고 있는 모순의 산물인 것이며 그로 인한 당연지사인 셈이다.

여기서 우리가 기억해야 될 것은 그간 미국이 지구촌에서 행한 전쟁의 당위성이란 것이 대부분 그 얼마나 허무맹랑한 논리인가 하는 것이다. 지난 1991년 개전된 걸프전을 통해서도 이는 잘 입증되고 있다. 당시 미국과 영국이 최소한 300t 이상의 열화우라늄탄을 대량 살포했다는 점이다. 이를 입증하듯, 전쟁이 발발하던 해당 년도에는 4300여명이던 이라크의 암 환자가 수가 1997년에는 무려 6200여명으로 급증했다는 통계자료가 나와 있다. 결국 미국이 이라크 침략으로 내 세운 대량 살상무기와 핵시설 제거라는 명분이 하등 자국의 이익을 위한 하나의 기만술에 지나지 않는다는 사실이 명백해지는 것이다.

이와 관련해서 우리는 또 하나의 중요한 문제점을 생각해 볼 필요가 있다. 지난 2001년, 미국에서 발생한 9·11 테러 사건의 배후 인물로 지목되고 있는 빈 라덴의 경우다. 1979년 12월 구 소련군이 아프카니스탄을 침공할 당시만 해도 빈 라덴은 국제사회는 물론이고 중동지역에서조차 그리 크게 알려진 인물이 아니었다. 그러나 구 소련군이 아프칸을 침공하면서부터 그는 중동지역 내에서 차츰 부각하게 될 뿐만 아니라 국제사회에서도 주요인물로 자리매김하게 된다.

빈 라덴의 행적을 더듬어 보면 중동문제에 대한 미국의 속셈이 무엇인지를 쉽사리 깨닫게 된다. 구 소련군이 아프칸을 침공한지 얼마 되지 않은 1980년 1월, 빈 라덴은 당시 구 소련에 대한 저항세력이 있던 파키스탄으로 건너 가 아프칸 무자헤딘 지도부를 만나게 된다. 그리고 여기서부터 빈 라덴의 인생에 있어 일대 전환의 계기를 맞는다. 그 무렵부터 그는 가족에게 무자헤딘 지원 자금을 모으자고 제의하게 될 뿐만 아니라 또 실제 파키스탄에도 자주 가 모금 활동을 벌이게 된다.

그리고 이와 함께 아프칸 전쟁에 참전할 이슬람 전사 모집 운동에도 열중하게 된다. 이와 맞물려 미국의 CIA드 비밀리에 이슬람 전사들의 구 소련군에 대한 항전을 돕게 되는 데, 이는 중동지역에 있어서 구 소련과의 패권다툼에 따른 미국의 영향력 혹보에 있음은 너무도 자명하다. 이런 와중에서 미국과 빈 라덴 간에 모종의 협약이 이루어진 것임도 분명한 사실이다. 결국 빈 라덴도 당초에는 미국이 테러리스트로 키워서 구 소련에 대항하게 했던 인물임을 상기할 필요가 있다는 것이다.

그렇다면 지금 상황에서 중요한 것은 미국의 중동정책에 대한 방향선회가 시급히 이뤄져야 한다는 점이다. 현재 미국의 중동정책에 대한 중대한 오류 가운데 하나가 이슬람 원리주의운동에 대한 이해 부족 내지는 고의적 무시에서 기인하고 있다는 사실이다. 이슬람 원리주의가 갖는 근본 취지가 제국주의와 전제주의에 대한 항거임은 애써 외면한 채, 자국의 이익만을 염두에 둔 무모하고 파렴치한 중동정책이 계속되는 한, 이는 결국 제 2의 베트남전으로 막을 내릴 개연성이 크다.

미국의 몰상식한 작태가 지속될수록 그로 인한 불씨는 지구촌 전체의 화약고로 작용할 수 있음도 명백하다. 세계국가가 갖는 그 나름의 고유한 특성은 철저히 묻어둔 채, 오직 힘의 우위를 통한 패권강화에만 몰입한다면 미국이 설 자리도 그만큼 옹색해 질 수밖에 없다.

이는 미국이 표면적으로 내 세우고 있는 세계평화와도 절대적 모순관계에 처해 있는 것으로써 결국 미국의 전향적인 자세가 획기적으로 선행되지 않고서는 세계평화도 그만큼 요원할 뿐이다. 한반도 문제와 관련해서도 그 어느 때보다 미국의 자성이 절실히 요구되고 있는 시점이다.

2004년 10월 13일

테러에 노출된
서울의 평화

    중동지역의 이슬람 무장단체들에 의한 한국 본토 테러와 이라크 교민에 대한 살해위협 그리고 현지 자이툰 부대에 대한 공격 가능성을 알리는 외신이 연일 타전되고 있다. 우리 정부의 이라크 파병 결정과 함께 이미 예고된 일이나 다름 아니었다. 그리고 그러한 우려가 지난 김선일 씨 살해 소식에 이어 이제 보다 광범위한 형태로 현지 교민은 물론이고 한국사회 전체에 대한 테러 위협으로 다가서고 있다.

    오는 11월이면 미국 대선이 치러지게 진다. 그런지라 이라크전의 최고 명령책임을 지고 있는 공화당의 부시정권에 대한 고도의 계산된 심리전일 수 있다는 분석도 가능하게 된다. 이를 통해 이라크에서의 미군 철수를 공약으로 내걸고 있는 민주당 케리 후보 진영에 대한 측면지원의 성격이 강하기 때문이다.

    그러나 우리는 또 다른 점에도 주목할 수 있어야 한다. 지난 8월, 인도네시아의 수도 자카르타에 있는 호텔에서 발생한 자살폭탄테러에 이어 인도 뭄바이에서도 연쇄 대형 폭탄테러가 발생했다. 그리고 이를 주도한 인물이 알카에다의 동남아 지역 담당자들로 추정된다는 점이다. 아울러 미국과 영국은 물론이고 한국을 포함한 이라크 파병국들에 대한 무차별 공격명령을 알카에다의 2인자로 알려지고 있는 알자와히리가 내려놓고 있다는 사실이다.

    특별히 우리와 관련해서는 더욱 긴박한 소식이 전해지고 있다. 이라크 내의 한국인을 잡아오면 현상금으로 금 10Kg을 주겠다는 점이다. 이와 함께 더욱 충격적인 내용은 그들 스스로가 우리시설로부터 멀리 떨어져 있지 않다는 주장과 함께 서울에도 그들이 기지를 두고 활동하고 있다는 대목이다.

만일 이라크에 파병된 자이툰 부대와 현지 테러단체와의 전투가 실제 발생하게 되고 또 이로 인해 양측 사상자라도 생겨나게 되면 향후 이라크 내에서의 한국인뿐만 아니라, 한국 본토에서의 테러행위도 극에 달하게 될 것임은 분명한 이치다. 속된 말로 미국의 강압에 의해 기껏 추가 파병까지 했더니 결국 우리에게 남게 되는 것은 파괴와 살상뿐이란 우려가 현실로 다가오고 있는 것이다.

물론 정부당국은 여러 시나리오를 가정하고 만일의 사태에 대비한 철저한 방지대책을 마련해야 한다. 아울러 자이툰 부대의 활동반경을 최대한 줄이는 것과 함께 어떠한 경우에도 테러단체를 자극하는 일은 없어야 한다. 그러나 무엇보다 중요한 것은 아무런 도덕적 명분이나 그리고 국익에 전혀 도움이 되지 않는 이라크전에서 완전히 발을 빼는 것이 급선무다. 지금이야말로 정부 당국의 결단이 필요한 때다.

2004년 10월 14일

여성부의
여성 죽이는 여성 정책

정부당국이 여성단체의 배후 지원에 힘입어 성매매특별법을 제정하고, 지난 9월 23일부터 시행에 들어갔다. 아울러 집창촌에 대한 경찰의 강력한 단속이 실시되면서 외관상으로는 성매매가 급격히 줄어든 것으로 나타나고 있다.

사실 이 법에 대한 명분만 놓고 보자면 국민 누구라도 반대할 아무런 이유가 없다. 성매매 자체가 도덕적 정당성을 획득하고 있지 못하기 때문이다. 그러나 이와 함께 더 큰 사회적 비용이 소요될 위험성은 없는지 면밀히 살펴봐야 할 문제다.

몇 가지 지적될 수 있는 점은 성매매가 일정한 틀을 벗어나 집창촌 밖으로 확산될 것이란 우려다. 그간의 각종 퇴폐향락 영업이 더욱 기승을 부릴 것임은 물론이고 더 나아가 주택가까지 왜곡된 성문화가 급속히 침투하게 될 것이다. 아울러 강간사건과 같은 강력사건도 훨씬 높은 발생률을 보이게 될 것임은 물론이다. 이로 인해 에이즈를 비롯한 각종 성병에 대한 통제도 그만큼 어렵게 된다는 사실이다.

그간 암묵적으로 집창촌 영업이 버젓이 이뤄져 왔음에도 불구하고 또한 사법당국의 음성적인 퇴폐영업 단속에도 불구하고 관련 산업은 지속적인 증가세를 보이고 있다. 인터넷과 점조직을 통한 성매매도 갈수록 악화일로에 놓여 있다. 그리고 강간 사건도 도무지 수그러들지 않고 있다.

이런 상황에서 정부당국이 집창촌에 대한 일제 단속만을 확고히 고집하게 된다면 그로 인한 사회적 비용과 혼란은 예기치 않은 수준이 될 수 있다. 물론 그 피해는 국민전체가 고스란히 떠안게 될 것이지만 말이다. 따라서 그보다는 어떻게 하면 현재 엄청난 수로 추정되고 있는 성매매 종사자를 올바르게 흡수할 것인지를 먼저 고민하는 것이 바람직한 일이다.

다시 말해, 빈대 잡으려다 초가삼간 태우는 격이 되어서는 곤란하다는 것이다. 결국 여성부의 성매매특별법이 그 본래 의도와는 달리 원치 않는 결과를 초래하게 될 것이란 점이다. 당장 눈앞에 보이는 나무만 보고 전체 숲은 보지 못하는 참으로 어리석은 발상이란 지적이다.

지금 시점에서 우리가 보다 주목해야 할 문제는 에이즈 또는 기타 성병을 관리할 수 있는 가운데 그곳에 종사하는 여성들의 인권에 필요한 노력을 기울여야 한다는 사실이다. 성매매 여성이 악질포주 또는 조직폭력배로부터 부당한 착취를 당하고 있지는 않는지 이에 대한 행정력을 쏟아야 한다. 그리고 음성적으로 광범위하게 이뤄지고 있는 불법영업 행위를 뿌리 뽑아야 하며 아울러 미성년자의 성매매 퇴치와 함께 인신매매가 근절될 수 있도록 이에 대해 총력을 기울여야 하는 것이다.

사실 성매매는 도덕적으로 비난 받아 마땅한 일이다. 그리고 완전 박멸할 수만 있다면 더욱 좋은 일임에 분명하다. 그러나 인류의 모든 이가 한결같이 성인군자가 아니라는 사실을 우리는 깨달아야 한다. 따라서 문제 해결에 있어 정부당국은 이 점을 정확히 읽을 수 있어야 한다. 자칫 윤리적 도미노 현상을 초래할 개연성도 다분하다는 것을 함께 살필 수 있어야 한다는 것이다.

누구나 현상에 대한 단순한 접근은 가능하다. 그러나 그로 인해 더 큰 화를 불러 오게 된다면 이는 잘못된 정책이 되는 것이다. 정부당국은 진정으로 여성을 위하는 길이 무엇인지를 폭 넓게 살필 수 있어야 한다. 향후 다수의 선량한 여성이 더 큰 피해를 입게 되는 우를 낳게 될 수 있다는 점을 명심해야 하는 것이다. 정부당국의 깊은 성찰이 있기를 바라 마지 않는다.

2004년 10월 14일

정쟁 자제하고
경제회생 주력해야

　우리경제가 침체의 늪에서 도무지 헤어나지 못하고 있다. 아시아권의 경쟁국인 홍콩과 싱가포르는 10%가 넘는 고공행진을 지속하고 있는 가운데 중국, 대만, 인도 역시 우리보다 두 배 가까운 안정적인 성장세를 나타내고 있어서 상당한 대조를 보이고 있다.

　전반적인 국제경제의 상승세 그리고 우리수출이 아직 원만한 상태를 유지하고 있음에도 불구하고 유독 우리의 내수경기는 둔화되어 있으며 국민일반의 경기 체감지수도 상당히 낮게 나타나고 있다. 이에 대한 요인이야 여러 측면이 있을 것이다. 그러나 가장 큰 문제로 지적될 수 있는 것은, 국민이 미래에 대한 희망을 제시받지 못하고 있다는 점이다. 아울러 경제주체들의 자신감 결여와 함께 정부정책의 혼선과 일관성 결여도 큰 몫을 차지하고 있다. 이러다보니 소비심리도 갈수록 위축되고 이와 맞물려 기업 또한 투자를 기피하게 되는 현상을 낳고 있다.

　따라서 경제부처와 집권 여당은 현 경제상황에 대한 안이한 자세와 책임 공방 그리고 극심한 정쟁으로만 일관할 것이 아니라, 국민과 기업에게 희망의 전령이 될 수 있어야 한다. 아울러 적극적인 일자리 창출을 위해 가용한 정책을 찾아내고 이를 국가 목표의 우선순위로 삼아야 한다. 경제적 소득이 전무한 사람에게 일자리를 갖게 하고 또 그 일자리의 질을 높여 줌으로써 실질적인 소득수준을 향상시킬 수 있는 방안을 마련할 수 있어야 한다. 소득이 발생하게 되면 소비도 늘게 될 것이고 이

는 결국 내수경기 활성화와 함께 경기 선순환을 가져오게 된다. 그런데
도 불구하고 대통령과 정부 여당은 이에 대한 희망의 메시지를 전혀 던
져주지 못하고 있다.

물론 그간 우리사회의 구태를 벗겨내는 개혁은 지속적으로 단행되어
야 한다. 잘못을 시정하자는 데 반대할 국민은 별반 없을 것이기 때문이
다. 그러나 정부와 집권 여당은 이를 정략적으로 접근해서는 절대 곤란
하다. 진실로 국가의 백년대계를 위한다면 개혁은 요란한 소리를 내지
않는 가운데 이뤄져야 한다. 마치 눈이 쌓이듯 어느덧 국민의 생활 속에
뿌리 내릴 수 있어야 하는 것이다. 그렇지 않고서는 그 어떠한 개혁구호
도 극심한 정쟁만 불러 올 뿐, 실질적인 소득은 얻을 수 없게 된다. 따라
서 과거사청산과 같이 정쟁의 소지가 큰 것은 국회 밖에서 실질적인 해
답을 찾을 수 있도록 하는 것도 옳은 일일 것이다.

야당인 한나라당 역시 국민의 정치 불신과 함께 우리경제 하락을 초
래한 책임으로부터 결코 자유로울 수 없다. 참여정부를 향해 좌파정권
이라고 흑색비방하고 있는 점이 그 대표적인 예라 하겠다. 사실 현 정권
의 경제정책 기조에 있어서 그 어떠한 분배 치중 현상도 목도되지 않고
있다. 그럼에도 불구하고 우리경제 침체의 원인을 분배에 치중한 좌파
적 경제정책 때문이라고 공격하는 것은 매우 불순한 처사라 아니 할 수
없다. 국민의 경제 불안 심리를 극도로 자극함으로써 자당의 지지율을
끌어 올리려는 것으로 밖에 해석되지 않기 때문이다.

한나라당이 지난 반세기 가까이 우리사회의 모든 영역을 지배해 오면
서 지속적으로 누적된 폐해를 타파하자는 국민 여론에 대해 이를 완강
히 반대하는 것도 쉽게 이해되지 않는 부분이다. 친일청산 문제에 있어
서 뿐만 아니라, 그간 정권안보를 위한 인권유린의 대표적 악법으로 남
용되어져 온 국가보안법 개폐논의에 있어서도 상식 밖의 입장을 취하며

국민의 막연한 안보 우려를 증폭 시키고 있다는 점이다. 수도이전 문제에 있어서도 여론에 따라 들쑥날쑥하고 있는 태도도 시정되어져야 할 중요한 대목이다. 정작 국가를 위한다면 막무가내 식 정치공세로 일관할 것이 아니라, 차분하게 대안을 제시하는 가운데 지혜를 모을 수 있어야 한다.

이제 정치권이 시급히 해야 할 일이 있다. 어떻게 하면 우리 경제주체들이 미래에 대해 확신을 갖도록 할 수 있느냐 하는 점이다. 아울러 지속적인 부동산 안정을 통해서 국민의 또 다른 불안 심리도 막아야 할 것이다. 이는 주거비에 드는 과도한 지출을 방지함으로써 경기 선순환에도 상당 부분 기여할 수 있기 때문이다. 그러나 이와 함께 중요한 것은 지금 현재 취약점으로 나타나고 있는 국가재정과 기업의 현금 보유력을 보다 건실하게 재고하고 아울러 기업의 재투자, 소비촉진, 수출증가, 근로복지 등을 이룰 것인가 하는 점이다. 이는 기업의 투명성 확보와 함께 극단적 노동쟁의도 일정부분 진정될 수 있을 때 가능하게 될 것이다.

이를 위해서는 무엇보다 정치권의 지나친 당리당략은 지양되어야 한다. 특별히 정부당국과 집권 여당은 자신들이 저지른 정책집행 과오의 지적에 대해 무조건 귀를 닫거나 무시할 것이 아니라 국가의 미래를 위해 겸허한 자세로 수용할 점이 있으면 이를 적극 수용하는 가운데 국민의 신뢰를 얻을 수 있어야 한다. 권력은 짧지만 국리민복은 항구적으로 확대 진작되어야 하기 때문이다.

2004년 10월 16일

국보법
존폐 논의에 부쳐

　지금 세계는 좌우 이념으로 인한 냉전체제가 상당 부분 와해되었다. 이와 함께 도래한 것이 국가주의 또는 민족주의의 심화다. 물론 개별국가들이 비록 표면적으로는 지구촌시대를 외치고 있지만 그러나 그 심연에는 철저히 자국의 이익과 결부시키고 있음은 부인할 수 없는 사실이다. 이와 함께 개별국가 내에서의 개인에 대한 가치를 우선시 하고 있는 양상이 더욱 높아지고 있는 현실이다.

　북한의 경우도 유럽과 미국 심지어는 일본과의 관계 개선을 위한 노력을 날로 증대시키고 있는 실정이다. 남북관계도 평화공존이란 기본틀을 중심으로 민족문제에 대한 전향적 합의가 상당 부분 강화되어 있는 상황이다. 그렇다고 이념적인 요소가 국가 간 또는 남북 간에 완전히 없어졌다는 뜻은 아니다. 다만 예전에 비해 그 영향력이 현저히 약화되었다는 것이며 이는 종전의 이데올로기에 의한 국제사회 질서에서 오늘날에는 자국의 실리추구와 국민의 삶의 질 향상 위주로 날로 탈바꿈하고 있다는 것을 의미한다.

　이라크 문제를 통해서도 국제사회의 움직임이 어떠하다는 것을 극명하게 확인할 수 있다. 미국의 전통적 우방이었던 프랑스는 오랫동안 불편한 관계에 놓여 있던 중국과 오히려 같은 목소리를 낸 바 있다. 또한 독일을 비롯한 유럽의 선진 국가들도 미국의 이라크전에 대해 야만적인 침략전쟁으로 규정하고 이에 대해 노골적인 비난을 마다하지 않고 있다. 국제관계가 자국의 이익에 따라 다각적으로 암중모색되어지고 있으며 그에 따라 널뛰고 있다는 명확한 반증인 것이다.

그간 한국의 혈맹으로까지 자리매김 되어 온 미국에 대한 인식도 남한 사회의 민주주의에 대한 의식수준 향상으로 인해 새로운 패러다임을 요구받고 있다. 그런가하면 북한에 대한 태도 역시 상당한 변화를 나타내고 있다. 그 대표적인 예로 햇볕정책에 대한 수구진영의 일방적 매도에서 벗어나 오늘날은 이에 대한 필요성을 상당 부분 이해하고 있다는 점이다. 북한을 민족의 공동번영과 평화통일을 위한 대화와 협력의 동반자로 인식하고 있다는 좋은 본보기라 할 수 있다. 북한 역시 러시아와 중국에 대해 일방적인 지지를 보내던 종래의 태도에서 벗어나 다각적으로 변화하고 있는 국제사회의 움직임에 어떻게든 동참하고자 고심하고 있는 흔적이 적잖이 목도되고 있다. 최근 거성공단 조성에서 보여주고 있는 북한 당국의 전향적인 노력 역시 이의 일환으로 해석되어 질 수 있다.

근래 국가보안법 존폐문제로 인한 국론분열 양상이 심각한 수위를 나타내고 있다. 국가보안법의 모체는 일제가 득립 운동가를 처벌하기 위해 활용한 '치안유지법'에서 연유하고 있다. 해방이 된 후에도 일제 부역자를 정당화하고 또 이들을 중용하기 위한 하나의 수단으로 지속해서 악용되던 것이 이후 군부 독재 권력이 정권을 착취하면서 자신들의 권좌를 지키기 위한 방편으로 그대로 활용되었다. 뿐만 아니라 그들의 끈질긴 방해에 의해 오늘날까지 크게 개선되지 않은 채 흘러오고 있다. 친일부역자 자손이 3대를 두고 권세를 누린다는 말이 결코 괜한 비아냥거림이 아닌 것이다.

국가보안법이 갖는 가장 큰 맹점은 어떤 특정인에 대한 구속과 처벌의 기준을 사법당국이 자의적으로 판단할 수 있다는 점이다. 이는 사법부의 악의적 잣대에 따라 얼마든지 고무줄 식으로 적용될 수 있다는 문제점을 안고 있는 것으로써 정치권력의 눈밖에 벗어나면 누구든 국가보안법에 의해 죽임을 당할 수 있거나 또는 징역살이를 할 수 있다는 뜻이다. 결국 국가보안법은 헌법이 보장하고 있는 죄형 법정주의를 정면으로 거스르고 있는 것이며, 법의 이름을 빌어 국민의 양심과 사상의 자유를 탄압하고 있는 일종의 국민에 대한 테러인 셈이다. 실제 남한 사회에서 그간 수많은 사람이 정부에 대한 비판적 활동을 하다가 구속되거나 심지어는 목숨을 잃게 된 무수한 사례를 통해 이를 충분히 입증할 수 있다.

현재 우리 형법에서도 국가안보를 위태롭게 할 수 있는 범죄를 처벌할 수 있도록 규정되어 있다. 그런지라 국가보안법 폐지로 인한 안보 공백은 거의 없다고 해도 과언이 아니다. 그럼에도 불구하고 굳이 염려되는 점이 있다면 이를 현실에 맞게 꼭 필요한 조항만 형법에서 보완하면 되는 일이다. 국가의 안위를 심대하게 해칠 수 있는 명백한 간첩행위에 대해서는 엄벌하되, 자신의 양심에 따른 사상의 자유는 철저히 보장될 수 있어야 하는 것이다.

오늘 날 우리가 추구하고 있는 민주주의는 견해의 다양성을 인정하는 가운데 상호 보완적인 점을 찾아 나서는 긴 여정을 토대로 하고 있다. 국민 누구나 자신의 양심에 따른 사상의 자유를 보장받아야 한다는 것은 민주주의 국가에서 지극히 상식적인 일로 통한다. 이는 자신의 크고 작은 생각 뿐 아니라 스스로의 사유 또는 교육에 의한 깨우침을 하나의 사상으로 승화 발전시키며 이를 전개하고 표현할 수 있는 모든 것을 의미한다. 따라서 민주주의의 근본원리가 되고 있는 양심과 사상의 자유를 억압하고 있는 그 어떠한 사슬도 국가가 국민을 대상으로 한 기만행위이며 동시에 죄악인 것이다.

그러나 여기서 우리가 고민해야 할 점도 분명히 있다. 가령 일단의 결사체가 떼거리로 인공기를 흔들며 일방적으로 북한의 주의 주장을 펼치며 선동한다거나 또는 전국 곳곳에서 북한노동당 가입을 받는 등과 같은 일은 차단할 수 있어야 한다는 것이다. 즉 대한민국의 안보를 위해하거나 또는 와해시킬 목적의 명백한 반국가적 형태의 조직적인 지휘통솔 체제를 갖춘 단체에 대해서는 마땅한 처벌 규정을 마련하자는 것이다. 국가권력의 불필요한 인권유린도 차단하면서 동시에 우리사회의 건강성을 담보할 수 있는 지혜로운 선택이 될 수 있기 때문이다. 또한 안보 공백에 대한 국민의 막연한 불안심리 해소와 함께 국가보안법 폐지라는 실질적인 성과도 낳을 수 있는 까닭이다.

사실 국보법에 대해서는 국제 앰네스티나 유엔 인권위원회로부터 이미 수차에 거쳐 폐지 권고를 받은 바 있다. 그럼에도 불구하고 국보법 폐지에 대한 한나라당과 일부 수구언론의 몰상식한 여론 호도는 참으로 볼썽사나운 작태라 아니 할 수 없다. 분명한 것은, 변화를 거부하고 낡은 국가관에 사로잡혀 있는 수구적 태도로는 결단코 미래를 도모할 수 없다는 점이다. 결국 좌우 이념을 막론하고 우리민족 모두가 치열한 국제경쟁 사회에서 살아남기 위한 필가피한 선택의 기로에서 수구진영의 진일보한 자세가 그 어느 때보다 절실히 요구되는 시점이다. 이는 미래의 복지사회 구현에 대한 국가의 막강한 동력원이 될 수 있다는 점에 있어서도 함께 명심해야 할 대목이다. 이제라도 국가안보라는 허울 좋은 미명 아래 존속되어져 온 국가보안법은 반드시 폐지되어야 한다.

2004년 10월 20일

수도권 과밀해소 위한
실질적 진실 요구돼

　서울은 숨이 가쁘다. 비대한 뱃살이 헉헉대며 출렁거리고, 팽배해진 허리엔 지방질이 오만하다. 미련스레 혼자서만 독식한 탓에 혹독한 시련을 겪고 있는 대한민국 수도 서울이 처한 위험스런 상황이다. 조선 왕조가 건국되고 그로부터 2년 후인 1394년, 지금의 서울로 수도가 이전되었으니 600년 이상 동안 성장을 거듭한 셈이다.

　문제는 정치, 경제를 비롯한 사회, 문화, 교육 등 제반 분야가 서울을 중심으로 집중적인 발전을 해 오면서 비정상적인 형태의 도시과밀 현상을 나타내고 있다는 점이다. 이를 해소하기 위해 그간 꾸준히 위성도시를 개발하였지만 이는 결국 서울을 거점으로 한 거대한 수도권 벨트라인만 형성된 결과를 초래하고 말았다. 이와 함께 교통체증, 환경오염, 주택문제 등이 악화되면서 수도권 주민들 사이에선 삶의 질 향상에 대한 욕구가 자연스레 분출되고 있다. 그런가하면 상대적으로 소외된 지방에서는 오히려 지역균형 발전을 이뤄달라는 여론이 날로 높아가고 있는 추세다. 우리나라 전체 인구의 절반 가까이가 서울과 경기의 수도권에 살고 있으니 이러한 이율배반적 현상도 지극히 당연한 일이라 하겠다.

　이를 해결하기 위한 방편으로 노무현 대통령을 위시한 참여정부와 집권 여당인 열린우리당이 행정수도 이전을 전격 발표하고 이후 대대적인 홍보와 함께 강력히 추진해 왔다. 그러나 이에 대해 급제동이 걸리고 말았다. 헌법재판소가 정부 여당의 행정수도이전 계획에 대해 위헌 결정을 내렸기 때문이다. 당연히 행정수도이전과 관련된 활동은 전면 중단되고 또한 백지화 될 수밖에 없는 처지에 놓여 있다. 정부 여당은 이에 대한 법리적 논쟁을 떠나 이제 스스로를 차분히 되돌아 볼 수 있는 기회로 삼을 수 있어야 한다. 민주적 절차성을 무시한 치기 어린 발상이 결국 국민적 공감대는 고사하고 오히려 조롱거리로 전락하고 있는 것은 아닌지 성찰의 계기로 삼아야 하는 것이다.

행정수도이전은 사실 노무현 대통령의 지난 대선 공약사항이기도 하다. 따라서 국민과의 약속을 지킨다는 측면에서 볼 때는 일정 부분 긍정적으로 여길 수도 있다. 또한 수도권 집중화르 인한 폐해를 해소하고 국토의 균형발전을 꽤할 수 있다는 장점도 있는 것은 틀림없다. 그런지라 당위성만 놓고 볼 때는 국민 누구라도 크게 이견이 있을 수 없는 대목이다. 그러나 과연 행정수도이전이라는 극단적 형태를 통해서 이뤄져야 하는지에 대해서는 우려스런 마음이 앞서는 것도 사실이다. 아울러 정부의 행정수도이전 방침에서 나타나고 있는 몇 가지 이해되지 않는 부분도 있다.

우선 떠오르는 것은 수도권 과밀 해소를 위해 충남지역을 선택하고 이를 확정한 정부가, 현재 수도권 지역인 경기 일원의 그린벨트 820만평을 해제하고 그곳에 100만 가구의 국민임대주택단지를 조성하겠다고 발표한 점이다. 또한 공장총량제 조정과 토지이용규제 해제를 통해 수도권에 생산시설을 늘리겠다는 발상이다. 그렇다면 이러한 정부의 상호모순을 국민이 어떻게 이해할 수 있단 말인가? 수도권 과밀해소와 함께 지역균형 발전을 이루겠다는 대통령과 정부 여당의 진위에 대해 도무지 종잡기 어렵게 된다는 것이다.

문제는 또 있다. 우리나라가 오는 2025년이면 인구 정체상태에 도달

하게 되고, 2015년부터는 노령화 사회로 진입한다는 통계자료가 나와
있다. 결국 그리 멀지 않은 장래에 인구의 자연감소가 이뤄 질 수도 있
다는 전망이다. 여기에 현대인의 생활수준 향상으로 인해 도심 외곽에
서 거주하려는 욕구도 증가 일로에 있다. 서울에 직장을 둔 경우, 실제
경기도 외곽 지역에 위치한 곳에서 적잖은 가구가 전원주택을 조성하고
그곳에서 출퇴근하고 있는 실정이다. 이와 함께 고려되어야 할 문제는
통일 후의 천문학적인 수도이전 비용에 대해서도 심각한 고민을 함께
안고 있다는 사실이다.

따라서 지금 우리가 시급하게 준비해야 할 일은 결코 행정수도이전이
아니다. 장기적인 관점에서 국가의 균형발전을 위해 필요한 노력을 경
주하고 이를 위한 재원 사용이 훨씬 더 지혜로운 선택이 될 수 있다. 지
난 수십 년 동안 심화되어 온 지역 간의 불균형으로 인해 재정자립도 뿐
만 아니라 인프라에 있어서도 현격한 차이가 발생하고 있는 것이 사실
이다. 지방자치단체 스스로가 경제주체로써 종합적이고 핵심적인 활동
을 통해 지역주민에 대한 포괄적이고 일상적인 서비스 제공이 그야말로
지역 간에 불균형 없이 원활히 수행되기 위해서는 그에 걸 맞는 실질적
인 방안을 도출할 수 있어야 한다. 즉, 오랫동안 소외된 지역에 대한 정
책적 배려가 반드시 선행되어야 한다는 것이다. 이는 지방경제 활성화
와 함께 침체된 우리경제를 보다 효과적으로 살리고 아울러 국토를 균
형발전 시키는 데도 상당한 성과를 낳을 수 있기 때문이다.

아울러 요구되는 점은, 정부의 모든 산하기관을 수도권 외의 지역으
로 단계적으로 이전하는 방안이다. 민간부분의 대형공장도 수도권과는
분리하는 작업을 병행해야 한다. 그리고 공공부분과 민간부분의 자본이
효과적으로 지방에 투입될 수 있도록 관련 특별법을 제정하는 것도 적
극적으로 검토할 필요가 있다. 물론 이를 일관성 있게 집행하는 정부당

국의 실천이 뒤따라야 함은 지극히 당연한 일이라 하겠다. 이러한 노력이 지속되게 되면 행정수도이전보다 부작용은 훨씬 덜하면서 오히려 수도권 과밀해소 효과는 더 높게 나타날 것이다. 중앙정부가 큰 틀에서 밑그림만 그리고 보다 많은 부분을 지방으로 이양하는 것과 함께 중앙정부는 이에 대한 관리감독만 철저히 하면 되는 것이다.

정치권은 이를 위해 머리를 맞대고 필요한 정보와 지혜를 나눌 수 있어야 한다. 우선 노무현 대통령과 정부 여당은 보다 대의적인 관점에서 국가와 민족의 미래를 설계하고 추진할 수 있어야 한다. 제 1 야당인 한나라당 역시 이번 헌법재판소의 행정수도이전에 대한 위헌결정을 정략적으로 이용하려 해서는 절대 아니 될 말이다. 수도권 과밀해소와 국토의 균형발전을 위한 실제적 진실에 접근할 수 있도록 주도면밀하고 현실성 있는 대안을 마련할 수 있어야 한다. 행정수도이전 문제와 관련해 이를 당리당략에 따른 정쟁의 도구로 삼으려는 정치인이나 정치집단이 있다면 이는 결단코 역사와 국민의 준엄한 심판을 면하기 어렵다는 것을 깊이 자각해야 할 것이다. 정치권 모두의 성숙한 자세가 절실히 요구된다 하겠다.

2004년 10월 22일

盧 대통령
시정연설에 대해

노무현 대통령의 시정연설을 크게 정리해 보면 고용확대 통한 경제회생, 수도권 과밀해소와 지역균형발전 그리고 산업기술력 향상과 첨단과학 육성을 통한 국가경쟁력 강화로 해석될 수 있다. 이와 함께 예전과 달라진 점은 지속적인 개혁을 단행하되, 법과 원칙을 지키며 추진하겠다는 것이다. 아울러 우리경제가 처한 심각성을 솔직히 인정하고 있다는 측면이다.

이는 참여정부의 향후 국정운영을 예측해 볼 수 있는 중요한 단서가 되고 있다는 점에서 시사하는 바가 크다. 특별히 주목되는 것은, 그간 대통령과 정부 여당의 독선적인 국정운영에서 벗어나 보다 폭넓게 국민여론을 반영하겠다는 뜻이 일정부분 읽혀지고 있다는 고무적인 현상이다. 대통령의 생각만이 지고지선이란 지금까지의 오만과 편견에서 벗어나 국민화합을 통한 안정적인 기조 위에서 국정을 펼치겠다는 뜻으로 풀이돼 긍정적으로 여겨진다.

그러나 몇 가지 지적되어야 할 문제점도 있다. 국정과제에 대한 여러 목표 설정에 있어서 대부분 총론적인 나열에만 그치고 있다는 우려다. 아울러 지금까지의 정책집행 과정에서 나타난 정부 여당의 오류에 대한 자기반성이 전무하다는 것이다. 또한 우리사회의 소외계층과 민족문제를 바라보는 시각이 여전히 제자리 수준에 머물고 있다는 안타까운 느낌을 지울 수 없다. 여기에 수도권 과밀해소와 지역균형발전이란 국가적 과업을 국민적 총의 없이 기존의 정부 정책 그대로 고수하겠다는 발상이다.

사실 대다수 국민이 정부 여당의 수도권 과밀해소와 지역균형발전이란 당위성에 대해서는 크게 공감하고 있다. 그러나 정작 대통령과 정부 여당의 행정수도이전에 대해서는 왜 비판 여론이 비등하게 나타나고 있는 것일까? 이에 대한 민의를 정확히 읽을 수 있어야 한다. 굳이 천도나 다름없는 무리수를 통하지 않고서도 실제적인 성과를 거둘 수 있는 방안을 강구하라는 뜻이다. 그럼에도 불구하고 정부 여당은 아직 자기최면에서 완전히 헤어나지 못하고 있다는 인상이 강하다.

여기에 소년소녀 가장, 독거노인, 최저임금 및 비정규직 근로자, 장애우 문제 등과 같은 사회적 약자에 대한 배려가 대단히 미흡하게 나타나고 있다. 또한 민족문제에 대해서도 어떤 실마리를 찾아보기 어렵다는 것은 참으로 유감스런 대목이 아닐 수 없다. 사회복지에 대한 정부의 의지야말로 우리사회의 건강성을 가늠할 수 있는 척도가 될 수 있다는 점에서 각별히 요구되는 덕목이다. 아울러 민족문제도 결코 남의 나라 일이 아닌 바로 우리의 일임을 절대 간과해서는 아니 될 말이다.

그러나 더욱 중요한 것은 모든 국가적 사명을 완수하는 데 있어서 보다 대의적 관점에서 폭넓게 살필 수 있어야 한다는 사실이다. 또한 겸손한 가운데 그리고 가급적이면 국민적 합의를 도출하려는 노력과 그러한 자세를 갖춰야 한다. 개혁이란 시대적 명제가 지극히 옳고 타당한 것이라 할지라도 이에 대한 국민적 분량이 어떤 것인지를 찾아 나서는 지혜로운 선택을 할 수 있어야 한다.

아무리 좋은 음식이라도 과식하게 되면 탈이 난다. 그리고 제 아무리 뛰어난 약재라 할지라도 그 용법과 용량이 정확해야만 병을 다스릴 수 있게 된다. 따라서 국민 의식이 충분히 소화해 낼 수 있는 선에서 모든 정책이 추진되고 또 마무리 되어야 한다. 그래야만 실제적으로 오늘보다 더 개선된 내일을 낳을 수 있게 된다. 가랑비에 옷 젖는 것과 같이 개혁은 조금씩 그러나 쉼 없이 이뤄가야 하는 긴 여정을 토대로 하고 있기 때문이다.

이제 정부 여당은 지금까지의 국정실패에 대한 철저한 자기검열이 이뤄져야 한다. 단숨에 백팔 계단을 다 오를 수 있다는 치기어린 생각으로는 결코 국민적 동의를 얻기 어렵다는 사실을 잊지 말아야 한다. 국민정서를 도외시한 채, 내 앞에 보이는 한 그루의 나무만 보고 만사를 무리하게 처리하려다 보면 결국 극심한 국론분열만 야기할 뿐, 아무런 성과도 얻지 못하는 우를 범하고 만다. 따라서 차근하게 한 걸음씩 나아 갈 수 있을 때 오히려 현상을 타계할 수 있는 단초가 마련될 수 있다는 사실을 교훈으로 삼을 수 있어야 한다.

2004년 10월 26일

정치꾼과 정치인

물은 그 흐름이 결코 요란스럽지 않다. 그러나 제 가야 할 길을 향해 부단한 걸음을 멈추지 않는다. 때로 길이 막히게 되면 새로운 모색을 강구하거나 또는 장애물을 넘어 설 때를 기다릴 줄 안다. 그렇다고 그의 근본철학이 바뀌는 일은 없다. 다만 타인에 대한 배려를 잃지 않는 가운데 스스로에 대한 믿음을 성취해 낸다. 이것이 물이 갖는 연속성이며 현상에 대한 보다 겸손하고 따뜻한 시각이다.

아울러 물은 정직하다. 그 깊이에 따라 가장 알맞은 것을 찾아 내 이를 사용할 줄 안다. 꽃잎을 띄울 곳에 나룻배를 놓으려 한다거나 또는 나룻배를 띄워야 할 곳에 항공모함을 운항하려 드는 억지를 부리지 않는다. 항공모함이 제 아무리 좋고 또 성능이 뛰어난 것이라 할지라도 그러나 이를 받쳐 줄 수 있는 물의 깊이를 고려할 줄 안다. 지금 할 수 있는 최선의 길이 무엇인지를 정확히 알고 있기 때문이다.

정치권이 연일 시끄럽다. 여당의 어느 의원은 최근 행정수도이전에 대한 헌재의 위헌 결정을 놓고 살의가 느껴질 정도의 막말은 내뱉고 있는가 하면, 열린당이 주도하고 있는 4대 개혁 입법안에 대해, 한나라당은 여전히 색깔시비를 불러일으키는 구태의연한 모습을 재현하고 있다. 모두 듣기 민망할 정도의 수준으로, 정치인보다는 정치꾼이 득세하고 있다는 씁쓸한 생각을 떨쳐버릴 길이 없다. 여야의 극단에 가까운 싸움질로 인해 여론 또한 각 정당에 대한 호불호와 상호 이해관계에 따라 소용돌이치고 있다. 국론을 하나로 모아야 할 대통령마저 정쟁의 중심에 그대로 노출되어 있는 상황이다. 이러다보니 국민정서는 날로 피폐해지고 있으며 서민의 삶 또한 심각한 수준으로 악화되고 있다.

정치가 이래서는 안 된다. 어떤 정책을 놓고 서로 상대방 헐뜯기에만 깊이 매몰되어 있어서는 절대 곤란하다. 진정으로 국리민복을 위한 길이 무엇인지 정부 여당은 물론이거니와 제 1 야당인 한나라당 역시 그에 대한 진지한 자기성찰이 있어야 한다. 그리고 상호 허심탄회한 대화의 광장을 통해 필요한 지혜를 모을 수 있어야 한다.

이를 위해 한나라당은 지나친 냉전 주의적 사고와 관료주의적 틀에서 속히 벗어날 수 있어야 한다. 시대상황과 동떨어진 극 보수적 모습을 탈피하고 진정한 보수 세력으로 거듭나야 한다. 국정최고책임을 지고 있는 대통령에 대한 예의 또한 갖춰져야 한다. 그러는 가운데 어떤 문제점이 있다면 그에 대해 따져 물을 수 있어야 한다. 개발독재의 낡은 역사관에 기대려는 자세로는 결단코 폭넓은 국민의 사랑을 받을 수 없다는 것을 명심해야 한다.

여당인 열린당 역시 민의를 보다 폭넓게 살피려는 노력을 아끼지 말아야 한다. 설혹 자신의 주의 주장이 제 아무리 옳은 것이라 할지라도 그에 대한 독선적 태도보다는 상대를 설득하는 노력이 선행되어야 한다. 여론이 충만할 때를 기다릴 줄 아는 여유와 안목 없이는 자칫 매사를 그르치게 되는 어리석음을 낳을 수 있기 때문이다. 과도한 정치공방을 자제하는 가운데 필요한 일을 할 수 있어야 한다는 사실이다.

지금 우리 정치권에 있어, 역사의 시계를 거꾸로 되돌려 놓으려 하는 한나라당의 자세도 문제지만 이와 함께 오늘만 살다 죽을 것처럼 일거에 모든 것을 얻으려 하는 정부 여당의 정책추진 역시 국민적 동의를 얻기에는 역부족이다. 그리고 그렇게 되어서도 안 되는 일이다. 오늘의 개

혁이 자칫 내일의 개악이 될 수도 있기 대문이다. 이제 정치권 모두가
자기 안의 가득 찬 적의를 거둬내고 가급적 국민화합을 이룰 수 있는 가
운데 내일을 열어 갈 수 있어야 한다. 이것이 국가와 국민에 대한 정치
인의 본분이며 마땅히 갖춰야 될 도리다. 우리정치의 후진성이 일정 부
분 해소될 수 있기를 기대한다.

2004년 10월 28일

美 대선 결과와
민족 문제

　미국 대통령 선거가 초미의 국제적 관심 속에서 치러진 가운데 공화당 부시의 재선으로 막을 내렸다. 이에 따른 세계 각국의 반응도 다양하게 나타나고 있다.

　미국 내의 패권주의 물결을 재차 확인하게 된 아랍권 국가들은 한결같이 우려 섞인 분위기가 역력하다. 독일과 프랑스를 비롯한 유럽 국가들도 축하 메시지를 띄우고는 있지만 결코 밝은 모습은 아니다. 그런 반면, 영국과 일본의 최고 지도자는 크게 환호하는 태도를 취하고 있다. 러시아의 푸틴 역시 기대하는 자세가 뚜렷하다.

　세계국가의 이러한 양태는 사실 이데올로기적인 요소와는 다소 거리가 있다. 종교 및 문화적인 영역과도 결정적인 상관관계에 놓여 있는 것은 아니다. 그렇다고 개별 국가 간의 이념이나 종교 또는 문화적 충돌을 전적으로 부인할 수는 없는 노릇이지만 그러나 보다 중요하게 작용하는 것은, 역시 자국의 이익과 어떻게 결부될 수 있느냐 하는 점이다. 그리고 이는 싫든 좋든 초강대국 미국을 중심으로 한 국제사회가 직면한 냉엄한 현실이기도 하다.

　이번 미 대선결과를 두고 국내여론도 희비가 엇갈리고 있다. 민주당 케리 후보의 당선을 바라던 사람들은, 공화당 부시 정권의 힘에 의한 일방적 외교노선이 지속될 것으로 염려하고 있다. 이로 인해 민족문제가 진척되지 못할 것이란 전망과 함께, 남한사회 내의 극우세력이 탄력을 받게 될 것이란 초조함이다. 아울러 이를 등에 업은 미국의 선제 북폭 가능성에 대해 우려하는 목소리다.

반면 부시의 재선을 반기는 이들은, 미국의 보호주의 통상무역 정책이 케리보다는 상대적으로 덜할 것으로 관측하고 있다. 따라서 대미 의존도가 높은 우리 수출무역에 있어 지금보다 별다른 악재는 없을 것이란 점을 들고 있다.

그러나 이런 저런 관점의 차이를 떠나 씁쓸한 생각이 드는 것도 부인할 수 없다. 우리와는 지리적으로 멀리 떨어져 있는 나라의 대통령 선거 결과를 놓고 다양한 상황이 연출되고 있기 때문이다.

물론 그 처한 입장과 그에 따른 분분한 해석 또한 다들 국익을 위한 나름대로의 충심이란 점에서는 긍정적으로 이해된다. 그럼에도 불구하고 남의 나라 대통령이 누가 되었느냐에 따라, 우리 정치권은 물론이고 국민여론도 상호 기대와 염려가 엇갈리고 있다는 측면에서는 불편한 마음 가눌 길이 없다. 이는 비록 우리나라만의 문제에서 국한되는 것은 아니지만, 오늘날 초강대국 미국이 안고 있는 명암인 것만은 분명하다.

이제 우리가 보다 크게 주목해야 할 점은, 공화당의 부시든 또는 민주당의 케리든 그들 모두가 미국의 정치 지도자란 엄연한 사실이다. 다소 간의 차이는 있을지언정 누구라도 결코 우리의 이익을 일방적으로 대변해 주지는 않는다. 결국 미국의 대통령 당선자 또는 낙선자인 것이지 결코 한국을 위한 정치지도자는 아닌 까닭이다. 우리는 이 점을 한시라도 잊어서는 안 된다.

따라서 우리는 미국과의 선린 우호관계는 지속하되, 그에 따른 완급 조절은 할 수 있어야 한다. 미국의 부당한 요구에 대해서마저 무작정 응할 것이 아니라, 우리 의사를 명확히 전달해야 될 경우에는 분명한 태도를 취해야 된다. 양자 간의 상호존중에 바탕한 이해와 협력을 한층 조화롭게 펼쳐나갈 수 있을 때, 진정한 의미의 한미 선린우호를 지속 발전시킬 수 있기 때문이다.

특별히 한반도 문제와 관련해서는 우리 정치권이 여야를 막론하고 초당적으로 적극 대처해야 할 필요가 있다. 집권 2기를 맞는 부시 정권 내의 강경파가 지금과 같이 정국을 계속해서 주도하게 될 경우 남북문제가 여전히 난항을 겪게 될 것임은 분명하다. 만에 하나 미국이 북폭이라도 감행하게 되고 이로 인해 한반도에서 전쟁이라도 발발하게 되면 이는 민족 모두의 공멸로까지 이어지게 된다는 점을 명심해야 한다.

그렇다고 지나치게 불안해 할 필요는 없다. 세계의 많은 국가가 미국의 일방주의적 패권주의에 대한 불만을 제기하고 있는 실정이다. 이는 군사, 외교, 경제라는 외형적 요인도 작용하고 있지만 그러나 보다 심층적인 것은 심리적 요인에 의해 더 크게 영향 받고 있다. 미국에 의한 소외감과 함께 그들에게 주어졌던 일정 부분의 기득권 상실에 따른 감정적 반감이 그리 만만치 않은 수준이다.

미국 내의 여론도 공화당 부시 정권에게 그리 호의적이지만은 않다. 부시가 비록 재선에 성공했다고는 하지만 그러나 투표에 참여한 유권자 가운데 겨우 절반을 조금 넘는 득표율을 기록했다는 데 주의를 기울일 필요가 있다. 미국 인구의 절반 가까이가 부시의 강경한 대외정책으로 인한 국제사회에서의 위상 추락을 강하게 비판하고 있다.

이러한 국내외적 여론의 따가운 질책에 대해 부시가 언제까지 귀를 닫고 있을 수는 없다. 파괴와 살육으로 실추된 미국의 위상을 회복하기 위해 우선 이라크 문제에 있어서 종전의 폭압적 태도에서 벗어나 일부 수정된 온건 해결을 모색할 가능성이 높다. 유럽을 위시한 국제사회와도 다각적인 협상을 시도하게 될 것으로 관측된다. 이를 반영하 듯, 부시가 그의 당선 인사말을 통해 미국사회의 통합을 위한 노력을 기울일 것이라고 밝힌 대목이다.

　이런 맥락에서 볼 때, 일각에서 제기되고 있는 미국의 북폭 가능성은 사실상 희박하다. 특별히 중국과 러시아의 코앞에서 전쟁이 치러진다는 점과 함께 이들 나라와 북한과의 이해관계를 도외시 할 수만도 없다. 특히 중국 입장에서는 북한을 통한 대륙 방어라는 지리적 특수성을 결코 포기하기 어렵다. 또한 북한의 미사일 사거리가 남한은 물론이거니와 일본 본토를 정조준 할 수 있는 수준이다. 심지어는 미국까지 도달할 수 있을 정도의 기술력을 보유하고 있는 것으로 전해지고 있다. 여기에 아프칸 문제가 여전히 남아 있으며, 이란의 움직임도 심상치 않게 꿈틀거리고 있다. 이라크 또한 저항군과 미군 사이의 내전이 장기화 되고 있다. 이런 상황에서 과연 미국의 전선이 북한으로까지 확대될 수 있겠는가 하는 의문이다.

　중요한 것은, 그간 고착화된 미국이란 울타리와 그 환상에 가까운 믿음에서, 보다 전향적인 사고를 갖추지 않으면 안 된다. 모든 것이 미국으로만 집중되었던 종래의 행태에서 벗어나 다각적으로 운신의 폭을 확대해야만 한다. 오래된 친구와도 좋은 관계를 지속하면서 아울러 새로운 친구와도 적극적인 활로를 찾아 나서는 부단한 발길이 요구된다. 대북문제와 관련해서는 정부당국의 확고한 의지가 더욱 절실히 필요하다. 우리가 주도권을 갖고 민족문제에 임할 수 있도록 가용한 모든 노력을 아끼지 말아야 한다.

　아울러 우리사회가 각별히 주의해야 할 점이 있다. 극우세력의 고전과도 같이 통하는 한반도에서의 전쟁 시나리오가 그것이다. 이를 마치 기정사실화해서 정략적으로 이용하려 드는 정치세력도 문제지만 여기에 고장 난 축음기마냥 잊을 만하면 틀어 대는 일부 언론의 보도 태도도 한심하기는 매양 마찬가지다. 귀가 따가울 정도의 말과 문자가 갖는 공

해 홍수를 뚫고 어떻게 하면 민족의 확고한 평화정착을 통한 공동번영
을 이뤄 갈 수 있을 것인가를 고민하지 않으면 안 된다. 정부 당국은 물
론이고 국민 모두의 합리적이고 냉철한 이성이 더욱 요구되고 있다.

2004년 11월 5일

스스로 악의
축이 되고 있는 부시 정권

　대선에서 연거푸 승리한 공화당 부시 대통령이 그의 자축연이 채 끝나지도 않은 시점에서 또 다시 이라크의 팔루자에 대한 대규모 지상공격을 단행했다.

　미군의 이라크 침공에 대한 세계인의 거센 비판과 미국 내에서의 상당수 반대여론을 감안해 부시 정권이 보다 유연한 해결책을 제시할 것으로 기대했음에도 불구하고 그는 여전히 파괴와 살상이라는 최악의 길을 택하고 말았다. 특별히 UN의 반대가 있었음에도 이를 묵살한 행위는, 평화를 사랑하는 대다수 인류의 염원에 충격과 슬픔을 안겨 주기에 충분하다.

　미군 측의 이번 폭격에 대한 배경 설명에 의하면, 팔루자에 대한 평화적 해결 방안으로 요르단 출신의 테러리스트 아부 무사브 알 자르카위를 넘겨받는 조건이었다고 한다. 그러나 저항군 측 설명은 완전히 상반된다. 자신들도 전혀 행방을 알고 있지 못하는 인물을 지목하며 미군이 협상을 시도하겠다는 것 자체가 도무지 이해할 수 없는 처사란 것이다. 그런데도 협상이 결렬된 모든 책임을 자신들에게 전가하고 있는 것은 미군의 부도덕성을 감추기 위한 하나의 기만술에 불과하다는 주장이다. 그렇다면 도대체 어느쪽 말이 진실일까?

　물론 여기서 미군 측의 말을 믿을 사람은 그리 많지 않은 것 같다. 이를 뒷받침 할 수 있는 것은, 지난 4월에도 미군은 3주간이나 팔루자를 봉쇄하고 대대적인 폭격을 가했었다. 그러나 천여 명이 넘는 이라크 민간인 희생자만 양산한 채 소득 없이 물러난 바 있다.

사실 미국의 공공연한 거짓말을 확인할 수 있는 대목은 많다. 당초 부시가 이라크를 침공하면서 내세운 명분이란 것이, 당시 후세인 정권의 대량살상무기 개발의 원천봉쇄 아울러 테러조직인 알 카에다와의 연계고리 차단 그리고 이라크에 민주주의를 수립하겠다는 것이었다.

그러나 이는 미국의 애초 당위성과는 크게 달리, 이라크 내에서의 그 어떠한 물적 증거나 타당한 흔적이 전혀 발견되지 않았다. 미군 침공이 있기 전, 유엔 무기사찰단의 250여 차례에 걸친 현장 조사에서도 입증되지 않았을 뿐만 아니라 이후 미 지상군의 이라크 완전 점령 후에도 별다른 것이 발견되지 않았다. 또한 알 카에다와의 개연성도 조작에 의한 사실무근이란 것이 드러났다. 그런가 하면, 이라크에 민주주의를 수립하겠다던 미국의 말과는 딴판으로 오히려 미군의 손에 의해 현재까지 이라크인 20,000 명 이상이 살해당한 상태다. 여기에는 미군의 무차별 폭격으로 인한 민간인이 대부분이며 심지어는 젖먹이 어린아이까지 적잖이 포함되어 있다.

이렇듯 미국의 목적은 아주 단순명료하다. 자국의 이익을 위해서는 언제든 남의 나라 국민의 생명과 재산 그리고 인권과 자유는 무시될 수 있다는 것이다. 세계 국가가 다 아는 바와 같이 미국의 이라크 침략이란 것도, 기실 중동 지역에서의 패권강화와 석유찬탈 그리고 자국의 군수산업체 지원에 있음은 너무도 자명한 사실이다.

이는 다시 말해 중동지역에서의 반미 국가에 대한 확고한 힘의 제압을 통해 친미 정권을 수립하겠다는 것이며 아울러 이를 통해 여타 느슨해지고 있는 아랍권에 미국의 입지를 더욱 공고히 수립하겠다는 계산이 깔려 있다. 또한 미국 군수회사의 무기 재고를 소비할 수 있는 좋은 기회임과 동시에 무기의 성능시험도 보다 실질적으로 이루어 낼 수 있는 계기를 제공받고 있다. 뿐만 아니라 세계 2위의 석유 매장량을 보유하고 있는 이라크의 유정 채굴권을 완전히 장악함으로써 값싼 석유를 자신들의 의지대로 확보하겠다는 복안이다.

지난 해 5월 1일, 미국 부시 대통령이 항공모함 에이브러햄 링컨호 선상에서 이라크와의 종전을 선언하며 마치 자신들이 단기간에 거쳐 전쟁에서 승리한 것처럼 국제사회에 대고 선전하던 기억이 아직 새롭다. 언뜻 보면 참으로 그럴 듯하게 들렸던 것도 사실이다. 물론 이라크 집권세력이던 후세인과 그 측근들을 제거하고 이라크 전역을 초토화 시켰으니 일견 외형상으로는 그렇게 보일 수도 있다. 그러나 과연 미국의 힘에 의한 복속적 평화가 가능한 것일까?

이에 대한 해답은 오늘날 이라크 사태를 비롯한 중동문제 전체를 들여다보면 극명해 진다. 아울러 국제사회의 미국에 대한 비난의 수위가 높아지고 있음을 통해 더욱 명확히 깨달을 수 있다. 또한 세계 도처에서 테러가 더욱 기승을 부리고 있는 현실이 이를 잘 설명하고 있다. 세계국가가 각기 간직하고 있는 문화적 특성과 자주권을 인정하지 않은 채, 오직 폭압적인 수단으로 모든 것을 무시하고 제압함으로써 자국의 이익만을 취하겠다는 공화당 부시 정권 스스로가 정작 악의 축은 아닌지 살펴볼 일이다.

2004년 11월 9일

박홍 이사장의
시대정신 유감

　서강대 박홍 이사장이 잊을 만하면 색깔론을 들먹이며 사회 갈등을 증폭시키고 있다. 전두환 정권 당시 주사파 발언으로 나라 전체에 큰 파문을 일으켰던 그가, 노무현 정권의 지지율 하락과 함께 더욱 수위를 높이고 있다.

　그는 지난 10월 21일, 안양시 주최로 열렸던 강연에서 현 정부에 대해 "공산주의로 위장하고 있으며 반미, 친북을 주도하여 내부적으로 북한이 점거토록 하는 집단"이라며 상식 밖의 발언을 한 바 있다. 그리고 어제 있었던 모 라디오 방송과의 인터뷰에서도 열린당 내의 386 출신 의원들을 향해 "사고의 원천이 계급 투쟁적이어서 매우 위험한 돌대가리 같은 사람들"이라며 원색적 비난을 마다하지 않았다.

　마치 군사독재 시절에 무차별적으로 행해졌던 야당 탄압용 메커니즘이 새로운 형태로 재현되고 있는 것 같다. 도무지 주파수가 고정되지 않는 라디오에서 새어나오던 찍찍거리는 소음을 또 다시 듣고 있는 참담한 심정이다. 아울러 예전 북한의 대남방송을 잘못 듣고 있는 듯한 착각에 빠지기도 한다. 성직자로서 그리고 교육자로서 과연 박홍 이사장이 입에 담을 수 있는 말인지 참으로 착잡하기만 하다.

　물론 노무현 대통령과 참여정부 그리고 국회 과반 이상 의석을 차지하고 있는 집권 여당의 정치력 부재와 성숙되지 못한 정치공방에 대해서는 결코 적지 않은 점에서 비판이 있을 수 있다. 또한 걸핏하면 야당과 과거 정권 탓만 하는 것도 결코 바람직한 자세가 아닌 것만은 분명하다. 그러나 비록 부족하지만 나름대로 우리사회의 구태를 벗겨내기 위해 시도되고 있는 이런 저런 정부정책이나 입법 활동에 대해 이를 공산주의니 뭐니 한다는 것은 참으로 천박한 수준의 언어사용이라 아니 할 수 없다.

사회원로급 지도자로써 박홍 이사장이 갖는 정치적 발언의 파장은 실로 크고 막중하다. 따라서 어떤 국가정책이나 국회의 입법안을 두고 그에 대한 문제점이 있다면 이를 지적하는 일이야말로 매우 바람직하고 고마운 일이다. 그러나 설혹 자신의 생각과 다르다 하여 함부로 사실을 오도하고 또 막말을 한대서야 어디 될 일인가. 그는 특별히 성직자이며 동시에 교육자가 아니던가. 자신의 말이 사회적으로 어떤 반향을 불러 일으킬 수 있는가에 대해 이를 깊이 고민하고 성찰할 수 있어야 한다.

그렇다고 박홍 이사장의 말 가운데 새겨 들을만한 내용이 전혀 없다는 뜻은 아니다. 가령 "애를 씻기고 나서 구정물만 버려야 하는데 구정물을 버리면서 애까지 버리고 있다"거나 또는 "문화적으로 미움이 바탕이 되면 미움의 문화가 된다. 만인이 만인에 대해 늑대가 돼버린다"는 지적에 대해서는 공감하는 바가 크다. 이는 노무현 대통령이나 정부 여당이 향후 국정을 운영함에 있어 귀한 교훈으로 삼아야 하는 것임은 틀림없다. 그러나 박홍 이사장 자신도 그러한 지적으로부터 결코 자유로울 수는 없는 것 같다. 특별히 자신의 입으로 내뱉은 비난을 넘어선 저질 욕설은 우리사회에 또 다른 미움을 싹트게 한다는 사실을 명심할 수 있어야 한다.

최근 논란이 되고 있는 사립학교법 개정안과 관련해서도 예외는 아니다. 이에 대한 박홍 이사장의 문제 제기를 살펴보고, 지성이 마비된 자리에 들어 설 수 있는 것은 독설뿐이란 사실을 짚어보고자 한다. 특별히 사학에 대한 정부의 지원금이 절반 내외가 되고 있음에도 불구하고 재단의 교사 임용을 비롯한 여러 형태의 비리가 끊이지 않고 있다는 점도 함께 밝힌다. 따라서 일정한 몫의 외부 개입이 있어야 함은 지극히 상식적인 일이라 하겠다.

사학법 개정안과 관련한 박홍 이사장 주장에 따르면 "민주화의 이름으로, 공공성의 이름으로, 투명성의 이유로 권한을 박탈해 교장에게, 교직원에게, 또 위원에게 주는 것은 실패한 공산당보다 더 한 악법 중의 악법이다." 이에 대한 필자의 입장은 "독재적인 이름으로, 사익적인 이름으로, 비밀성의 이유로 권한을 주장해 재단 이사장에게, 친인척에게, 또 가족에게 주는 것은 타락한 자본보다 더 한 악법 중의 악법이다."

2004년 11월 10일

총리의 국회 발언
파문이 남긴 교훈

이해찬 국무총리의 한나라당 폄하발언으로 인해 공전됐던 국회가 보름 만에 다시 열렸다. 국회의 대정부 질의에 대한 총리의 답변이 이뤄지던 상황에서 발생한 일이기에 더 큰 국민적 파장과 아쉬움이 컸던 것도 사실이다.

참여정부 출범과 함께 하루가 멀다 않고 쏟아지던 대통령의 선정적인 용어사용으로 인해 그간 얼마나 많은 혼란을 겪었으며 국론 또한 갈기갈기 찢겨져 나갔던가. 고단한 삶을 하루하루 살아가는 국민에게 희망의 메신저가 되기는커녕 오히려 깊은 수심만을 안겨줬었다. 그런데 이번 총리마저 크게 다르지 않은 모습을 보여줌으로써 국민에게 우려를 안겨 주었다는 것은 앞으로 총리의 국정운영에 있어 반성의 계기로 삼아야 할 점이다.

물론 문제의 발언을 하게 된 총리의 마음을 헤아리지 못하는 바는 아니다. 허구한 날을 색깔 타령이나 해대며 대안도 없이 반대만을 일삼는 한나라당의 정치공세로 인해 총리의 마음고생이 적잖은 것이었으리라 미루어 짐작하기 때문이다. 어쩌면 그 속이 시커멓게 탔을 것이다.

그러나 굳이 총리의 말이 아니더라도 한나라당은 차떼기 정당이며 밀실에서 거액의 불법 정치자금을 조성한 파렴치한 집단이란 것을 국민 누구나가 잘 알고 있다. 그리고 걸핏하면 구시대의 모조 유품을 목청껏 자랑하며 어리광을 떨고 있다는 것도 정확히 꿰뚫어 보고 있다.

그럼에도 국회에서의 총리 발언을 놓고 비판여론이 높았던 것은 무슨 연유일까. 이는 총리가 있어야 할 자리는 따로 있다는 국민적 경고로 이해될 수 있다. 여당의 대변인이나 또는 개별 의원이 해도 될 말을 총리가 직접 나섬으로써 또 다른 정쟁의 불씨를 제공하고 결국 국회파행까지 불러 일으켰다는 데 대한 반감인 것이다. 행정부 수장으로써 국정을 안정적으로 이끄는 가운데 국민의 삶을 돌봐야 할 중대한 책무가 총리에게 부여되어 있다는 뜻 깊은 메시지로 귀담아 들을 수 있어야 한다.

비록 늦은 감이 없잖아 있지만 사태의 심각성을 깨달은 총리가 먼저 사과를 하고 이를 한나라당이 받아들임으로써 국회가 정상화되었으니 그나마 다행으로 여긴다. 바라기는, 한나라당도 어설픈 정치공세만 일삼으며 국정을 농락할 것이 아니라 원내 제 1 야당으로서의 책임 있는 모습을 보여 줄 수 있기를 기대한다. 총리 역시 보다 세심하고 쾌적한 말솜씨로 야당을 설득하고 이끌어내는 가운데 국가적 희망을 제시할 수 있어야 한다. 총리의 위치는 정쟁으로부터 한 발 물러나 국민전체의 고통과 아픔을 쓰다듬는 보루가 되어야 하는 까닭이다.

2004년 11월 11일

현대판 노예로
전락된 파견근로자

　지난 외환위기 당시 IMF의 고용유연화정책 권고를 받아들여 입법 시행된 근로자보호법이 명목상으로는 근로자를 보호하기 위한 것이라고 하지만 그러나 나타나고 있는 속내를 들여다보면 오히려 노동자의 고혈을 빨아먹고 있는 아주 악랄한 형태를 보이고 있다.

　특히 파견직 근로자가 처한 현실은 공권력이 용인한 새로운 형태의 인신매매 수준으로 전락하고 있다는 지적이 많다. 동일한 노동을 하면서도 갖가지 형태의 차별을 겪고 있는 것은 물론이거니와 근로자와 고용주를 연결해 주는 파견회사의 중도 임금착취는 합법을 가장한 신종 노예제도란 것이 지배적인 분석이다.

　물론 노동시장의 지나친 경직을 방어할 필요도 일정 부분 있는 것이 사실이다. 질병, 출산, 휴가, 계절적 요인 또는 일의 특성에 맞춰 부득이하게 비정규직 근로자를 채용해야 한다거나 또는 한시적인 기간만 근로자를 고용해야 되는 경우도 있으리라 판단되기 때문이다. 따라서 그에 따른 노동력을 적시에 공급받고 그러다 수요가 없어졌을 때 다시 내보내야 되는 불가피한 측면에 대해서는 이해가 된다.

　그러나 짚고 넘어가야 할 점이 있다. 사업장이 그 필요에 의해 비정규직 근로자를 고용함에 있어 사업주의 악용을 확실히 막을 방도가 마련되어야 한다. 이를 위해 비정규직 근로자의 비율을 일정이상 넘지 않도록 제도적으로 규제하는 방안이 반드시 필요한 부분이다. 이와 함께 똑 같은 일을 하는 정규직에 비해 임금차별을 두어서도 절대 곤란하다.

여기서 더 크게 관심을 두어야 할 부분은 사실 따로 있다. 바로 파견 근로자 문제다. 사업장이 직접 나서 근로자를 채용하는 것이 바람직한 일임에도 불구하고 중간에 파견회사가 끼어들어 타인의 노동에 대한 대가를 적지 않게 떼어 먹고 있는 실정이다. 21세기를 살아가는 우리시대에 도무지 상상할 수 없는 파렴치한 일이 합법적으로 자행되고 있는 것이다. 이로 인한 생산성 저하는 물론이고 노동자간의 심각한 갈등양상마저 낳고 있다. 이는 국가 경쟁력을 약화시키는 요인으로 작용하고 있음도 숨길 수 없는 사실이다.

이에 관련법의 손질이 절실히 요구되고 있다. 물론 문제해결에 있어 가급적 이해 당사자 간의 자율적 합의를 도출할 수 있도록 돕는 것이 가장 이상적이라 할 수 있다. 그런데 유감스럽게도 재계의 입장이 워낙 완고한 상태여서 양자 간의 원만한 해결 가능성은 별로 없어 보인다. 그렇다고 심각한 상태로 치닫고 있는 노동현장의 갈등과 근로의욕 감퇴로 인한 사회병리 현상을 이대로 방치해서도 안 되는 상태에 놓여 있다.

결국 정부가 직접 나서서 해법을 찾을 수밖에 없는 상황이다. 노사 양측으로부터 다소간 이견의 소지가 있을 수 있다 하더라도 각계의 전문가와 우리 사회의 공감대를 바탕으로 정부가 지혜롭고 합리적인 결단을 내릴 수 있어야 한다. 근로자가 일에 대한 의욕을 상실하게 되고 그로 인해 자신의 삶에 대한 미래를 담보할 수 없게 된다면 이는 더 큰 사회적 비용을 국가가 감당할 수밖에 없게 된다는 점을 깨달을 수 있어야 한다.

그런데도 정부 당국과 집권 여당은 기존의 파견제 근로자에 대한 시한을 더 연장하고 대상범위 또한 거의 모든 영역으로 확대하겠다는 발상을 하고 있다. 과연 참여정부와 집권 여당이 당초 표방했던 이런 저런 개혁 구호에 걸맞기나 한 것인지 도무지 의아스럽기만 하다. 국내외의 굵직굵직한 사안들로 인해 정작 노동자의 고단한 눈물이 가려져서는 안 될 것이다. 인간적 삶의 가치를 존중할 수 있는 대안을 모색하는 것이야말로 국가가 국민을 위해 취해야 할 중요한 정책적 과제임을 명심했으면 한다.

2004년 11월 13일

17대 국회에
똥바가지를 던져라

　며칠 전 어렵사리 국회가 다시 열렸으나 정작 있어야 할 대정부 질문은 실종된 채 오히려 더 난장판으로 변해가고 있다. 여야 모두 민생국회를 펼치겠다고 다짐하고 국회를 정상화시켰음에도 불구하고 예전의 구태정치를 확대 재생산하고 있어서 조소를 금할 길이 없다. 특히 거대 정당인 열린당과 한나라당 간의 아귀다툼으로 인해 소수 정당인 민노당, 민주당, 자민련은 숨 쉴 틈조차 없어 보인다.

　더욱 가관인 것은 국회에 입성한 지 채 1년도 되지 않은 초선의원들이 더 앞장 서 홍위병 노릇을 자처하고 있다는 점이다. 정부 정책에 대한 가부를 따져 묻는 일은 뒷전이고 온갖 막말과 인신공격성 발언만 어지럽게 난무하고 있는 상황이어서 이를 지켜보는 국민에게 깊은 우려를 안겨주고 있다. 정녕 17대 국회는 쓰레기 소각장이란 비난을 들어야만 제 정신을 차릴 수 있단 말인가?

　국회 정상화가 이뤄져 대정부 질문이 속개된 지난 12일, 열린당의 L의원은 정부의 수도이전과 관련된 헌재의 위헌 결정을 놓고 사법 쿠데타라며 목청을 높였다. 그렇다면 기억을 되살려 볼 일이다. 16대 국회의 대통령 탄핵에 대한 헌재의 애매모호한 결정에 대해선 구국의 결단이라며 박장대소했던 사실을 벌써 까맣게 잊었단 말인가? 자신의 편의에 맞춰 그 때마다 이중 잣대를 적용하고 있다는 비판으로부터 결코 자유로울 수 없다.

그런가 하면 같은 날, 한나라당의 H 의원은 총리를 답변석에 불러 세웠다가 아무 질문도 하지 않은 채 그냥 돌려보내는 졸렬한 행태를 서슴치 않았다. 도대체 무엇 하러 국회에 다시 들어왔단 말인가? 건방도 분수에 맞게 떨어야 하는 것이거늘, 이는 자신의 인격을 스스로 내다 버리는 망나니짓에 불과하다. 마치 초등학교 저 학년생이 자신을 알아주지 않는다며 저지르는 돌출행동과 하등 다를 것이 없다.

오늘도 예외는 아니다. 한나라당의 K 여성 의원은 총리를 지칭하면서 전(前)총리 또는 전(前) 장관이라고 불렀다. 경제부총리에 대해서는 총리권한대행이라고 추켜세웠다. 국무위원에 대한 인사권을 한나라당의 개별 의원이 마음대로 좌지우지 하는듯한 촌극을 연출한 것이다. 틀림없이 총리를 비하하기 위한 목적에서다. 물론 국회 파행을 불러왔던 당시 총리 발언이 부적절했던 것은 사실이다. 정쟁과는 일정한 거리를 두어야 할 직분이기 때문에 더더욱 그렇다. 그러나 이미 그에 대한 총리의 사과가 있었고 또 이를 한나라당이 받아들여 국회를 재가동시키지 않았는가?

여당인 열린당이나 제 1 야당인 한나라당 모두 참으로 한심하기 이를 데 없는 모습이다. 이런 상황이면 다들 막가자는 것이 아니고 무엇이겠는가. 정부정책에 대한 정당한 지적은 실종도고 오직 난장판만을 벌이기 위해 국회를 다시 연 것만 같다. 왜들 이리도 스스로를 가치 없고 초라하게 만들고 있는 것일까. 상호 예를 갖추는 가운데 필요한 경쟁을 할 수는 없단 말인가. 그들 모두는 명색이 국민을 대표한다는 입법부의 국회의원이 아니던가. 정치권에 대한 세간의 거친 항의에 대해서는 점잖은 충고를 아끼지 않는 정치인들이 정작 자신들이 안고 있는 문제는 전혀 보지 못하고 있는 것 같다. 서민대중의 호곡소리는 전혀 안중에 없는 17대 국회에 차라리 똥바가지를 던진다.

2004년 11월 15일

대통령 비방 경찰관
구속 영장 청구에 대해

　대통령을 비방하는 글이 지난 9월 24일 열린당 홈페이지에 올랐다. 내용은 "노무현 대통령은 김정일 2중대"라는 식의 거반 낙서나 다름없는 수준이었다. 경찰이 컴퓨터 IP 주소 추적에 나선 결과, 해당 게시물을 올린 장본인이 현직 경찰관 신분으로 밝혀졌다. 이에 대해 검찰은 공직기강 확립 차원이란 이유를 들어 어제 구속영장을 청구했다.

　여기서 우리는 심각한 고민에 직면하게 된다. 국민 누구나 자신의 정치적 견해를 피력할 수 있는 권리가 있고 이는 선거와 직접 관련이 없는 한, 공무원도 결코 예외가 되어선 안 되기 때문이다. 그렇다고 관련 경찰관에게 전혀 문제가 없다는 것은 아니다. 공무원이 당직 근무를 하던 중 만취가 되도록 술을 마셨다는 점에서 그렇다. 따라서 이에 대한 적절한 징계는 필요하다. 그리고 대한민국 공무원이 갖고 있는 현실인식의 저열함과 심각한 왜곡현상 역시 비판 받아 마땅한 대목이다.

　그러나 문제는 사실 더 큰 데 도사리고 있다. 사전에 다양한 형태로 해당 행위자에 대한 경고를 취할 수 있는 방법이 있음에도 불구하고, 굳이 처벌을 목적으로 게시자의 신원을 추적했다는 것 자체가 지극히 독재적인 발상인 까닭이다. 아울러 대통령을 비방한 잡설이 그 내용의 타당성 여부를 떠나 꼭 구속영장까지 청구되어야만 속이 통쾌해지느냐는 우려다. 그냥 무시해도 될 만한 상식 밖의 헛소리에 대해 지나치게 대응함으로써 옛 군사독재 시절의 또 다른 망령이 부활하고 있다는 느낌이

다. 신 공안정국이란 세간의 비아냥거림이 결코 괜한 지적만은 아니란
것이다.

특별히 이번 사건에서 주목하고 싶은 것은 따로 있다. 처음 문제의 발
단이 된 날로부터 두 달 가까이 된 시점에서 그리고 하필 대통령이 국내
에 없는 상황에서 때맞춰 취해진 일인지라 뭔가 꺼림칙한 마음을 지울
수 없는 연유에서다. 물론 하급 경찰관이 갖고 있는 오도된 가치관과 그
러한 행위를 놓고 대통령이 외국 방문 중인 틈을 타 설마 계획적으로 사
법당국이 그럴 수 있겠느냐는 생각도 든다. 그러나 정황상 사전에 대통
령께 보고가 이뤄졌던 일을 지금 시점에서 처리하고 있다는 의구심을
갖기에 충분하다.

분명한 것은, 인권보호니 또는 참여정부니 하는 구호가 괜한 말장난
이나 되어서는 절대 곤란하다. 비록 관련 경찰관의 넋두리가 무식의 소
치에서 나온 것이기는 하지만 그러나 그 또한 자신의 신념이라면 이를
우리사회가 안고 있는 견해의 다양성으로 인정해 줄 수 있어야 한다. 지
금과 같은 정부 여당의 옹졸한 행태로는 자신들이 주장하는 그 어떤 목
청도 결국 공허한 메아리며 또한 뜬구름이 될 수밖에 없다.

지난 총선 무렵, 인터넷에 자신의 정치적 의사를 표명했다는 이유로
사상 유래 없이 많은 사람이 소위 선거법 위반이란 것으로 구속되거나
또는 처벌 받았음을 상기한다면, 현 정권의 기만성이 가히 어떻다는 것
을 새삼 깨닫게 된다. 정부 여당에 대해 쓴소리를 했다는 이유로 적지
않은 국민이 전과자란 오명과 그 굴레에서 살아가야만 하는 현실이 전
두환 정권 당시의 철권통치와 하등 다를 것이 없다는 뜻이다.

노무현 정권이 내걸고 있는 참여라는 단어가 대통령과 정부 여당의
구미에 맞는 소리만 조잘대는 것을 의미하지는 않으리라 믿는다. 그런
데 지금과 같이 속 좁은 작태를 일삼는데서야 국민 어느 누군들 자신의

마음에 품고 있는 생각을 밝힐 수 있단 말인가. 시새말로 국민이 무슨 홍어 좆이라도 된단 말인가. 참여하라고 하고선 자신의 입맛에 맞지 않는다는 이유로 쇠고랑을 채우고 있으니 말이다. 국가보안법을 폐지하겠다고 나서기 전에 스스로가 이율배반적인 만행을 저지르고 있지는 않는지 살펴 볼 일이다.

2004년 11월 18일

노사모의
맹목적 대통령 지지에 대해

청와대와 재경부가 주도하며 추진하려던 연기금의 주식 및 SOC 투자 계획에 대한 문제점을, 며칠 전 주무부처인 김근태 보건복지부 장관이 지적하자 이를 노사모 전 회장인 명계남 씨를 위시한 노사모 회원들이 비난하고 나섰다.

명계남 씨는 "김 장관의 발언이 구구절절 지당한 말씀이며 나름대로 의미가 있다"라고 전제하면서도 그러나 김 장관으로 인해 "조선일보에게 더 없이 좋은 개뼈다귀가 되어 버렸다" 아울러 "장관 개인의 성공이 아닌 참여정부를 성공시키는 것이 제 1의 임무인 데 자신의 정치적 이해 타산만을 생각하고 있다"라며 공격을 퍼부었다.

이 정도면 맹목적 친노 네티즌들이 갖고 있는 저변인식의 옹졸함이란 것이 가히 극치를 치닫고 있다 해도 결코 과언이 아닐 듯싶다. 특별히 명계남 씨가 노사모의 전직 회장이었음을 감안한다면 그들의 노무현 대통령에 대한 묻지 마 식 지지와 그로 인한 이율배반적 태도가 어떤 것인지 극명하게 드러난다.

애초 민주당 간판을 달고 대통령에 당선되었고 또 그 후 민주당의 자산과 부채를 승계하겠다고 국민 앞에 엄숙히 선언했음에도 불구하고 이를 헌신짝만도 못하게 여긴 장본인이 바로 노무현 대통령이다. 자신의 대통령 당선 비용으로 소요된 돈을 민주당에 그대로 부채로 남겨 놓은 채, 지금까지 나 몰라라 하고 있으며 또한 한나라당 이회창 후보에 비해 자신은 1/10만 더럽다는 식의 말을 천연덕스럽게 내뱉은 사람이니 굳이 도덕성을 논해 무엇 하겠는가.

더 짚어보자. 그러니까 작년이다. 민족문제의 역사적 의미가 담긴 6.15 기념식이 열리던 날, 대통령께서는 비가 오는데도 불구하고 골프 삼매경에 빠진 바 있다. 그리고 기상 관측 이래 사상 유래 없는 태풍 매미가 남한사회 전체를 초토화시키고 있는 와중에서도 대통령은 가족과 함께 태평하게 오페라 관람을 하였다. 민족문제나 국가위난보다는 자신의 취미나 또는 여가생활을 우선시하는 대통령인 셈이다.

그런가하면 대미외교에서의 굴욕적인 모습은 아직도 치유되지 않는 국민적 모멸감으로 깊게 자리하고 있다. 아울러 지난 대선에서 자신을 당선시켜 준 거의 모든 사람이 이라크 파병을 적극 반대하며 명분과 실익이 전혀 없는 미국의 침략전쟁에 들러리서지 말 것을 주문하였다. 그런데도 기어이 사막의 황량한 모래바람 속으로 우리 젊은이들을 몰아넣었다. 또한 자국의 선량한 시민이 인질로 잡혀 있는 상황에서도 굳이 추가파병을 약속해줌으로써 무고한 백성이 자신의 소중한 목숨을 잃어야만 했다. 올해는 이도 모자라 비밀리에 추가파병까지 단행하고 이젠 파병연장까지 검토하고 있다. 대통령과 정부 여당이 강변하던 국익이란 것이 과연 무엇인지 그 실체를 밝힐 수 있어야 할 것이다.

올 총선에서 집권여당은 수도 없이 많은 개혁과제를 제시하며 유권자의 표심을 자극하였다. 입만 열면 개혁을 주창하며 온 나라를 무섭게 휘젓고 다녔다. 그 가운데 아파트 분양원가를 공개하겠다던 공약도 크게 주효했던 것이 사실이다. 그런데 선거가 끝나기 무섭게 이를 완전히 백지화하고 말았으니 정부 여당의 이중성이 어떻다는 것을 새삼 깨닫게 된다.

노동문제만 해도 그렇다. 비정규직 근로자가 전체의 반을 넘고 있는 상황이며 이들의 임금은 정규직에 비해 60~70% 수준에 머물고 있다. 특히 파견직 근로자가 처한 상황은 정규직보다 절반도 안 되는 실정이다. 이런 사정에서 이젠 비정규직 사업장을 거의 모든 영역으로 확대하겠다는 발상과 함께 기간 또한 연장할 움직임을 보이고 있다. 결국 근로자 모두를 빈곤층으로 내 몰겠다는 뜻이 아니고 무엇이겠는가? 이는 근로의욕 감퇴와 함께 심각한 수준에 처해 있는 빈곤층을 더욱 양산시킬 우려가 있는 것이며 아울러 아사직전의 상태에 처해 있는 내수 부진을 더욱 악화시킨다는 점에서도 어리석은 짓이라 아니 할 수 없다. 아니 국민이 쓸 돈이 있어야 물건을 구매하게 될 것 아니겠는가?

이제 명계남 씨에게 묻고 싶다. 필자가 위에 지적한 대부분의 문제에 있어 조선일보는 그 때마다 열렬히 환영했었다. 그렇다면 친재벌적이고 반인륜적인 노무현 대통령과 정부 여당의 정책에 대해 그 때마다 조선일보가 환호했으니 이 역시 조선일부에게 더 없이 좋은 개뼈다귀가 된 것인가? 그리고 지금까지 대통령과 정부 여당의 위선적인 작태와 잦은 실정에 대해 과연 명계남 씨와 노사모의 반응은 어떠했었으며 이에 대해 무엇 하나 쓴 소리를 한 적이 있었는가? 그저 여론을 호도하고 책임 전가하기에만 급급하지는 않았는지 스스로를 살펴 볼 일이다.

물론 명계남 씨의 지적과 같이 그간 조선일브가 우리 사회의 진일보한 역량을 가로막는 중대한 장애요인으로 작용해 온 것만은 사실이다. 그러나 비판을 하려거든 사실에 기초한 것이어야 한다. 조선일보가 옹호하면 무조건 나쁘다는 공격은 거반 초등학생이나 다름없는 수준으로만 여겨지기 때문이다. 더더욱 그는 명색이 대통령을 지지한다는 노사모의 대표적인 인물이 아니던가.

이번 김근태 장관의 발언은 정부에 몸담고 있는 사람으로서 결코 쉽지만은 않은 지적이었을 것이다. 그러나 반드시 짚고 넘어가지 않으면 안 되는 사안이기도 했다. 연기금 특히 국민연금은 서민이 허리띠 조이며 자신의 노후를 준비해 국가를 믿고 맡긴 돈이다. 결코 대통령이나 재경부 또는 일부 정치인이 자신의 지갑에서 돈 빼 쓰듯 함부로 할 수 있는 성질의 것이 아니다. 정작 그것이 자신들의 주머니 돈이었다고 해도 과연 그럴 수 있었을까? 국민이 피 땀 흘려 꼬박꼬박 적립한 돈을 재벌에게 그대로 갖다 바치자는 것과 하등 다를 것이 없는 청와대와 재경부의 무지에 대해 꼭 필요한 상황에서 제동을 건 것이어서 기쁘게 생각한다. 역대 정권들이 연기금을 투자해서 결국 어떻게 되었는지를 되짚어 본다면 더욱 명확해 질 것이다.

그리고 하나 더 생각해보자. 대통령과 참여정부는 출범 초기부터 토론공화국을 지향했다. 김 장관 역시 연기금 운용에 대한 부적절함을 여러 차례 회의석상에서 당부한 것으로 알려지고 있다. 그러나 매번 청와대와 재경부에 의해 묵살되자 도리 없이 국민 앞에 호소한 것으로 그 진정성에 대해 충분히 이해가 되고도 남음이 있다. 그런지라 필자는 이번 김 장관의 문제 제기에 있어 차기 대권을 염두에 둔 정치적 의도라는 명계남 씨와 일부 극렬 노사모 회원들의 비난에 대해 결코 동의할 수 없다. 아울러 분명히 밝히고 싶은 것은 정당이나 정치인에 대한 호불호를 떠나 그의 지적을 구국의 충정에서 나온 용기 있는 행동으로 높이 평가한다. 나라 말아먹기 전에 이를 공론화시켰다는 점에서 그의 용기에 아낌없는 박수를 보낸다.

2004년 11월 22일

親盧 충성경쟁
"약이 될까? 독이 될까?"

내년 2월이면 노무현 대통령 취임 2주년이 된다. 대통령 임기가 5년임을 감안하면 현재로선 임기 절반도 채우고 있지 못한 상태다. 그런데 국민 지지율은 10% 후반으로 역대 정권 가운데 최악의 상황을 나타내고 있다. 내년 이맘때쯤이면 지지율이 한 자리 수로 떨어질 것이란 전망을 하는 사람도 적잖이 있다.

이런 상태에서 오는 3월엔 집권 여당인 열린우리당의 전당대회가 개최된다. 언론과 정치권은 벌써부터 여권의 대권 주자들 행보에 관심을 쏟고 있다. 시기적으로 볼 때, 계파간의 당권 경쟁 또한 물밑에서 치열하게 전개될 수 있는 충분한 조건을 갖추고 있는 것이 사실이다. 노무현 대통령의 레임덕 현상도 그만큼 가속화 될 소지가 다분하다.

이를 반영하듯, 친노(親盧) 단체인 '노사모'와 '국민의 힘' 등이 '국민참여연대'라는 정치단체를 결성하고 내년 전당대회에서 여당 내의 역학구도에 영향력을 행사하겠다며 선언하고 나섰다. 그간 당 외곽에서 盧 대통령의 극성 팬클럽으로 머물던 이들이 이제 기간당원 가입 등을 통해 본격적으로 당내에 뿌리를 내리고 권력을 행사하겠다는 뜻이다.

그런데 재미있는 현상은, 유시민 의원을 위시한 개혁당 출신의 '참여정치연구회'와 그리고 정창래 의원을 축으로 하는 '국민참여연대' 간의 친노(親盧) 선명성 경쟁을 놓고 서로가 서로를 물어뜯고 있다는 점이다. 정작 그들 두 집단에 대한 국민적 시선이 얼마나 따가운 것인지는 전혀 고려하지 않은 채 말이다.

특히 개혁당 출신을 중심으로 한 '참여정치연구회'에 대해서는 더욱 부정적이다. 이는 현재 개혁당을 지키고 있는 당원으로부터도 매우 차가운 눈총을 받고 있다. 특별히 유시민 의원의 경우에는 지난 16대 당시 보궐선거를 치루는 과정에서 소요된 개혁당 자금과 관련한 의혹이 아직 해소되지 않은 상태다.

여기에 국민일반이 느끼는 감정은 더더욱 싸늘하기만 하다. 소위 개혁 지향적인 유권층 역시 크게 다르지 않다. 노무현 대통령과 참여정부를 망친 가장 큰 장본인으로 유시민 의원을 지목하고 있기 때문이다. 이에 대한 원인이야 여러 면에서 유추해 볼 수 있겠지만 그러나 무엇보다 핵심적인 지적은 개혁을 빙자한 여론호도만을 일삼았다는 반응이다.

공중파 방송의 토론에 단골손님으로 출연해 정부 여당의 명백한 잘못에 대해서마저 이에 대한 책임 있는 모습을 보이기는커녕 오히려 변명만 늘어놓기에 급급했다는 질타다. 아울러 자신의 이미지만을 지나치게 의식해 곡학아세를 일삼거나 또는 노무현 대통령의 의중만을 맹목적으로 좇다보니 적지 않게 표리부동한 모습을 보여줬다는 것이 대체적인 인식이다.

다수 여론이 이와 같은 실정에서 양대 친노(親盧) 그룹 진영 간의 불붙은 충성경쟁이 과연 노무현 대통령과 정부 여당 특히 그들이 지원하는 대권 주자에게 약이 될지 아니면 독이 될지는 아직 더 지켜 볼 일이다. 그러나 간과하지 말아야 할 것은 향후 포플리즘 정치로는 국민적 동의를 얻어내는 데 한계를 안고 있다는 사실이다. 실사구시하는 자세로 정도를 걷지 않고서는 그 어떠한 현란한 수사로 국민을 현혹하고 선전선동한다 할지라도 결코 이를 믿을 사람은 그리 많지 않을 것 같다.

이제 정치권 모두에 바라기는 우리 국민의식이 자신들 상투 위에 자리하고 있다는 점을 깨달을 수 있었으면 한다. 몇몇 정치인의 화장발 쇼맨십으로 언제까지 국민을 기만할 수 있다고 믿는다면 이는 국가와 역사 앞에서 부끄러운 행위가 될 수밖에 없다. 가난하고 고통 가운데 처한 백성의 눈물에 동참할 수 있는 따뜻한 마음과 지극한 정성이 먼저 살아 있어야 한다. 이 점 가슴에 깊이 새길 수 있기를 기대하는 마음 크다.

2004년 11월 24일

김영환 전 장관
의사복 입고 진료 시작

17대 총선에서 낙선한 이후 미국, 유럽, 동남아 등 18개국을 돌며 "시장에서 배운다."는 재충전 프로그램을 갖고 시장경제와 첨단과학 그리고 국제정세의 흐름에 대해 직접 배우고 경험하며 내공을 쌓던 김영환 전 과학기술부 장관. 그가 지난 26일 경기도 안산시에 e-믿음치과를 개원하고 진료에 들어갔다. 15대와 16대 국회의원 당선지역으로 자신의 정치적 고향이기도 한 이곳에 185평 규모의 전문병원을 3명의 후배의사들과 함께 열고 지역민들과 지근거리에서 만나게 된다.

병원 한 켠에는 문화 예술인들을 위한 갤러리 공간도 함께 하고 있다. 향후 장애우를 비롯한 우리사회의 그늘진 이웃을 위해 봉사할 생각이라 한다. 더욱 특이한 점은 디지털 마인드 혹은 과학기술 마인드를 가진 그가 병원을 디지털화 하고 첨단화하려는 노력을 하고 있다는 점이다. 이미 필름이 없는 디지털 병원을 만들었고 진료를 동영상으로 컴퓨터 화면을 통해 저장하고 인터넷을 매개로 하여 전송하며 의사와 환자가 함께 볼 수 있는 진료 시스템을 만들기 위해 노력하고 있다.

그의 이력을 살펴보면 참 진기한 사실을 발견하게 된다. 연세대 재학생 시절 민주화 운동과 관련해 치대 학생으로는 첫 구속 사태를 겪는가 하면 이후 공안당국의 계속된 수배 등으로 인해 무려 15년 만에 대학을 졸업하게 된다. 이는 자신의 목표를 성취하려는 끈질긴 의지를 읽을 수 있다는 측면에서 많은 이들에게 살아 있는 교훈이 되고 있다.

그가 보여준 인생역정과 관련해 흥미로운 사실은 이 뿐이 아니다. 당시 대학에서 제적되어 학업을 계속할 수 없게 된 그는 집안의 장남으로서 생계를 꾸려가기 위해 전기공사 기사 1급을 비롯 관련 자격증을 무려 6개나 따내고 실제 전기기술자로 5년 여 동안 일했다.

이 때 노동운동가로 활동하기도 했으며 이후 복학이 이뤄져 대학을 졸업한 후에는 서울 삼각지와 종로 그리고 강남에서 치과병원을 열기도 했다. 그 후 전자회사 대표로 IT 관련분야에서도 기업을 창업하는 등 다채로운 경험을 갖게 된다. 한편 시인이기도 한 그는 여러 권의 시집과 동시집 그리고 산문집을 낸 바 있다.

정치적으로는 연청 중앙회장을 역임했으며 재선의 의정활동 기간 동안 대변인과 정책위 의장으로 이미 그 능력을 검증 받은 바 있다. 민주당 분당 과정에서는 이를 반대했던 대표적인 인물 가운데 한 사람. 그 후 그는 대변인과 전자정당 추진위원장을 맡아 돈 들지 않는 정치구현을 위한 단초를 마련하는 데 심혈을 기울였다. 또한 상임중앙위원으로 선출되어 강도 높은 정치개혁을 주문하기도 하였다. 그는 시민사회단체가 선정해 수여하는 16대 우수의원에 뽑힌 바 있다. 뿐만 아니라 그의 풍부한 과학적 마인드를 인정받아 국민의 정부 후기 최연소 장관으로 발탁되기도 했다.

이제 그는 정치 현장과는 상당한 거리에 놓여 있게 되었다. 노란셔츠가 온 나라를 휩쓰는 돌풍에 밀려 무명의 정치 신인에게 고배를 마셨지만 이에 굴하지 않고 다시 지역민과 가장 가까운 곳으로 돌아갔다. 자신을 국회의원에 당선시켜준 지역민의 은혜에 질 높은 의료 서비스를 통해 보답하고, 아울러 생업을 갖고 일함으로써 경제적으로 자립하기 위한 모범적인 행보가 그의 선하고 환한 미소만큼이나 아름다운 모습으로 다가선다.

　아무쪼록 인간과 민족에 대한 그의 따뜻한 시선이 언제까지 계속 이어질 수 있기를 바라는 마음 크다. 진료 현장에서 환자의 병든 곳을 치유하는 의사의 손길과 같이 정치에 있어서도 평화와 번영 그리고 나눔과 베품을 통한 국민화합과 공존의 미덕을 확립해 주리라 믿는다. 결국 정치가 있어야 할 가장 큰 당위와 덕목이 국태민안이 아니고 무엇이겠는가? 일상에서 부대끼는 서민대중의 애환이 향후 그가 정치 일선으로 복귀했을 때 더욱 체화된 모습으로 조국발전에 크게 이바지 할 수 있기를 기대한다.

2004년 11월 28일

김진홍 목사의
역사 인식 유감

유신이 선포되기 한 해 전이던 1971년, 서울 청계천에 활빈교회를 만들고 빈민목회를 이끌었던 김진홍 목사. 이후 유신 반대 시위를 주도하다 구속되기도 했던 그가 며칠 전 스스로를 보수주의자로 선언하고 나섰다.

그는 자신의 그러한 배경에 대해 "변절한 것이 아니라 세상을 보는 눈이 넓어지면서 자연스럽게 진보주의자에서 보수주의자로 성숙해졌다"고 밝히고 있다. 이는 유신과 5공 독재를 긍정적으로 여긴다는 것과 하등 다르지 않은 망언으로써 그의 표현력이 부족한 탓인지, 그게 아니라면 구질구질한 변명을 위한 싸구려 치장으로 여겨야 하는 것인지 참으로 당혹스럽기만 하다.

그렇다면 서유럽의 안정적인 많은 나라들이 우리사회 내의 보수 세력들에 비해 세상을 보는 눈이 좁아서 오늘 날 세계국가의 부러움을 사는 평화와 번영을 구가하고 있단 말인가? 또한 한국사회 내의 상당수 지식인과 원로들이 김진홍 목사보다 성숙하지 못해서 우리사회의 구태를 벗겨내기 위한 주문을 활발히 펼치고 있단 말인가?

지난 날, 역사의 흑빛 속에서 386 세대들에게 적잖은 정신적 자양이 되기도 했던 그가 어쩌다 이리도 철저히 망가지게 된 것일까. 빈민구제를 위해 열심을 내어 활동했던 그의 노력이, 자신의 어떤 신념이나 철학에 의한 것이라기보다는 지극히 감성적인 울타리에 머물렀다는 뜻으로 여겨져 안타깝기 그지없다.

　빈곤을 숙명처럼 안고 살아가는 이들을 보면서 냉혹한 사람이 아닌 다음에야 누구나 지니게 되는 연민의 감정은 있다. 그런데 김진홍 목사에게 있어서도 그런 정도의 인식 밖에는 없었다는 뜻으로 이해되는 것이 지나친 비약에 불과한 것일까. 필시 그에게 있어서 자신의 출세를 위한 하나의 수단으로 가난한 사람들이 철저히 활용되진 않았는지 의아스럽기만 하다.

　더욱 가관인 것은, 수 만 명에 이르는 자신의 회원들에게 보낸 이메일에서, 386 정치인들을 지칭해 "주사파들이 국회의원이 되었다"고 단정지어 말하는가 하면, 광주민주화운동에 대해서는 "우리사회에 독이 됐다"라는 파렴치한 주장에 이르러서는 아연 말문이 막히게 된다. 야만의 역사를 온몸으로 부대끼며 견뎌낸 시대적 항거에 대해 어찌 그리도 저급한 시각을 갖고 있단 말인가. 그들 때문에 공산화 통일이라도 되었다는 뜻인지 묻지 않을 수 없다.

　물론 386 출신 정치인들이 아직 여러 면에서 미숙하고 또한 적지 않은 점에서 자기 수양이 필요한 점도 있다. 아울러 세계와 우주를 보는 안목이 더 깊고 성숙해져야 하는 것도 사실이다. 따라서 그들이 국정 현안을 풀어가는 데 있어서 나타나는 서투름을 지적하고 그와 함께 어떤 지혜로운 방향성을 제시하는 것이라면 지극히 타당한 일이라 하겠다. 그러나 그들에 대한 어떤 구체적 문제는 전혀 적시하지 못하면서 막무가내로 주사파니 뭐니 한다는 것은 그야말로 어불성설이라 아니 할 수 없다.

　민족문제에 있어서도 그의 시각이 대단히 협소하다는 점을 발견하게 된다. 그는 "북한 체제가 바람직한 것인지 아닌지를 판단기준으로 삼아야 합니다. 수령론과 군대 제일주의라는 낡은 가치관과 이론으로 자유를 억압하고 굶주린 탈북자들이 제 3국을 떠돌게 하는 것은 민족적 범죄입니다. 그런데 어떻게 북한을 좋게 볼 수 있습니까. 낭만적 민족주의나 오도된 가치관을 바탕으로 한 민족공조는 자멸의 길로 빠질 겁니다.”라고 말하고 있다.

오늘날 북한이 안고 있는 장애현상에 대한 인식인 것만은 분명하다. 따라서 이와 관련된 그의 문제 제기에 대해서는 이견이 있을 수 없다. 그러나 이를 어떻게 극복해야 올바른 것인지에 대해서는 매우 우려스러운 마음이 든다. 특별히 우리 정치권의 386 출신들을 지칭해 “낭만적 민족주의나 오도된 가치관을 바탕으로 한 민족공조”라고 한 점은 참으로 유감스럽지 않을 수 없다.

이는 햇볕정책을 전면 부인하고 있는 듯한 주장으로써 북한을 고립시켜야만 민족문제를 풀어 갈 수 있다는 전형적인 이분법적 인식을 그대로 바탕에 깔고 있다. 어떻게든 상대를 없애야만 문제 해결이 가능하다는 지극히 독재적인 발상에 다름 아니다. 그가 북한을 비판하면서 정작 그 자신도 다분히 폐쇄적인 형태를 취하고 있기 때문이다.

우리가 통일을 이루어가는 과정에 있어서 북한의 경제적 자립을 도와야 함은 이제 상식으로 통하고 있다. 북한이 경제적으로 자립하지 않고서는 향후 통일이 된다 하여도 대단히 혼란스런 상황이 발생하게 되리란 점을 많은 사람이 우려하고 있는 실정이다. 굳이 통일 독일의 경우를 들지 않더라도 쉽게 파악되는 대목이다.

하물려 현재 남북한은 옛 동서독에 비해 턱없이 낮은 경제력이다. 이를 감안한다면 남북 경제협력은 더욱 강화되어야 하고 교류 또한 활발히 이뤄져야 한다. 이를 통해 서로가 자신감을 갖고 또 이해의 폭도 넓힐 수 있어야 한다. 민족 모두가 공히 번영을 그가함으로써 실제적으로 통일을 이룰 수 있는 첩경이 될 수 있다는 점에서 더욱 그렇다.

그러나 그의 말 가운데 새겨들어야 할 대목도 있다. 즉, "참여와 책임 공유를 통해 경제적으로 선진화하고 통일을 이룩해야 합니다. 이를 위해서는 사회통합이 절실해요."란 주장에 대해서는 깊이 공감한다. 그렇다면 무엇을 어떻게 해야 할 것인지 이에 대한 고민이 있어야 한다. 바로 이것을 해결할 수 있는 열쇠가 그간 쌓여 온 구태를 벗겨내는 일로부터 시작될 수 있다. 또한 심각하게 양극화되고 있는 부익부, 빈익빈 현상을 타계해 나가는 일에 있음도 지극히 당연한 일이라 하겠다.

사회원로의 위치에 있는 사람으로서 계층과 세대 간 그리고 남북 간 사이에 괜한 갈등과 불안을 확대 유발시키는 언행은 삼가 했으면 하는 바람이다. 오히려 기득권 세력의 철저한 자기 안주에 대해 쓴 소리를 아끼지 말아야 할 때다. 아울러 참여정부의 우왕좌왕과 표리부동한 자세에 대해 시정을 촉구할 일이다. 속히 지성을 회복하고 자성의 계기로 삼기 바란다.

2004년 12월 01일

국보법 폐지 받아들이고
민생 문제 해결 나서야

국회 법사위의 국가보안법 폐지안을 놓고 여야가 끝내 물리적 충돌을 빚고 말았다. 결과는 30초만의 날치기 상정이다. 벌써부터 이에 대한 적법성 논란이 일고 있다. 향후 여야의 또 다른 정쟁거리로 작용할 소지를 안고 있는 것은 아닌지 우려스런 마음이 앞선다.

그러나 보다 중요한 것은, 이 안에 대해 법사위원장인 한나라당 소속 최연희 의원이 나흘 동안이나 특별한 사유 없이 불응했다란 점이다. 그런지라 의사일정 기피 및 거부를 일삼았다는 비판으로부터 결코 자유로울 수 없는 처지다. 그렇다고 국보법 폐지를 주도한 여당의 날치기 행태가 올바른 처사였다고 두둔할 생각은 없다. 다만 그 원인 제공자가 한나라당이라는 것만은 부인하기 어렵다는 뜻이다.

그런데 재미있는 현상은 한나라당 전여옥 대변인이 이와 관련한 긴급 기자회견을 열고 "사회봉이 없는 손바닥 상정은 장난에 불과하다. 열린우리당은 지금이 국보법 폐지안을 갖고 장난할 때냐? 국보법 폐지안 상정은 원인 무효"라고 밝히며 "열린당의 몰상식과 비애국적 처사를 강력히 규탄하며 정식 법사위에 응하라"고 말한 점이다.

여기서 전여옥 대변인이 놓치고 있는 점이 있다. 최연희 법사위원장의 직무유기에 대해서는 아무런 언급 없이 그저 상대방 탓만 하고 있기 때문이다. 그는 명색이 오랜 기간의 기자생활 경험이 있고 또 베스트셀러를 탄생시킨 장본인이 아니던가. 때문에 문제인식에 대한 분별력이 결여되어 있지는 않으리라 믿는다. 그런데도 불구하고 어찌된 것이 아전인수의 극치를 보여주고 있는 것 같아서 씁쓸한 마음 지울 길이 없다.

하나 더 지적하자면, 국보법 폐지를 통한 일부 형법보완이 어떤 점에서 비애국적이란 뜻인지 도무지 의아스럽기만 하다. 지금 우리는 인터넷 하나로 세계국가의 모든 사람과 실시간으로 의사소통을 할 수 있는 세상에 살고 있다. 그가 말하는 애국의 정의가, 언제까지 고립무원을 지속하며 북한의 폐쇄적인 사회제도를 우리도 그대로 답습하자는 주장은 아니리라 믿는다. 중국, 독일, 오스트리아, 프랑스 등 세계 도처에서 북한 사람과 만날 수도 있고 또 대화할 수도 있는 시대에 살고 있음을 주지할 수 있기 바란다.

이제 국보법 존폐문제가 새로운 국면으로 접어들었다. 비록 날치기 상정이란 구태에 의한 것이지만 적법성에는 하자가 없는 것으로 파악된다. 이 문제로 국회가 더는 소모적인 정쟁만 일삼아서는 안 될 것이다. 사회적 공론화를 통한 국민적 공감대를 바탕으로 지혜로운 선택을 할 수 있었으면 한다. 불필요한 인권침해 조항은 완전히 없애는 대신, 간첩은 처벌할 수 있는 방안이 나올 수 있기를 기대한다.

사실 지금 정치권에 있어 더욱 크게 요구되는 것은 민생문제 해결이다. 서민의 삶이 더 내려 갈 수 없는 바닥상태를 보이고 있다. 필요한 개혁과제도 꾸준히 실천해야겠지만 그러나 하루하루 목숨을 이어가는 것이 지옥 같기만 한 국민이 날로 늘고 있다. 정부와 여야가 민생문제를 해결하지 못한다면 어떤 예기치 못한 국가적 재앙을 맞을지 모를 일이다. 이제 서민을 살릴 수 있는 민생개혁에 우선적으로 관심을 기울여 달라. 국민 없이 어떻게 국가가 있고 또 정치인이 존재할 수 있겠는가. 정치인에 대한 집단 테러가 발생하지 않을까 걱정된다.

2004년 12월 7일

모반과
역린의 시대

살아가기가 다들 어렵다고 한다. 극빈층이 날로 늘고 있는 실정이고, 이를 반영하듯 점심 끼니를 거르는 학생도 그에 비례해 상승하고 있다. 급기야는 우리사회 내부에 굶어 죽는 사람까지 발생하고 있다.

주말에 전해진 짧은 기사 한 토막이 아직 머릿속에 아른거린다. 대구에서 일어 난 일로, 5세 된 아이가 영양실조로 사망했다는 내용이다. 그런가 하면 어느 공중파 방송을 통해서는 한 집안에 사는 어린아이 네 명이 배고픔을 견디다 못해, 말라가는 무와 그 이파리를 씹어 먹는 장면이 방영됐다. 전남의 한 시골마을 외진 곳에서 생겨난 일이 휴일 밤 시간을 내내 우울하게 한다. 그런데 과연 삶의 곤궁에 몰려 추위와 굶주림에 떨고 있는 사람이 어디 이들 뿐이겠는가.

참으로 가슴을 치지 않을 수 없다. 우리 정치권 전반에 대해 갖는 불신과 통탄스런 마음이 앞선다. 더욱이 틈만 나면 서민을 위한 국가경영을 하겠다고 입버릇처럼 대뇌이던 대통령과 정부 여당의 구호가 가증스럽게까지 여겨진다. 국가권력 그리고 정치와 경제성장이 도대체 누구를 위해 필요하고 또 존재해야 하는 것인 지, 근본적인 회의감마저 밀려든다.

그런데 문제는 또 있다. 전제된 불행한 사연들이 시스템의 오작동 또는 방치에 의해 기인하고 있다는 점이다. 이는 그들의 부모가 정신장애를 겪고 있는 데도 불구하고, 관계 공무원이 서류미비라는 이유를 들어

되돌려 보냈다는 것이 잘 증명하고 있다. 결국 행정기관의 무관심 내지 소홀에 의해 기초생활수급을 받지 못해 발생한 일이다. 철밥통을 포기해야 될 사람들이 엄연히 존재하고 있다는 뜻이다.

현재 우리나라의 식량사정은 풍족한 상태다. 수입쌀은 창고에 쌓인 채 점점 해묵은 것이 되고 있다. 그런지라 양곡 재고량은 오히려 부담이 되고 있는 실정이고, 이에 대한 보관료도 적잖이 소요되고 있는 현실이다. 그런데도 정작 우리시대에 굶어죽는 사람이 생기고 있는 이 기막힌 현상을 어떻게 이해해야 된단 말인가. 더더욱 국민소득 2만불 달성을 목청껏 높이고 있는 첨단 우량시대에 말이다. 이는 분명코 국민에 대한 모반이다. 백성이 하늘이라 했음을 깨닫는다면 지금 우리는 역린의 시대를 살고 있는 것이다.

가난은 가난한 사람만이 안다고 했던가. 구중궁궐에 갇혀 사는 분이 어찌 서럽고 고단한 자의 피눈물을 한 치나 알 수 있으랴. 고관대작에 계신 분들도 그렇거니와, 싸움질 하느라 여념이 없는 국회의원 나리들께서도 또 어찌 춥고 배고픈 자가 흘리는 원망스런 사정을 이해할 수 있으랴.

가난을 아는 가난한 우리라도 따뜻한 마음 한 자락 건넬 여유를 지녀야겠다. 사람 사는 것이 정녕 무엇이겠는가? 나눔과 베품은 결코 미덕이 아닌 우리 모두가 살아남을 수 있는 처음이자 마지막 대안이 아니던가. 한 사람, 한 사람이 같은 마음을 넓혀가고 또 이러한 마음들이 서로 한 데 모일 때 보다 나은 세상을 열어 갈 수 있으리라 믿는다. 날이 추워질수록 더더욱 크고 절실하게만 느껴진다.

대통령을 위시한 고관대작 그리고 재벌에 대한 국민적 불신과 분노가 끝내 치밀어 오르는 민란의 소용돌이로 번지지 않을까 걱정이 앞선다. 이를 자각할 수 있을 때, 국민의 신망과 존경의 대상이 될 수 있음을 한

치도 잊어서는 안 될 것이다. 생각나는 아픔들을 떠올리며 지금은 그저
작은 눈물 한 자락 머금고 간다.

2004년 12월 20일

대통령과
정부 여당에 대한 세밑 당부

세밑이다. 참으로 많은 격정의 한 해가 저물고 있다. 이제 노무현 대통령도 집권 중반기에 접어들었다. 그간 대통령의 좌충우돌식 발언으로 인해 우리사회가 그 얼마나 극심한 갈등과 혼란을 겪었는지 모를 일이다.

물론 대통령 스스로의 철학은 있게 마련이다. 또 응당 그래야만 한다. 그리고 이는 굳이 대통령이 아니라 할지라도, 오늘을 살아가는 모든 사람에게 공히 적용되는 말이기도 하다. 이를 통해 자신의 존재의미를 확인할 수 있기 때문이다.

따라서 대통령 역시 이런 저런 자신의 정치적 견해를 피력할 수는 있다. 그러나 대통령이 있어야 할 자리는 결코 어느 특정 정당이나 또는 특정 세력만을 위한 것이 되어서는 절대 곤란하다. 특정 정파성을 갖게 되는 일개 국회의원과는 그 책무에 있어서 엄중히 다른 사명을 부여받고 있기 때문이다. 국민 전체의 대통령이 되어야 한다는 뜻이다.

근래 대통령의 발언이 여러 면에서 사뭇 세심하게 바뀌고 있는 듯하다. 즉석에서 생각한 것을 바로 쏟아 붓는 듯한 종전의 태도와는 적잖이 달라진 모습이다. 국정 현안을 보다 폭 넓게 관측하고 있다는 고무적인 현상으로 여겨져 다행스럽게 생각한다. 이를 반영하듯, 대통령에 대한 지지율도 다소 상승했다.

이에 대한 해석이 각기 처한 입장에 따라 분분하다. 그러나 기억해야 할 것은, 우리 국민 대다수가 정부 여당이 추진하려는 개혁에 대한 당위성에 대해서는 적극 찬성하면서도 그러나 이를 풀어가는 방법에 있어서는 보다 온건한 방향성을 갖춰야 한다는 뜻으로 풀이되고 있다.

그저 오늘만 살다가 내일 죽을 것처럼 스란만 떤다거나 또는 증오심에서 기인한 한풀이 식으로 국정을 이끌 것이 아니라, 보다 점진적으로 그러나 해야 될 일은 차질 없이 차근차근 풀어 가라는 소중한 메시지를 담고 있는 것으로 보인다. 결국 국민전체 의식보다 조금만 앞서 가라는 뜻이다. 우리 국민의 성숙한 시민의식이 엿보이는 대목이다.

향후 참여정부의 국정과제는 무엇보다도 경제회생과 사회안전망 확충에 있음을 명심할 수 있어야 한다. 이는 오늘 우리사회에 요구되는 절대 절명의 과제라 해도 결코 과언이 아니다. 그러나 간과하지 말아야 할 것은, 정부의 경제회생 의지가 자칫 부자나 또는 재벌만을 위한 것이 되어서는 절대 곤란하다는 점이다.

이는 성장 또는 분배라는 식의 이분법적 사고로서는 쉽게 해결될 수 없다. 이 둘을 상호 대립되는 개념으로 따로 세워 놓을 것이 아니라, 서로 보완적인 작용을 할 수 있도록 해야 한다. 이를 통해 중산층의 비율을 높여나감으로써 국가의 건강성을 담보하고 아울러 계층 간의 적대감도 차츰 해소할 수 있어야 한다.

또 고려되어야 할 점은, 과학과 문화산업의 적극적인 육성이다. 지금 우리가 안고 있는 현실에서 이의 발전 없이는 조국의 미래도 없다는 것을 단언한다. 첨단과학도 물론이거니와, 순수과학 역시 외면해서는 안 된다. 문화산업에 있어서도 이를 관광 상품화 할 수 있는 방안을 널리 살피고 또 모색할 수 있어야 한다. 적어도 우리가 나가서 쓴 돈만큼은 우리 역시 회수할 수 있어야 하지 않겠는가.

하나 더 명심해야 할 것은, 앞으로의 국정운영에 있어서 과거 정권 탓만 한다거나 또는 일부 보수언론과 야당 탓만 해서도 안 된다. 상대적으로 더 막강한 권력을 갖고 있는 대통령과 정부 여당의 입장이다. 아울러 집권 2년이란 시점을 맞고 있다는 사실 또한 자각할 수 있어야 한다. 불필요한 변명만 늘어놓게 되면 국민 누구도 쉽게 납득하지 않는다는 점을 명확히 깨달을 수 있어야 한다.

대통령과 정부 여당에 있어서, 지난 2년은 참으로 값진 교훈을 안겨준 시기였을 것이다. 이제 국민에게 불필요한 우려를 안겨주지 않으면서도 그러나 꼭 해야 할 일은 할 수 있어야 한다. 이것이 국정최고 책임을 지고 있는 대통령이 해야 할 몫이다. 일의 우선순위를 정해 이를 차근히 실천하면 족 할 일이다. 국민 간에 자꾸 갈등을 부추기는 태도로는 결단코 국력을 하나로 모을 수 없다. 그만큼 대통령이 설 자리도 옹색해지게 된다.

바라기는, 우리 국민의 성숙한 의식수준을 신뢰할 수 있어야 한다. 국민 상호간에 적의가 충만하도록 국정을 이끌어서는 안 된다. 아울러 대통령과 정부 여당의 주장만이 지고지선의 가치를 갖고 있다는 아집도 버려야 한다. 그리고 이를 정략적으로 이용하려 해서도 안 된다. 작은 책략만으로는 결단코 지속적인 국민적 지지를 얻을 수 없을 뿐만 아니라 그만큼 국리민복도 기대할 수 없게 된다.

다만 어떻게 하면 국론을 하나로 모으고 이를 통해 꼭 해야 될 일을 무리 없이 추진할 수 있을 것인가에 대해 총력을 기울여야 한다. 어떤 정책적 사안에 있어서도 극단적인 이분법을 적용해서는 곤란하다. 이것이 대통령과 정부 여당이 성공할 수 있는 길이며 아울러 국가운영을 원활히 할 수 있는 첩경이다. 당연히 국민도 그만큼 행복한 조건을 갖추게 될 수 있다.

다시금 시대적 요청인 개혁에 대해 생각해 본다. 그러나 그게 제 아무리 옳고 또 타당한 것이라 할지라도, 이는 가급적 무리 없이 추진되고 또 마무리 되어야 한다. 국민이 느끼기에 개혁을 하는지 어떤지 모르게 그러나 어느 사이 국민의 삶 속에 차츰 뿌리 내릴 수 있어야 한다. 신년에는 부디 희망의 찬가가 가득하기를 기대해 본다.

2004년 12월 26일

5공과 결탁한
유시민 식 개혁

경계해야 될 사람의 전형에 대해 크게 두 부류로 구분해 볼 수 있을 것 같다. 첫째, 우리가 이미 경험한 바와 같이 5공 당시의 전두환 정권을 예로 들 수 있다. 총칼을 앞세워 노골적인 탄압을 자행함으로써 스스로가 악랄한 사람임을 여실히 드러낸 경우다. 그런데 정작 더 두렵고 피해야 될 대상은 사실 따로 있다. 바로 스스로를 의인인 척 하는 사람으로 열린당의 유시민 의원을 대표적인 인물로 들 수 있다.

전자의 경우에는 피아가 분명하고 선악을 쉽게 파악할 수 있는 대상이어서 오히려 손쉬운 상대가 될 수 있다. 그러나 후자와 같은 경우에는 스스로 행하는 처신의 간교함과 교묘한 사이비 짓으로 인해 그 파렴치함을 간파하기가 그리 용이롭지 않게 된다. 사물과 현상을 보는 안목이 지혜롭고 냉철한 사람이 아니고서는 결코 수월하게 상대의 기만성을 파악하지 못하게 된다.

유시민 의원을 일컬어, 그를 추종하는 사람들 사이에서는 마치 그가 개혁의 전도사라도 되는 것처럼 일컬어지고 있다. 그 진의에 대한 정당성 여부에 대해서는 이미 적잖은 사람에 의해 논의되고 또 현재도 인구에 회자되고 있다. 따라서 그에 대한 가부를 가지고 여기서 새삼스레 논할 필요는 느끼지 못한다.

그럼에도 몇 가지 분명히 하고 싶은 것이 있다. 지난 민주당 분당 과정에서 그가 셀 수 없이 쏟아내던 독설, 즉 권력을 좇아 열린당에 참여한 인물은 개혁적이고 또 신의와 지조를 지키기 위해 민주당을 사수한 인물에 대해서는 반개혁 세력이라고 매도했다는 사실이다. 그리고 불과 얼마 전에 있었던 열린당의 당의장과 지도부를 선출하는 과정에서도 자신을 편들지 않는 사람은 마치 반개혁 세력이라도 되는 양, 한솥밥을 먹고 있는 동료 의원들을 거세게 몰아세우지 않았던가.

그런 그가 이제는 말이 없다. 재보궐 선거를 앞둔 시점에서 집권 여당인 열린당의 무차별적 사람 빼가기가 차마 입에 담기 민망한 상황을 연출하고 있는 데도 그의 개혁 나팔 소리는 어디서도 들리지 않는다. 그는 명색이 개혁을 빙자해 정치적 치부를 가장 크게 누리고 있는 대표적인 사람이 아니던가. 더욱이 열린당의 지도부 가운데 책임 있는 한 사람이 아니던가. 그렇다면 지금까지 쉬지 않고 대뇌이던 그의 개혁에 대한 목청이 한낱 싸구려 치장이었으며 그야말로 얄팍한 입발림이었단 말인가.

아직 자민련 당적에서 탈당 처리되지 않은 사람을 열린당 후보로 공천했다가 뒤늦게 이를 알고 황급히 교체하는가 하면 또 한나라당 출신의 현직 자치단체장을 며칠 전에 영입한 바 있다. 여기에 5공 핵심 역할을 담당했던 사람이 경북 영천의 재보궐 후보로 나서고 있는 상황이다. 더욱 가관인 것은 입만 열면 개혁 운운하던 유시민 의원이 5공 출신의 후보를 당선시키기 위해 경북 영천까지 내려가 맹렬히 지원하고 있다는 사실이다.

참으로 치가 떨리고 아연 말문이 막힐 일이다. 기회 있을 때마다, 자신과 다른 이는 반개혁적 인물이라며 매도하고 흑색 비방하던 그가 정작 5공의 주요 인물을 국회의원에 당선시키기 위해 동분서주하고 있는 이 기막힌 현실을 어떻게 이해할 수 있단 말인가. 아무리 좋게 해석하려고 해도 도무지 납득되지 않는 참으로 기형적이고 패륜적인 현상임에 분명하다.

　그간 유시민 의원이 쏟아 붓던 그 많던 말의 향연이 한낱 권력을 움켜
쥐기 위한 수단으로 그리고 자신의 권력을 확대 재생산하기 위한 하나
의 방편으로 이용되었다는 단적인 반증인 셈이다. 개혁의 순결함을 남
발하며 자신의 정치적 치부를 키우기 위해 활용되었다는 것을 생각하니
씁쓸한 마음 가눌 길이 없다. 향후 다시는 국민을 기만하는 가증스럽고
이율배반적인 정치 행태가 사라지기를 기대하는 마음 크다.

2005년 4월 22일

천부인권과
선거법위반 사이에서

시대변화와 함께 오늘날 우리사회에서는 인터넷이 공론장의 역할을 상당부분 수행하고 있다. 기존의 전통적인 도그마나 권위에 구애됨이 없이 정치·경제·사회·문화 등 제반 문제에 대해 자신의 생각 또는 의견을 공개적으로 개진하고 토론함으로써 번득이는 독창성의 발판이 되며 동시에 균형을 가능케 하는 열린 공간이다.

따라서 정부와 같은 국가권력이나 정당의 당파적인 세력 그리고 경제 권력으로부터 최대한 독립적이고 자율성을 누릴 수 있어야 함에는 이론의 여지가 없다. 즉, 어떤 이해관계에 결부되어 정보가 위장되거나 조작되지 않은 합리적 논쟁에 일반 시민이 자유롭게 참여할 수 있는 환경이 최대한 조성될 수 있어야 한다.

인터넷이 등장한 후 국민의 정부를 거치면서 우리사회에 급속히 상용화되었다. 이에 따른 시대적 흐름 또한 뚜렷하게 변하고 있는 것이 대세다. 국가권력과 재벌의 입맛에 따라 일방적으르 전달되던 기존 미디어의 가공된 정보가 현격히 새로운 양상을 맞고 있다.

미디어 환경이 적지 않은 부분 인터넷으로 바뀜으로써 새로운 저널리즘의 지평도 그만큼 넓어지고 있는 추세다. 특별히 쌍방향 의사소통이란 측면에서 인터넷이 갖는 정보유통 구조는 일반대중이 중심이 되는 시민 저널리즘 형식을 구현할 수 있는 가능성을 한층 높여가고 있다.

인터넷이 갖는 또 다른 매력은, 큰 자본이 들지 않는다는 점이다. 기존의 종이매체나 방송매체와는 확연히 다른 정보유통 구조를 갖고 있기 때문이다. 인터넷이 연결되는 곳이면 세계 어느 지역에서든 시간과 공간에 구애받지 않고 문자와 음성은 물론 동영상까지 포함해 상호 실시간으로 반응할 수 있음으로써, 지구촌 곳곳에서 일어나는 소식이 즉각적으로 전 세계에 타전된다.

여기에는 국가권력이나 자본의 영향력이 상대적으로 줄어들게 된다. 특정 사안에 관한 자신의 견해를 적극적으로 표현하거나 또 직접 기사를 작성하는 등 공적인 문제들에 대해 정보를 게시하고 회람시키는 행위가 늘어남으로써 국가권력이나 기존의 미디어 자본에 의한 정보조작이 개입될 여지가 그만큼 줄어들게 되는 것이다.

그런 면에서 인터넷은 대중에 의한 자발적 공론장의 가능성을 한층 높게 안고 있다. 그러나 이와 함께 반드시 개선되어야 할 점도 있다. 나와 다른 상대의 주장에 대해 온갖 욕설과 인신공격을 통해 자신의 정당성을 획득하려드는 비열한 측면은 지양되어져야 한다. 어떤 사안에 대해 합리적인 안목으로 적확하게 파악하려 들지 않는다거나 또는 지켜야 될 것에 대한 자기 성찰 없이 묻지마 식 태도를 보이는 우울함은 참으로 낯 뜨거운 일이라 아니 할 수 없다.

이에 따른 허위사실 또는 명예훼손 문제도 심심찮게 발생하고 있는 현실이다. 이는 인터넷 문화를 둘러싼 제도적 측면에서 관심을 갖고 구체적으로 논의되어야 할 문제이지만 그러나 보다 본질적인 것은 직접 글을 쓰는 당사자의 몫이라 할 수 있다. 따라서 스스로의 인격을 염두에 두고 또 타인에 대한 배려를 통해 좋은 토론을 이끌 수 있어야 함은 지극히 당연한 일이라 하겠다.

이와 맞물려 중요하게 거론될 수 있는 문제는, 공권력의 지나친 간섭이 배제되어야 한다는 점이다. 사실과는 동떨어진 허위 내용으로 타인의 명예를 명백히 훼손한 경우가 아니라면 지나친 법률적용은 삼가 해야 한다. 법이란 이름으로 국민의 글쓰기에 있어서의 언어표현을 과도하게 제어한다면 이 또한 국가권력의 횡포가 된다.

특별히 선거철이 되면 선거법위반이란 명목으로 국민의 정치적 의사표현에 대해 극성스럽게 재갈을 물리거나 발목을 잡는 일이 있어서는 곤란하다. 정치인의 금품 살포는 가급적 묶되 국민의 말할 수 있는 천부권리는 최대한 풀어줘야 하기 때문이다. 따라서 불편부당한 법률을 보다 현실에 맞게 개선함으로써 국민의 자유로운 의사소통을 통한 사회적 건강성을 담보할 수 있어야 한다.

인터넷 토론장에서 자칫 명예훼손이 될 수 있는 지극히 지엽적인 문제를 들어 사법당국의 지나친 법 적용이 따르게 된다면 그나마 활로를 찾고 있는 국민의 의사소통 또는 정보유통 구조에 심각한 악영향을 끼칠 수 있다. 선거법위반과 인간의 천부권리 사이에서 소위 참여정부를 표방하고 있는 盧 대통령과 정부 여당의 진일보한 자세가 있어야 한다.

오히려 정치권 내부적으로 온갖 막말과 인신공격 또는 흑색비방이 판치고 있음을 직시하고 국민 앞에 스스로 모범을 보임으로써 공론장으로서의 건전한 인터넷 토론문화를 유도할 수 있어야 한다. 아울러 포퓰리즘적인 발상으로 국민의 합리적인 사고를 저해하는 온갖 종류의 선동행위 또한 국가와 역사 앞에서 스스로를 부끄럽게 여길 수 있어야 한다.

최근 정부 당국에 의해 공공연하게 거론되고 있는 인터넷 종량제 방침 역시 인터넷 공론장으로서의 국민의 의사소통 구조와 다양한 정보접근을 심각하게 저해할 수 있음을 깨달아야 한다. 언로가 막히게 되면 결국 욕구분출의 활로를 찾기 위해 폭력적인 수단으로 변질될 가능성이 한층 높아진다는 사실을 명심했으면 한다.

2005년 5월 8일

5월의
정치적 치장을 경계하며

　다시 맞는 5월이다. 정치권에서도 여야 할 것 없이 광주 5 · 18 묘지를 찾느라 잰걸음을 걷고 있다. 참으로 고무적인 현상이며 또한 환영할 만한 일이다. 따라서 이들 정치인들의 광주 방문 자체에 대해 시비 걸 생각은 추호도 없다.

　특별히 가해 당사자인 제 5공화국 출신 인물들이 적잖이 포진하고 있는 한나라당 소속 의원들의 광주 방문이 줄을 잇고 있는 형국이니 이에 대해 격세지감을 느끼지 않을 수 없다. 적어도 표면상의 그들 행보에 대해서만은 그렇다.

　1980년 당시의 전두환 정권은 물론이고 오늘날에도 한나라당 내의 극우 세력들에 의해 당시의 광주 민주화 운동이 빨갱이들의 난동으로 매도되고 있는 속내임을 감안한다면 그나마 장족의 발전을 거둔 셈이다.

　그러나 명확히 짚고 넘어가야 한다. 다름 아닌 진의에 관한 문제다. 광주에 묻힌 영령들을 찾는 그들 정치인의 심중에 새겨진 언어가 여야 할 것 없이 과연 순결한 것이며 또 충분한 것인가에 대해 따져 물을 수 있어야 한다.

　광주 정신으로 대변되는 5 · 18 항쟁은 이 땅에 참된 민주주의와 민족의 평화통일을 열망하는 이들에 의한 시대적 결단으로 요약될 수 있다. 그렇다면 각 정치 집단들의 광주를 찾는 배경 역시 이와 맞물려 있어야만 한다.

우선 한나라당은 지난날의 그 숱한 공포와 참혹한 살상의 주된 정치 세력임을 한시도 잊어서는 안 된다. 단순히 표만을 의식한 전시적인 광주 방문이 되어서는 절대 곤란하다는 것이다. 진실이 결여된 언행은 곧 세상 사람이 훤히 깨닫게 되기 때문이다.

이는 열린당도 예외가 될 수 없다. 그 날의 청년 학생들이 이제는 불혹을 넘어 선 중년이 되었다. 또한 국회에도 적잖은 이들이 진출해 있다. 참여정부의 탄생도 이러한 맥락과 괘를 함께 하며 이룩된 쾌거였음을 부인할 사람은 아무도 없다.

그렇다면 그들에 의해 조국의 민주주의는 과연 얼마나 신장되었으며 아울러 민족의 평화정착은 확고히 구현되고 있는지 그리고 서민대중의 생활형편은 얼마나 개선되었는지 묻지 않을 수 없다.

오히려 그들 내부의 권력 장악을 위한 난닝구 또는 빽바지와 같은 저속한 정치 공방만 난무하고 있는 현실이다. 이는 결국 盧 대통령과 정부 여당이 애초 내 걸었던 개혁 타령이 한낱 권력을 독점하기 위한 여론 호도용에 불과한 것이었음을 스스로의 입으로 만천하에 드러내고 있음에 불과하다.

솔직히 근래 들어서는 도대체 어느 정당이 더 개혁적인지 그에 대한 착각이 들 때가 있다. 국적법을 비롯해 북한에 대한 비료지원 요청이 한나라당에서 먼저 터져 나오고 있는 실정이니 참으로 아이러니한 일이 아닐 수 없다.

물론 표를 의식한 때문으로 풀이되지만 다른 한 편으로는 보수적인 유권 층의 변화도 일정 부분 읽을 수 있는 대목이다. 이 모두가 국민의 정부에서 애써 추진한 햇볕정책의 파급효과 때문임은 너무도 분명한 사실이다.

그런데도 그 엄청난 자산인 햇볕정책을 특검으로 난도질하고 이도 모자라 민주당을 지킨 지조 있고 역량 있는 정치인들을 향해서는 온갖 색채를 덧씌워 매도하는 파렴치한 짓을 자행하였으니 이에 더 무슨 말을 할 수 있으랴.

바라기는 매년 맞는 5·18 기념일이 어떤 정치적 치장의 대상으로 전락되어서는 결코 안 될 말이다. 진정으로 이 땅의 민주주의 확립과 민족의 평화적 통일 그리고 서민대중의 삶의 질 향상에 기여할 수 있는 새로운 다짐의 장이 될 수 있어야 한다.

2005년 5월 17일

참여정부의
서민 죽이기

　우리 경제가 온통 칠흑 같은 먹구름으로 휩싸여 있다. 통계청이 발표한 1/4분기 가계수지 동향에 따르면 상위 20%의 소득계층 수입이 하위 20%의 소득계층 수입에 비해 무려 6배가량 높은 것으로 조사됐다. 이는 통계를 작성한 이래 최대치를 기록한 것으로써 노무현 정권 들어 우리사회의 양극화 현상이 갈수록 심화되고 있다는 반증이다.

　한국은행 발표 역시 우리를 매우 우울하게 한다. 올해 1분기 성장률이 2.7%에 그친 상황에서 그나마 우리경제의 마지막 버팀목이라 할 수 있는 수출마저 한 자릿수로 떨어진 상태다. 아울러 내수경기 진작을 가늠할 수 있는 소비자 기대지수도 다시 하락세로 돌아섰고, 기업의 투자의욕과 관련된 경기실사지수 또한 악화됐다. 한 마디로 엎친 데 덮친 격으로 도무지 어디서도 희망을 찾을 수 없다. 그런데 무엇보다 큰 문제는 국민들 사이에 제 2의 IMF를 초래할 수 있다는 위기감이 팽배해지고 있다는 점이다.

　여기에 각종 명목의 세금 인상은 근로자의 소득증가에 비해 무려 4배나 늘어났다. 그렇다고 국민에 대한 의료 및 기타 국가의 서비스 질이 크게 개선된 것도 별반 없다. 사정이 이러다 보니 가계의 소비지출은 더욱 줄게 되고 빈곤층의 고통은 그만큼 가중되고 있다. 특수층 일부를 제외한 많은 국민이 허리띠를 졸라매고 있는 데도 불구하고 전체 가구의 31.3%가 적자 가구로 나타나고 있으니 굳이 하위 소득계층의 참혹한 사정을 말해 무엇 하랴.

이는 곧 盧 대통령과 정부 여당에 대한 심각한 국민적 불신으로 귀결되고 있다. 노무현 대통령에 대한 지지율이 취임 초에 비해 현재는 절반 이하로 뚝 떨어진 상태다. 열린당 또한 사정이 다르지 않다. 지난 총선 후의 압도적 지지와는 달리 현재는 당시의 절반가량 수준을 보이고 있다. 대통령의 레임덕이 본격화되고 또 이와 맞물려 정계 개편이 가시화되면 앞으로의 사정은 훨씬 더 어두울 것으로 전망된다.

이러한 현상은 충분히 설명되고도 남음이 있다. 대통령과 정부 여당이 말로는 개혁과 소득분배 그리고 사회정의를 외치면서도 실상 그 속내를 들여다보면 전혀 그렇지 못한 측면이 강하다. 오히려 정책의 잦은 혼선과 오락가락으로 인해 우리사회의 건강한 미래상마저 전혀 예측할 수 없게 만들고 있다. 여기에 대통령 측근을 비롯한 고위 공직자들의 각종 크고 작은 비리도 끊이지 않고 터져 나오고 있다.

이런 상태에서는 아무리 좋은 백약이라도 무효가 되기 마련이다. 경제 주체는 물론이고 국민 또한 정부 여당에 대한 불신이 회복 불능으로 깊어진 상황에서 무슨 수로 활로를 찾을 수 있겠는가. 암 덩어리가 말기를 넘어서 어느새 몸 전체로 전이된 마당에 그 어떤 약발인들 먹힐 수 있겠는가. 이젠 그저 정부 여당이 더 이상 국정을 혼란에 빠트리지 말고 다만 현상유지만이라도 해 줄 수 있기를 기대할 뿐이다. 그러나 그마저도 역량이 되지 않는다면 국가의 안위와 국민의 복락을 위해 대통령 스스로가 중대한 결단을 내릴 수 있어야 할 것이다.

2005년 5월 23일

오해와 진실,
그 불편한 이중주

사람 사이에 일게 되는 오해는 참으로 무서운 속성을 지니고 있다. 친구 사이에서도 그렇거니와 살을 섞고 사는 부부간에도 그렇다. 피를 나눈 부모 형제간에도 사소한 오해가 발단이 되어 의절하는 경우도 생겨나게 된다.

오해에서 비롯된 인간관계의 파국은 기실 친한 사이에서 자주 발생하게 되는 측면이 강하다. 서로 잘 모르면 오히려 더 경계하고 주의를 기울이게 되는 데 반해 오래되고 친한 사이가 될 수록 그 친밀함으로 인해 자칫 오해를 불러 일으킬만한 언행을 별 생각 없이 하게 된다.

경험의 법칙에서 보더라도 그렇다. 특별히 부부간에는 더욱 그러한 요인을 많이 안고 있다. 내 남편 또는 내 부인이기 때문에 서로 믿고 스스럼없이 하게 된 작은 말 실수가 하나가 원인이 돼 결국 가정을 깨트리는 경우까지 왕왕 발생한다.

부모 형제간에는 어떤 형태로든 또 다시 만나게 되고 그러다 시간이 흐르면 그 오해를 풀 수 있는 기회를 갖게 되지만 그러나 부부지간에는 상호간에 그 알량한 자존심을 지키려다 끝내 감정싸움으로 번지게 된다. 그리고 한 번 헤어지게 되면 그대로 파국을 맞는다. 남남이기 때문에 서로 만날 일도 없게 된다. 설혹 뒤늦게 진실을 알게 된다 하더라도 그 때는 이미 늦은 후다.

이렇듯 오해는 인간관계를 피폐하게 만드는 몹쓸 질병이다. 서로간의 그 오래됨이 갖는 친밀감으로 인해 다른 사람 입장에서 볼 때는 충분히 이해될 수 있고 또 아주 사소한 문제에 불과한 작은 불씨 하나가 엄청난 결과를 초래하게 되는 것이다.

물론 그 이면에는 서로 사랑하고 신뢰하는 마음이 강하게 작용하고 있기 때문이기도 하다. 그러나 이를 달리 뒤집어 보면 자기 안의 이기적 소유욕이 깊숙이 자리 잡고 있는 까닭이다. 내 남편이기 때문에 또는 내 아내이기 때문이라는 이유로 그게 비록 사회생활의 연장선에서 이뤄지는 것이라 할지라도 다른 이성과의 식사마저도 용납하지 않는 것이다. 그러한 행위에 대해 꼴을 못 봐주겠다는 것이다.

그래서 선인들은 오래 된 사이일수록 말조심할 것을 주문하고 있기도 하다. 그러나 사람 사는 동네에 있어서 말실수 또는 오해의 소지가 전혀 없을 수는 없다. 물론 주의하고 삼가 할 일이지만 그러나 그게 어디 자기 마음에 딱 맞게 될 수야 없는 일이 아니겠는가.

오늘 날에는 전화는 기본이고 그 외에도 수많은 첨단 의사소통 기계가 널리 보급되어져 쉽고 간편하게 사용되고 있다. 그러나 사람 사이의 의사 전달 과정에 있어서 근본적인 문제 해결은 얻지 못하고 있는 것이 사실이다. 서로 마주 앉아 상대의 눈빛과 표정을 보며 그 속내를 충분히 헤아리지 못하기 때문이다.

대화가 단절된 현대인의 삶은 그래서 고독하다. 수많은 다중과 대화를 갖게 되지만 그러나 진실이 결여돼 있기 때문에 오히려 대화가 조작되고 위장되게 된다. 그로 인해 끊임없이 스스로를 오해라는 올가미에 가두게 될 뿐만 아니라 원치 않는 고립감을 낳는다. 그리고 이는 결국 인간관계를 파국으로 이끌게 된다.

중요한 것은 상대가 처한 입장을 내가 먼저 이해하고 따뜻이 배려하는 자세 그리고 설혹 오해가 생겼다 하더라도, 내가 먼저 손 내미는 자

세가 그 무엇보다 먼저 요구된다 하겠다. 아울러 나와 똑 같은 생각을
공유할 수 있는 사람은 이 지상에 단 한 사람도 없다는 것을 기억하면서
말이다.

2005년 6월 22일

서민은
이 땅의 봉?

국회 건교위에 제출된 판교 신도시 토지보상비 현황에 따르면, 총 2조 5천 189억 원의 보상비 가운데 이 중 58%인 1조 4천 567억 원이 강남과 분당지역에 거주하는 사람들 손에 쥐어졌다고 한다.

이들 가운데는 200억 원 이상을 보상받은 경우도 있다고 한다. 실로 어마어마한 액수의 돈이 일부 특정인에게 그대로 넝쿨 채 안겨진 셈이다. 이는 굳이 서민들 입장을 고려하지 않더라도, 국가 전체 차원에서 살펴 볼 때도 그야말로 떼도둑 맞은 꼴에 해당되는 셈이다.

더더욱 놀라운 사실은, 정부 보상비로 50억 원 이상을 받은 사람 가운데 상당수가 판교 개발 정보를 사전에 알고 대규모 농지와 임야 등을 무차별 매입한 투기 의혹이 일고 있다는 점이다. 건설사 역시 그런 의혹을 받고 있다고 하니, 이를 두고 어찌 정부 여당의 책임이 없다 할 수 있겠는가.

지난 대선에서 노무현 후보가 당초 아파트 분양원가 공개를 국민에게 공약한 바 있다. 그리고 이는 지난 총선에서 여당의 선거 공약이기도 했다. 그런데 청와대도 꿰차고 또 국회도 장악한 후로는 갑자기 언제 그랬느냐는 듯, 국민과의 약속을 용도 폐기하고 말았다. 판교 보상 문제를 통해 이제 그 이유가 확연히 드러나는 것만 같아 씁쓸한 마음 가눌 길이 없다.

서민의 주거 안정을 위해 존재해야 할 주택공사 역시 땅 따먹기와 돈

따먹기를 마구잡이로 하고 있으니, 이게 어디 나라꼴이 제대로 될 수 있 겠는가. 오죽하면 보수적 성격이 강한 법원에서조차 최근 아파트 분양 가 산출근거를 공개하라는 판결을 내리고 있겠는가.

생산적 경제 활동을 통해 고용과 국부를 창출하고 또 성실하게 세금 을 납부하는 개인 또는 기업이라면 누가 뭐라 하겠는가. 오히려 칭찬과 존경의 대상이 될 수 있지 않겠는가. 그런데 인간이 삶을 영위하기 위한 기본권에 해당되는 부동산 문제에 개입해 장난질한 대가로 불로 소득을 얻어서야 어디 될 말인가.

이번 판교 보상 문제에 대해 일고 있는 세간의 의혹에 대해 국세청의 세무 조사는 물론이고 사법 기관의 철저한 수사가 이뤄져야 할 것이다. 그리고 차제에 아파트 분양 원가도 반드시 상시 공개 법제화해서 다시 는 국부를 좀 먹고 서민의 삶을 피폐케 하는 우리 내부의 악질 반동들이 준동하는 일은 없도록 해야 할 것이다.

2005년 7월 25일

대통령과 정부 여당의
넌덜머리나는 막가파 정치

　노무현 대통령이 "당원 동지 여러분께 드리는 글"이란 것을 통해 재차 연립정부 구성을 제안하고 나섰다. 정계·재계·법조계·언론계 등을 초토화시킬 수 있는 X-파일 문제가 초미의 국민적 관심사로 떠오르고 있는 가운데 또 다시 터져 나온 것이어서 그 진의에 대해 강한 의구심이 집중되고 있다.

　온 나라를 태풍의 핵으로 몰아넣고 있는 문제의 X-파일은 홍석현 전 중앙일보 회장에게 주미 대사 최단 기간 도중하차라는 불명예를 안겨 준 직접적인 원인이 되었을 뿐만 아니라, 盧 대통령과도 깊은 관련이 있다는 세간의 의혹까지 겹치고 있는 상황인지라, 이를 잠재우기 위한 국면 전환용이란 것이 대체적인 관측이다.

　또한 내년부터 대통령 레임덕 현상이 본격화되는 것을 감안하여, 지금 시점에서 어떤 충격적인 정치적 이슈를 가공해 대통령 자신의 권력을 유지하기 위한 작위적 손짓이란 해석도 나오고 있다. 아울러 盧 대통령이 퇴임 이후에도 지속적인 자신의 정치적 영향력을 행사하기 위한 사전 포석이란 분석 또한 지배적이다.

　특별히 정부 여당의 실세들이 참여하는 소위 12인 회의란 것에서도 이미 논의된 것으로 알려지고 있어, 이는 盧 대통령의 의도만이 아닌 현재 정부 여당이 처한 그들의 옹색한 입장을 파악할 수 있는 바로미터로도 작용 될 수 있다는 점에서 시사하는 바가 매우 크다.

盧 대통령의 장문의 글에 나타난 주요 골자는, 지역구도 해소를 위한 현행 선거구제 개편과 여당의 의석수가 야당에 비해 적은 상태에서는 원활한 국정 운영이 어렵기 때문에 이를 해소해야 된다는 것이다. 그리고 열린당과 한나라당이 정책에 있어서 서로 별반 다르지 않은지라 연정을 하는 것이 바람직하다는 것으로 요약될 수 있다.

아울러 이를 위해서는 대통령의 권력을 건저 열린당에 이양하고, 열린당은 이를 다시 한나라당에 이양하는 방식이 바람직 할 것이라면서 이는 두 번의 권력 이양이 된다고 밝히고 있다. 이를 통해 관용과 상생의 정치 그리고 대화와 타협의 정치를 구현할 수 있다고 주장하고 있다.

언뜻 그럴 듯하게 들리는 내용이다. 그러나 조금만 주의를 기울이게 되면, 盧 대통령과 정부 여당에게 닥치고 있는 심각한 위기의식이 어느 정도인지를 충분히 가늠할 수 있게 된다. 이는 다음 대선에서 현재 열린당 후보로 거론되고 있는 인물들로는 그 어떤 승리의 가능성도 찾아 볼 수 없는데다, 이후 치르게 되는 총선에서도 전패를 당하게 되리란 대통령과 정부 여당의 기만적 자기 고백에 다름 아닌 것이다.

우선 지난 대선에서 당선된 이후, 노 대통령 측근 인사들이 주축이 되어 만들어진 영남발전특별위원회란 것이 한 때 큰 말썽을 빚은 바 있다. 예산 편성에 있어서도 호남, 충청권에 비해 영남권은 여전히 우위를 나타냈음을 상기한다면 과연 대통령의 지역문제 해결에 대한 의지가 정직한 것인가를 의심받기에 충분하다.

선거구제 개편 문제 역시, 만일 중대 선거구가 될 경우 오히려 금품 타락 선거로 얼룩지게 될 것이란 우려를 하는 사람이 많다. 한나라당 세가 강한 영남에서는 한나라당에서 직접 공천한 후보와 친 한나라당 성향의 후보가 동반 당선되는 기이한 현상이 벌어질 뿐만 아니라, 이는 호남에서도 크게 사정이 다르지 않을 것이란 지적이다. 결국 지역 감정 해소의 방안은 될 수 없다는 것이다.

여소 야대 구도가 된 현재의 국회 모습에 대해서도 대통령 스스로가 자기 기만적인 모습을 여실히 보여주고 있다. 지난 총선 이후 집권 여당인 열린당이 국회 과반 이상 의석을 점하고 있는 상태에서 오히려 더 국정이 혼란스럽고 국론이 분열되었음을 기억할 필요가 있다. 4·30 재보궐 선거를 통해 그나마 여소 야대 정국이 되니 나라꼴이 예전에 비해 다소라도 안정을 되찾고 있는 형국이다.

이는 국가 경영에 있어서도 매우 긍정적인 요인으로 작용하고 있기도 하다. 대통령과 정부 여당의 거듭되는 실정을 야당이 알아서 차단하고 있기 때문이다. 그리고 무엇보다 중요한 것은, 소위 말하는 개혁 입법이란 것에 대해, 그 사안별로 민주당과 민노당에서 협력해 왔다는 점이다. 그런데도 여소 야대 정국 때문에 국정 운영을 원활히 할 수 없다고 말한다면 그야말로 국민을 우롱하는 처사며 새빨간 사기극인 셈이다.

대통령과 정부 여당은 다음 대선과 총선을 겨냥한 정치적 사행심을 조장할 때가 결코 아니다. 그리고 대통령과 정부 여당에게 연거푸 겹쳐지고 있는 여러 악재를 덮어두기 위한 여론 호도용 언사나 구사할 때도 더더욱 아니다. 스스로에게 정직하고 국민 앞에 겸허한 심정으로 국정을 살피고 또 그에 필요한 노력과 정성을 차근히 실천해 나가면 되는 것이다. 대통령과 정부 여당의 대오 각성을 촉구한다.

2005년 7월 28일

내 유년 시절의
똥개만도 못한 정치 현실

어려서 시골 살 때의 기억이다. 그 때 고향집에서는 속칭 말하는 똥개 한두 마리는 꼭 키웠던 것 같다. 공직에 있던 부친의 건강이 악화돼 낙향한 상태여서 녀석들을 부친의 몸보신용으로 삼고자 한 때문이다.

매시 때가 되면 녀석들에게 밥을 주고, 또 어쩌다 닭이라도 잡아서 식구들이 먹게 되는 날이면, 남은 뼈다귀는 어김없이 누런 똥개들의 몫이 됐다. 살점이라도 좀 던져주고 싶은 마음이 굴뚝같았지만 사정은 그리 녹녹치 않아 단 한 번도 실행한 적은 없었다.

학교 수업을 마치고 귀가하거나 또는 친구들 집에서 놀다오게 되면 언제나 꼬리를 연거푸 흔들고 또 고개를 마구 조아리며 반갑게 맞던 녀석들이었다. 그런데 어느 날, 녀석이 동네 어른들 손에 의해 개울가로 끌려가는 날이면 무척 속상했다.

녀석은 본능적으로 죽음이 닥쳤음을 알아차리고 끌려가지 않으려고 발버둥을 쳤다. 그러면서 살려달라는 듯한 눈강울을 한 채 연신 나를 쳐다보곤 했다. 그럴 때면 나도 땅바닥에 주저앉아 누렁이를 죽이지 말라고 난동 아닌 난동을 부리곤 했다. 그로 인해 참 울기도 많이 울었다.

그렇게 때가 되면 사람의 먹이가 되기 위해 죽음을 당해야 하는 녀석들이건만, 그런데도 제 녀석에게 먹이를 주는 주인을 알아보고 온갖 재롱을 다 떨었음을 똑똑히 기억한다. 오늘날의 족보 있는 애완견에 비하면 하찮을지 모르는 똥개에 불과했지만 그러나 주인을 알아보는 점은 참으로 특별했다.

그런데 오늘의 정치 현장에서는 도무지 이해되지 않는 현상이 벌어지고 있다. 다른 금수도 아닌 그야말로 만물의 영장이라고 하는 사람 낯가죽을 하고서도 오히려 내 오래된 기억 속의 똥개만도 못한 일들이 자행되고 있는 것이다. 온갖 역겨운 냄새만 온 나라 곳곳에 진동하고 있으니 말이다.

인간이 추구하는 권력은 결국 유한하고 또 지극히 짧기만 한 것임을 속히 깨달아 알고 지금이라도 인간으로서의 본연의 양식을 회복하고 그에 따른 올바른 처신이 있기를 기대한다. 국민을 우롱하고 오도된 가치를 전가시키려는 모반과 역린의 칼춤은 당장 멈추어져야 할 것이다. 국가 권력이 잘못되면 그로 인한 피해는 고스란히 국민의 몫이 되기 때문이다.

2005년 8월 1일

X-파일 몸통인 삼성과
미림팀은 왜 수사하지 않나?

도감청과 같은 인권 침해가 지난 국민의 정부에서도 이뤄졌던 것으로 밝혀지고 있다. 정보 조작의 가장 큰 피해 당사자였던 김대중 전 대통령인지라, 취임하기 무섭게 관계 기관에 엄격한 적법 지시를 내렸다고 한다. 그러나 불행하게도 국가정보원의 오랜 관행 그리고 손쉬운 정보 취득에 대한 유혹을 이겨내지 못한 일부 몰지각한 기관원들이 지속해서 불법적인 정보 취득 활동을 했던 것으로 판단된다.

지난 수 십 년 동안 온갖 추악하고 파렴치한 방법으로 정보를 독점해 온 철옹성 집단임을 감안하면, 충분히 그 진의에 대해 파악되고도 남음이 있다. 국민의 정부가 들어서면서 관련 정보기관에 대한 개명과 함께 대대적인 인적 물갈이를 단행했음에도 불구하고 참으로 있을 수 없는 부적절한 일이 발생했으니, 정보기관의 흑막이 얼마나 뿌리 깊은 것인가는 가늠하고도 남음이 있다.

이유야 어찌됐든 정보기관의 도감청과 같은 행태는 국민을 대상으로 한 일종의 테러 행위란 점에서 지탄받아 마땅한 대목이다. 따라서 그러한 만행을 저지른 직접 당사자에 대해서는 그에 상응하는 법적, 도덕적 책임을 물어야 한다. 아울러 현재 참여 정부 하에서도 같은 일이 자행되고 있지는 않는지 그에 대한 철저한 진상 규명도 병행되어져야 한다.

사실 도감청과 같은 문제는 예전 군사 독재 시절에는 공공연한 사실로 인구 사이에 회자됐었다. 그러던 것이 지금과 같이 온 장안의 화제로 집중 부각된 연유는 소위 말하는 X-파일이란 녹음 기록이 MBC 이상호 기자에 의해 세상에 알려지면서부터다. 그렇다면 X-파일의 본질을 밝히고자 했던 기자의 진실은 무엇일까. 이는 정계, 재계, 언론계, 법조계의 검은 커넥션에 대한 실상을 세상에 알리고자 함에 있음은 두말 할 나위 없다.

당초 X-파일은 노무현 정권에 의해 임명된 홍석현 전 중앙일보 회장의 주미 대사 최단 기간 도중하차란 불명예를 불러 온 직접적 원인이 되었다. 이는 우리 사회의 정경 유착이란 고질적 병폐를 고발함으로써 이를 통해 보다 깨끗한 정치 풍토를 구현하고 아울러 투명한 기업 환경을 조성하고자 하는 데 목적이 있음은 분명하다. 그런데도 어찌된 것이 국정원과 검찰의 발표는 자꾸 엉뚱한 곳을 향하고 있는 듯하다.

현재 도감청과 관련된 문제는 이미 밝혀진 사실이다. 그리고 그 문제는 고구마 밭의 잎사귀에 불과하다. 따라서 정작 그보다 우선되어야 할 관심과 수사의 초점은 X-파일 녹취록에 담긴 고구마의 크기와 무게 그리고 모양새가 어떤 것이냐를 살필 수 있어야 한다. 즉, 몸통에 해당되는 삼성그룹을 비롯한 김영삼 전 대통령 하에서의 국정원 도감청 전문 그룹인 미림 팀을 철저히 수사하면 그야말로 고구마 넝쿨 걷어올리듯 정계, 재계, 법조계, 언론계의 검은 커넥션을 일거에 해결할 수 있게 되는 것이다.

그런데도 불구하고 거의 모든 언론이 문제의 핵심은 비켜간 채, 왜 자꾸 불법 도감청 문제로만 X-파일의 본질을 몰아가는 것일까. 이는 광고를 유치해야 하는 언론의 속사정이 가장 크게 작용하고 있음은 삼척동자도 익히 알고 있는 사실이다. 특별히 중앙일보의 경우에는 X-파일 자체에 대해 애써 무시하거나 또는 변명성 기사로 일관하고 있으니, 삼성그룹과 중앙일보의 서로 뗄 수 없는 관계를 충분히 들여다 볼 수 있는 대목이다.

검찰 역시 사정은 크게 다르지 않다. 문제의 몸통인 삼성과 미림 팀은 수사할 기미조차 보이지 않으면서, 국민의 알 권리 충족을 위한 언론인으로서의 당연한 본분을 다한 이상호 기자만 불러 수사한다는 것은 도무지 납득되지 않기 때문이다. 이번 X-파일에 대한 검찰의 수사 태도 여하에 따라 국민의 신뢰가 좌우될 수 있음을 노무현 검찰은 명확히 깨달아야 할 것이다. 특별검사를 임명하든 또는 다른 방식이든, 그야말로 한 점 의혹도 없이 공명정대하게 X-파일 문제가 마무리 될 수 있기를 기대한다.

2005년 8월 5일

패륜적 음모가 판치는
아수라장 정치판

인류 전쟁사에서 가장 넓은 영토를 정복한 사람이 징기스칸이다. 특별히 그의 군대인 몽고군이 서양인에 비해 체구가 작은 동양인이란 점 그리고 병사의 수적 열세에도 불구하고 그토록 놀라운 성과를 일궈 냈다는 점은 우리에게 시사점이 매우 크다.

유럽의 알렉산더나 나폴레옹이 이끄는 체격 좋은 서양 군사들에 의한 영토 침탈을 모두 합한 것보다 더 광대한 땅을 징기스칸이 접수했다는 것은 그에게 뭔가 특별한 다른 점이 있다는 뜻임에 분명하다.

징기스칸의 무용담을 얘기하다 보면 대체로 사람들은 그가 지녔던 불굴의 용기와 신념을 빼놓지 않고 말하게 된다. 물론 올바른 인식이고 또 사실이 그렇다. 징기스칸은 남다른 용기와 신념을 지닌 사나이 중에 사나이였음에 분명하다.

그러나 용기와 신념만 있다고 해서 누구나 징기스칸과 같은 뛰어난 성과를 이룰 수 있을까? 물론 그렇지 않다. 용기와 신념은 필수 불가결한 사항임에 분명하지만, 그러나 이와 함께 다른 요인을 충족시켜야만 한다.

지략과 덕망이 있어야 하고 또 충심 있는 주변인이 함께 할 수 있어야 한다. 징기스칸에게는 이러한 여러 장점을 두루 갖추고 있었다. 그러나 무엇보다도 그에게 있어 가장 눈 여겨 볼 수 있는 대목은 그와 함께 한 부하 중에 단 한 명도 그를 배신하지 않았다는 점이다.

　여기서 우리는 중요한 단서를 발견하게 된다. 징기스칸은 그와 평생을 함께 한 8명의 부하 가운데 어느 누구도 배신하지 않았으며 아울러 그의 부하들 역시 징기스칸과 함께 죽을 때까지 고난과 영광을 함께 했다.

　아울러 그는 명분을 중시했다. 명분이 있어야 확고하게 지배할 수 있다는 믿음 때문이었다. 또한 그는 자신의 실패를 다른 사람에게 돌리지 않았다. 그런지라 자신의 실패를 복기할 수 있는 토대를 마련할 수 있었으며 이를 통해 실수를 최소화 할 수 있었다.

　작금의 우리 정치판을 보면서 새삼 징기스칸의 신의와 현상에 대해 책임지는 자세가 돋보이는 연유는 무엇일까? 온갖 배신과 패륜적 음모가 판치는 정치판의 한 복판에서 새삼 그의 지도력이 부러운 까닭이리라.

　남 탓 하느라 허송세월 보내는 이가 만일 우리 시대에 있다면 그는 필히 징기스칸을 되돌아보았으면 하는 바람 크다. 사악한 거짓이 자신에게 닥친 당장의 위기는 모면할 수 있을지 모르나, 결국 스스로를 더욱 곤경에 처하게 된다는 사실을 깨달을 수 있었으면 한다.

　"적은 밖이 아니라 내 안에 있었다"란 그의 유명한 말이 왠지 정교하게 날아가는 부메랑처럼 우리 사회 곳곳을 암울하게 떠돌아다닌다. 만인에게 꿈을 주고 그 꿈을 실현하기 위해 앞장 서 모범을 보였던 징기스칸, 그의 사내다운 모습이 오늘의 정치 상황에서 그 어느 때보다 그립게만 다가온다.

2005년 8월 10일

광복 60주년에 부쳐

광복 60주년이다. 사람으로 따지자면 환갑을 맞는 셈이다. 이런 뜻 깊은 날에 우울한 뉴스 한 토막이 우리를 통분케 만든다. 친일파 후손이 국가를 상대로 소송을 제기한 것으로써, 자신의 시조부가 일제로부터 하사 받아 소유권을 취득한 땅이니 돌려달라는 내용이다.

잊을만하면 터져 나오는 악질 친일 후손들의 소송 관련 기사를 접하게 되면 참으로 착잡하고 비통한 심경 가눌 길이 없게 된다. 특별히 조국 광복에 일생을 바쳤던 독립 운동 후손들과 그리고 저들 친일 후손들과의 사이에서 극명히 대비되는 생활상을 듣게 되면 치미는 분노가 노도처럼 밀려온다.

조국 광복을 위해 숱한 고문과 구금 그리고 생사의 고비를 넘나들며, 또는 죽음마저 불사했던 독립 운동 후손들은 혹독한 가난에 방치되고 있는 반면, 친일 후손들은 그 조상의 친일 행위 대가로 인해 얻은 재산으로 호의호식하며 살고 있으니 정상적인 사고를 할 줄 아는 사람이라면 도무지 상식적으로 이해되지 않는 일이 벌어지고 있는 것이다.

그렇다면 이 시점에서 盧 대통령과 집권 여당인 열린당에 묻지 않을 수 없다. 친일 청산이 마치 자신들만의 전유물이라도 되는 양 온통 나라 전체를 헤집던 때가 불과 얼마 전의 일이었다. 그리고 그러한 장면이 연일 공중파 방송을 통해 방영됨으로써 지난 총선에서도 톡톡히 재미를 봤음은 주지의 사실이다.

　그런데 정작 친일 청산과 관련된 실제적 성과는 오늘 날 어디서도 찾아 볼 수가 없다. 특별히 친일 청산을 그 누구보다 앞장 서 주창했던 신기남 의원의 경우에는 그 선친이 일본군 오장 출신이었다는 사실이 이미 밝혀진 상태다. 아울러 김희선 의원의 경우에도 그 조상과 관련해 많은 의구심을 낳고 있는 실정이다.

　따라서 그 사이비적 행태가 훤히 드러난 지금, 盧 대통령과 집권 여당인 열린당에 주문하거니와, 친일 청산은 고사하고 친일행위 대가로 부정하게 취득한 악질 친일파의 재산을 국가가 환수할 수 있도록 하는 내용의 '친일반민족행위자 재산환수특별법'만이라도 속히 국회에서 통과될 수 있었으면 하는 바람 크다. 정쟁의 소지도 훨씬 적을 뿐만 아니라, 정치권이 의지만 갖는다면 크게 어려운 일도 아니리라 믿기 때문이다.

2005년 8월 15일

盧 정권 실정에
멍드는 건 서민 대중

재정경제부가 국회 재경위에 제출한 '연도별 조세 및 국민 부담률' 자료에 따르면 작년 한 해 동안 우리 국민 한 사람 당 연간 세 부담이 316만원으로 사상 최대치를 기록한 것으로 밝혀졌다.

이는 노무현 정권 하에서 그간 거듭된 기업들의 평균 영업 실적 하락으로 인해 종래에 기업이 부담하던 조세 비율은 줄어든 반면, 이를 국민 개개인이 고스란히 그 부담을 떠 안게 되었다는 것을 의미한다.

상황이 이렇다 보니, 실업률 또한 전혀 개선될 기미를 보이지 않고 있다. 구직을 위해 자신의 몸값을 낮춘 채, 수도 없이 여기저기 서류를 제출하지만 사정은 오히려 악화되고 있다. 그러다 보니 아예 구직을 단념하고 자포자기에 빠진 사람의 수도 지난 IMF를 극복할 당시에 비해 최대치를 기록하고 있는 형편이다.

이들은 자신의 삶과 미래를 위해 취업을 하고자 하는 분명한 의사를 갖고 있는 집단이다. 또 그에 상응하는 마땅한 능력도 지니고 있을 뿐만 아니라 구직을 위한 갖은 노력도 다한 사람들이다. 그럼에도 그에 합당한 일자리를 찾지 못해 지금은 아예 구직을 포기한 상태에 이른 것이다.

몇 가지 덧붙이자면, 현재 구직을 포기하진 않았음에도 불구하고 여전히 일자리를 찾지 못해 떠도는 실업자와 그리고 일은 하고 있으나, 자신의 일에 대해 크게 불만을 느끼고 있는 잠재적 실업자까지 합산하게 되면 작금의 나라꼴이 어떻다는 것은 훤히 알고도 남음이 있게 된다.

사정이 이런데도 정부 여당은 늘 핑계만 일삼고 있다. 구직을 아예 포기한 사람이나 또는 실업자를 향해 그들이 무능하고 게으르기 때문에 취업을 못하고 있다는 것이다. 따라서 정부로서는 전혀 책임이 없다고 발뺌하기에만 급급하다.

이는 실업자의 눈에서 피 눈물을 두 번 쏟게 하는 망발에 다름 아니다. 아울러 정부 여당의 무능력을 국민에게 그대로 전가하는 참으로 무책임하고 안이한 자세로써 스스로의 집권 역량이 불충분한 것임을 나라 곳곳에 나발 대고 있는 꼴이다.

특별히 사회 초년생들인 청년 실업률이 작년 7월의 같은 기간에 비해 악화되고 있다는 통계청 발표는 우리 사회의 미래를 암울하게 한다. 자신의 꿈을 펼칠 수 있는 기회가 원천 봉쇄되그 있는 상태에서 무슨 신명이 날 수 있겠으며 사회와 국가에 대한 따뜻한 시선을 갖출 수 있겠는가.

나라에 잠재된 불안 요소가 이렇듯 크게 작용하고 있는데도 불구하고 대통령을 위시한 정부 여당은 허구한 날, 남 탓하기에만 여념이 없으니 도대체 어쩌자는 말인가. 갈수록 가난에 내몰리고 있는 국민만 허리띠 졸라맨 채, 꼬박꼬박 높은 세금을 내야 옳은 것인지 盧 대통령과 정부 여당에 묻지 않을 수 없다.

2005년 8월 20일

대통령 하야 발언과
추석 명절에 드는 단상

"열 손가락 깨물어 아프지 않은 손가락 없다"란 말이 있다. 흔히 부모의 자식에 대한 내리 사랑을 뜻할 때 쓴다. 추석 명절을 앞두고 갑자기 이 말이 생각나는 연유는 무엇 때문일까?

국내 최대 재래시장인 남대문 상인들에 의하면 추석 경기가 지난 IMF 때보다도 못하다고들 한다. 어디 비단 골병 든 나라 사정이 이뿐이겠는가. 안팎으로 어느 곳 하나 성한 곳이 없는 것이 사실이다.

이를 반영하듯 대통령에 대한 지지율은 고작 20% 초반에 머물고 있다. 집권 여당인 열린당에 대한 지지율도 10% 중반에 머물고 있다. 그런데 참으로 잘 이해되지 않는 최근 여론 조사 내용이 있다.

대통령과 정부 여당의 총체적 무능에 대해서는 정확히 인식하고 있으면서도 정작 대통령의 조기 사임에 대해서는 반대한다는 입장이 더 높게 나타나고 있다는 점이다. 아직도 대통령을 무슨 신성불가침의 국부로 여기던 왕조 시대의 인식이 우리 국민의 무의식 사이에 존재하고 있는 것 같다. 그나저나 이쯤에서 갑자기 궁금해지는 것이 하나 있다. "열 손가락 깨물어 아프지 않은 손가락 없다"는 선대들의 말씀을, 정작 대통령 자신은 국민을 향해 간직하고 있는 것인지 말이다. 이러한 물음 앞에 서면, 우리 국민들 마음이 참으로 바보 같을 정도로 곱고 선하다는 생각에 머물게 된다.

작년 盧 대통령에 대한 국회 탄핵안도 굳이 우리사회의 보혁이란 측

면에서만 보자면 대단히 진보적인 일이었다. 그러나 거대 방송사의 잘
짜 맞춰진 각본에 따라 연일 시시각각 계속되어진 눈물쇼와 여기에 일
방적인 대통령과 여당 편들기 식 보도로 인해 여론이 왜곡되게 흐르긴
했다. 그리고 1년 반이 흐른 지금, 대통령 스스로가 자신의 입으로 조기
사임에 대한 뜻을 밝혔다. 이 역시 진보적인 발언임에는 틀림없다. 그게
비록 대통령 자신의 국정 수행 역량 부족에 따른 심리적 압박감에서 연
유한 것이든, 또는 자신의 지지자를 결집시키기 위한 마지막 몸부림이
든 아니면 정치권 빅뱅을 통한 盧 대통령 자신의 레임덕을 최소화하고
아울러 퇴임 이후에도 영향력 확대를 노리는 것이든 간에 말이다.

　이유야 어떤 것이든, 갈수록 대통령에 대한 여론은 극히 좋지 않은데
도 불구하고 막상 대통령의 조기 사임에 대해서는 반대하는 여론이 더
높은 심층적인 기저에는, 우리 국민의 대체적인 성향이 기실 보수적인
쪽에 더 가깝다는 생각을 갖게도 된다. 그런데 참으로 재미있는 현상은,
자신의 정치 성향이 보혁 가운데 어느 쪽인가를 묻는 질문에는 스스로
가 진보주의자라고 답한 비율이 더 높게 나타난다는 사실이다. 그러면
서도 역대 대통령 가운데 박정희 전 대통령을 존경한다는 응답도 절반
이상을 차지한다.

　아마도 보혁에 대해 기준이 개별적 가치에 따라 각기 다른 때문으로
여겨진다. 또한 먹고 사는 것을 해결하지 못하고선 말짱 도루묵이란 뜻
으로 읽히기도 한다. 여기에 보혁을 가르는 기준을 어떻게 정할 것이냐
하는 난감한 문제가 남기도 한다. 그러나 내 입장에서 말하자면, 보수적
가치와 진보적 가치가 서로 상호 작용을 할 수 있어야 한다는 생각을 갖
는다. 지킬 가치가 있는 것에 대한 보수성과 그리고 개선해야 할 것에
대한 진보성 같은 것 말이다. 가령 우리가 역사를 기록하고 또 배우듯
이, 가족의 면면을 족보로 기록하는 것과 같은 것은 충분히 지킬 가치가

있는 보수라고 생각한다. 그렇다고 신분제도나 남존여비와 같은 것을 뜻하는 것은 아니니 오해는 없었으면 한다. 그런가 하면 대통령의 하야 뜻에 대해서도 이를 담담히 받아들일 수 있는 진보적 역량도 갖춰야겠다. 대통령께서 자신의 무능함이 오죽 견디기 힘들었으면 하야를 입에 담겠는가. 그것도 여러 차례에 거쳐서 말이다. 그런데도 불구하고 계속 그 자리에 머물게 한다는 것은 거의 고문과 같다고 생각한다. 따라서 대통령께 가하는 우리의 고문 행위도 멈춰져야겠다.

아울러 우리 사회의 변화를 꾀함에 있어서도 예전 군부독재 세력에 항거하던 방식은 이제 지양되어야 하겠다. 나와 상대의 가치가 상충될 때, 마치 상종 못할 적으로 여기고 죽기 살기 식으로 싸우는 것은 결코 바람직하지 않다는 생각을 하게 된다. 다만 법과 상식의 울타리 내에서 합리적으로 진행되면 족하겠다는 생각이다.

말이 길어졌다. 올 추석엔 이런 저런 불우 시설을 찾는 단체나 개인도 현저하게 줄었다고 한다. 보선을 앞두고 선거법에 저촉되는 문제도 있지만, 아무래도 가장 큰 이유는 경제적 사정이 매우 악화된 때문이라고 한다. 이럴 때일수록 송편 한 조각 나누는 자세로 나보다 못한 이웃을 살폈으면 하는 마음 크고도 깊다.

다들 어려운 추석 명절인지라, 모두 즐겁고 복되시라고 하면 자칫 혀를 차실 분이 많겠지만, 그럼에도 불구하고 즐거움과 복을 구하시기를 빌어 본다. 대통령이야 잊을만하면 하야를 입에 올려서 순결한 국민의 심성을 어지럽히지만 그러나 국가의 안전은 빈틈이 없어야겠고, 또 국민은 어떻게든 이 어려움을 잘 견뎌내서 밝고 희망찬 내일을 맞아야겠다.

2005년 9월 16일

은혜는
뼈에 새기라 하였거늘

불법 도청 문제가 연일 언론 지면을 장식하고 있다. 신기하게도 DJ 정권 당시만을 집중 겨냥하고 있다. 문제의 발단이 되었던 X-파일에 담긴 내용은 전무한 채, 국민적 시선을 불법 도청으로만 몰아세우기에 여념이 없다. 냄새가 나도 너무 지나치게 역겨운 냄새가 난다.

물론 불법 도청은 명백히 잘못된 행위임에 틀림없다. 만에 하나라도 정치 사찰을 목적으로 행해진 것이라면 입이 열 개라도 할 말이 없는 사안이다. 따라서 그에 대한 비판에 대해서는 지극히 겸허한 자세로 수용할 일이다. 그게 지극히 옳은 일이니까.

그럼에도 하나 밝히고 싶은 점은, 명백한 산업 스파이 또는 국가 안보상 의심 가는 테러 용의자 및 기타 첩자에 대한 도청에 대해서는 그 불가피한 측면이 있을 수밖에 없음을 인정하고자 한다. 국가의 명암을 좌우할 수 있는 정보가 한순간에 유출되는 일은 어떠한 경우에도 방어되어야 하기 때문이다.

문제는, 왜 유독 DJ 정권 때만을 겨누고 있느냐는 것이다. 이미 언론을 통해 세상에 알려진 바와 같이 YS 때의 핵심 도청 그룹인 미림팀에 대해서는 입을 모르쇠로 닫고 있으면서 말이다. 그리고 X-파일에 담긴 진실에 대해서도 굳게 자물통을 채우고 있느냐는 것이다.

도대체 왜일까. YS와 그의 차남인 현철 씨, 그리고 더더욱 삼성과 노무현 정권에 이르기까지 생생하게 음성으로 기록된 때문일까. 그런지라

속 시원히 뚜껑을 열지 못한 채, 그저 만만한 희생양으로 이미 권력의 끈이 떨어진 전임 정권을 향해 온통 피박에 광박까지 뒤집어씌우는 비열한 짓을 일삼는 것일까. 법은 공정해야 설득력을 얻고 만인의 공감을 사게 되는 것이다.

그리고 한 번 생각해 보자. 밭에 앉아 고구마 잎사귀만 만지작거린다고 해서 어디 땅 속에 묻힌 고구마가 캐지는 일이겠는가. 그런데도 고구마 캘 생각은 전혀 엄두도 내지 못하면서 허구한 날을 고구마 잎사귀만 뜯고 있느냔 말이다. 거듭 의문스런 질문을 던지자면, 노무현 정권도 뭔가 크게 구린데가 있기라도 하더란 말인가?

복 날 몸보신용으로 집에 키우는 똥개도 제 녀석에게 밥을 주는 주인은 알아본다. 하물며 인간의 탈을 쓰고 사는 자라면 굳이 그 인간으로서의 도리를 말해 무엇하랴. 은혜를 원수로 돌려 갚는 패륜 집단이 끝까지 성공한 예는 역사 유례 내 상식으로는 없는 것으로 알고 있다.

여기서 노무현 정권을 향해 하나 묻고 싶다. 정작 그들 자신도 불법 도청에 대해 과연 떳떳하다고 자신할 수 있는가? 손바닥으로 자신의 두 눈은 가릴 수 있겠지만, 그러나 넓디넓은 하늘이야 어디 가릴 수 있는 일이겠는가. 불법 도청이 잘못된 것임을 안다면, 그들 자신은 더더욱 하지 말아야 할 일임에 분명하다. 이제 그 잘난 권력도 고작 2년여밖에 남지 않았으니 두 눈 똑바로 뜨고 지켜 볼 일이로다.

2005년 10월 8일

강정구 교수 파동과
야비한 정치 장사꾼들

톡톡 튀기 좋아하는 사회학자의 별반 뛰어날 것도 없는 논문 내용을 두고 나라 안이 온통 벌집 쑤셔 놓은 듯하다. 강정구 교수를 지칭하는 말이다.

많은 점에서 그의 주장을 동의하는 편이지만 그러나 지극히 편협하고 굴절된 측면도 일부 있음을 지적하지 않을 수 없다.

민족상잔의 처참했던 상황을 북한에 의한 통일전쟁이었다고 당당히 외치는 대목에 이르러서는, 그의 주장이 갖는 여러 타당성에도 불구하고 뒤끝이 개운치 않다.

만일 그의 그러한 확신에 충실히 따르자면, 독재자의 가혹 행위에 대해서도 일종의 면죄부가 주어질 수 있다. 물론 비약이긴 하다.

그러나 어떤 원하는 결과를 얻기 위해서라면, 그 과정이야 어떠하든 상관없다는 뜻으로 읽힐 수 있는 여지가 충분한 것만은 사실이다.

가령 전두환의 광주 학살에 대해서도 그들만의 파쇼적 이유와 정당성을 내세웠듯, 강정구 교수 역시 새로운 형태의 파쇼에 다름 아니라는 것이다.

그의 단견에 그대로 따르자면, 민족 통일을 위한 수단이라면 언제든 전쟁을 불사해도 하등 잘못되지 않을 수 있다는 것으로 비춰질 요지가 충분한 까닭이다.

더 솔직하게 지적하자면, 그는 엄밀한 의미에서 진보주의자라 이름

할 수 없다. 오히려 대단한 수구 냉전주의자의 또 다른 변형에 다름 아닌 것이다.

기실 별 내용 없는 논문을 두고서 이토록 나라 안이 시끄러울 수 있는가에 대해 참으로 의아스럽기 짝이 없다. 강 교수의 사법처리를 놓고서도 여론이 분분하다.

한편 불구속 수사를 하라며 지휘권 발동을 했던 천정배 법무장관도 언론의 주요지면을 연일 장식하고 있다. 그런가 하면 검찰총장은 그에 맞서 사표를 제출했다.

정치권도 자당의 이해득실을 따지며 연일 피차 물어뜯기에 가세하고 있다. 참으로 한심스런 일이다. 마음 불편하고 기분 더러운 상황을 맞고 있다.

학자가 자기 소신에 따라 한 말을 두고선 굳이 구속 수사를 해야겠다는 검찰의 태도가 우선 눈꼴사납다. 또 이를 두고 서둘러 지휘권 발동을 해댄 법무장관의 세련되지 못함도 우습기는 매양 일반이다.

아울러 정치권이 자당의 이해관계에 따라 함께 널뛰기하는 모습도 참으로 유감스럽기 그지없다. 더더욱 구속수사를 외쳐대는 사람들을 보면 참으로 볼썽사납게 여겨진다.

그런가하면 자당의 흩어진 지지자를 한데 모을 수 있는 호기라며 너스레를 떨었다는 열린당의 어느 초선 의원도 한심하게 느껴지기는 매양 마찬가지다. 한 마디로 다들 덜떨어지게만 보인다는 것이다.

이쯤에서 법무장관께 묻고 싶은 것이 있다. 작년에 어느 경찰관의 해괴한 잡설이 여당인 열린당 홈페이지에 오른 바 있다. 물론 유치하기 짝이 없는 단말마적 편견이며, 일종의 낙서 수준에 불과한 그야말로 천박스런 의견 표출에 다름 아니었다. 그리고 그는 구속 수사되었다.

또 자신의 정치적 견해를 피력하다, 그로 인해 소위 고무줄 법인 선거법 위반이란 죄목으로 적지 않은 사람이 고초를 겪었다. 결국 그들 가운데는 뜻하지 않게 범법자가 되어야 했으며 아울러 일자리도 잃어야 했다.

무슨 말인고 하니, 사상의 자유는 그게 어떤 것이든 보장되어야 한다는 것이다. 다만 자신의 입맛에 맞지 않는 내용에 대해서만 왜 유독 추상같은 법의 잣대를 들이대느냐는 것이다. 이에 대해 법무장관의 입장은 어떤 것인지 묻지 않을 수 없다.

끝으로 삼성에 대한 수사는 어찌되고 있는 것인지, 그리고 이건희 회장은 왜 잡아들이지 않고 있는 것인지 참으로 해괴하고 의아스럽기 짝이 없는 의문도 남긴다.

2005년 10월 15일

盧 대통령
신년 연설에 대해

노무현 대통령이 18일 밤 10시, TV 생중계를 통해 밝힌 신년 연설을 들여다보면, 기대와 우려가 확연히 교차되는 것으로 평가할 수 있다.

심각한 수준에 내 몰리고 있는 우리 사회의 양극화 문제를 해결하고, 대화와 타협을 통한 상생의 문화를 만들어 갈 것을 강조한 점에 있어서는 비교적 현실 인식을 올바로 하고 있다는 점에서 긍정적인 생각을 갖게 된다.

그러나 盧 대통령의 임기 3년여를 되돌아 볼 때, 대부분의 사회 갈등과 정부 정책에 대한 국민 일반의 심각한 불신 그리고 갈수록 심화되고 있는 부익부 빈익빈 문제를 포함한 각종 정치적 혼란이 노무현 대통령을 위시한 정부 여당 스스로에게 있음을 아직도 정확히 인식하지 못하고 있다는 점이다.

다시 말해, 오늘날의 국정 파탄 전반에 대해 보다 겸허하고 책임 있는 자세에서 나오는 진술한 자기반성은 전무한 채, 모든 잘못을 일부 언론과 정치권, 심지어는 대안 없이 비판하는 국민에게 있다는 식으로 그 책임을 고스란히 전가하고 있다는 측면에서는 실로 불안한 마음 떨쳐버릴 길이 없다.

국정 전반에 대한 최후 보루로서의 조정자가 되어야 하고 또 그 진술자가 되어야 할 대통령이 오히려 즉흥적이고 단세포적인 언행으로 좌편향과 우 편향을 설왕설래하며 중심을 잡지 못했음을 뼈에 새길 수 있어야 한다. 오죽했으면 세간에 회자되기를 "대통령은 임기 동안 그냥 월급이나 받아먹으며 조용히 있어줬으면 좋겠다."는 말이 유행하겠는가.

盧 대통령 스스로가 신년사를 통해 "책임 있게 생각하고 행동"할 것을 강조한 바와 같이, 작금의 총체적 위기 상황이 어디로부터 연유하고 있는지를, 먼저 대통령 스스로부터 냉정히 되살펴 볼 수 있어야 한다. 오만과 독선 그리고 불필요한 아집을 버릴 때 국민적 신망을 얻을 수 있게 되는 것이며, 이를 토대로 할 때 문제 해결을 위한 실마리가 하나씩 풀려 날 수 있기 때문이다.

2006년 1월 19일

쟈코뱅 권력의 몰락과 흡사한 노무현 정권

집권 여당인 열린당의 기간 당원 문제가 연일 여기저기서 낯 뜨겁게 불거지고 있다. 영세 노인들에게 교통비 보조금으로 지급되는 계좌에서 일정 금액을 무단 갈취해 간 파렴치한 행각이 드러난 것을 비롯해, '유령 당원' 및 '당비 대납' 등과 같은 온갖 불법적인 방법이 총 동원된 것으로 속속 밝혀지고 있다.

이와 함께 더욱 세간의 이목을 집중시키고 또 경악케 하는 내용은, 현직 공무원까지 개입돼 '당비 대납'과 같은 불법적인 방법을 동원, 열린당의 기간 당원을 모집한 사례가 적발되었다는 점이다. 그런데 이보다 더 충격적인 문제는, 이들 범죄 행위가 단순 우발성이 아닌 조직적이고 대대적으로 이뤄졌다는 사실이다.

당초 노무현 대통령을 위시한 열린당 인사들이, 정치 개혁을 명분으로 내 세우며 자신을 대통령으로 탄생시켜 준 정당마저 둘로 쪼갠 채 오늘에 이르고 있음을 상기해 볼 때, 그리고 그 과정에서 온갖 미사여구를 동원, 자신들만은 지고지선이며 그 앞에 무릎 꿇지 않은 다른 사람은 모두 반개혁적이고 또 구태의연한 정치인이라며 매도했음을 돌이켜 볼 때, 참으로 착잡한 생각과 연민이 주마등처럼 앞을 스친다.

무릇 인간이란 교만한 마음을 다스릴 수 있어야 한다. 심중에 교만이 자리하게 되면 필경 타인을 업신여기는 간악함이 자리하게 되고, 간악한 자는 결국 패망에 이르게 되는 까닭이다. 아울러 자신이 받은 은혜에 대해 감사하는 마음을 지닐 수 있어야 한다. 감사를 모르는 사람이 어찌 타인에 대해 감사할 조건을 얹어 줄 수 있겠는가? 그게 국정 운영의 최종 책임을 지고 있는 대통령과 그리고 나라 살림을 맡고 있는 정치인이라면 더 말해 무엇 하겠는가.

온갖 기만술과 정치 보복으로 권력 장악에 성공한 노무현 정권과 열린당이지만, 지난 이백여 년 전, 시민 계급의 열화와 같은 절대적 지지를 업고 집권한 프랑스 쟈코뱅 정권의 처참한 몰락을 교훈으로 삼을 수 있어야 한다. 그러나 불행하게도 현재 나타나고 있는 대통령과 집권 여당에 대한 국민 일반의 여론과 그 지지율을 살펴 볼 때, 결단코 돌이킬 수 없는 상황으로 깊숙이 들어서고 있지만 말이다.

2006년 1월 25일

형평성 잃은
노무현 권력의 정치 재판

민주당 한화갑 대표가 정치 자금법 위반 혐의로 2심 재판부인 서울고법으로부터 징역형을 선고받고 의원직 상실 위기에 처했다. 국가 운영의 큰 축을 담당하고 있는 국회의원 신분으로 실정법을 위반했다는 점에서는 달리 항변할 이유가 없는 사안임에 분명하다.

그럼에도 우리가 이 사건에 대한 성격을, 노무현 정권에 의한 극악무도한 정치 재판으로 규정짓는 것은 다른 이유에서가 아니다. 바로 법의 형평성에 있어서 치명적인 오점을 남기고 있기 때문이다.

아울러 그간 정당 내부의 경선과 관련된 정치 자금에 대해서는 관례적으로 그 어떠한 수사도 이뤄지지 않았음을 상기한다면, 이번 민주당 한화갑 대표에 대한 사법부의 판단은 지극히 정치적으로 진행되는 것임을 입증하는 또 다른 좋은 예다.

한화갑 대표에게 문제가 된 정치 자금은, 지난 2002년 민주당 대통령 후보 경선 과정에서 그 경비 조달을 목적으로 일부 기업으로부터 받은 금액임은 이제 국민 대다수가 주지하는 바다.

당시 민주당 대선 후보 경선에 참여한 인사 가운데, 한화갑 후보를 포함한 일부 주자는 경선 과정에서의 자금 압박 등을 이유로 중도 탈퇴했다. 그리고 끝까지 완주한 사람이 노무현, 정동영 후보였다.

아울러 중도 탈퇴한 김근태 후보는 경선이 끝난 이후 본인 스스로의 입을 통해 당시 부적절한 금품수수가 있었음을 시인한 바 있다. 그리고 노무현 후보도 대통령이 된 이후, 그러한 일이 있었음을 실토하며 관련 자료는 폐기했다고 밝힌 바 있다.

이러한 정황으로 미뤄 볼 때, 당시 경선 과정에서 누가 더 많은 돈을 사용했으리란 것은 굳이 설명하지 않아도 상식으로 통한다. 당연히 끝까지 완주한 노무현, 정동영 후보였으리란 것쯤은 쉽사리 계산되고도 남음이 있는 대목이다.

따라서 검찰은 당시 경선 과정을 끝까지 완주한 노무현, 정동영 후보의 자금 출처에 대해서도 철저한 조사가 이뤄져야 한다. 또한 스스로 밝힌 김근태 후보에 대해서도 명명백백히 그 진상이 가려져야 할 것이며, 공히 같은 잣대의 사법적 심판이 있어야 함은 지극히 자명한 이치다.

그런데도 불구하고 당시 노무현, 정동영 후보에 대해서는 그 어떠한 수사도 이뤄지지 않은 채, 오직 집권 여당인 열린당과의 경쟁 관계에 있는 민주당 소속 정치인만을 표적으로 삼았다는 것은, 법의 형평성에 있어서 심각한 문제가 발생하고 있다. 이는 국민의 법 감정에 있어서도 도무지 납득할 수 없는 파렴치한 처사로 인식되고 있다.

바로 이러한 점 때문에 국가 권력에 대한 국민적 불신이 가중되는 것이며, 검찰 또한 권력의 시녀란 비판을 오늘날까지도 면치 못하고 있는 것이다. 권력의 개 노릇을 버젓이 자행하고 있으면서도 전혀 자성의 소리가 들리지 않는 검찰의 부끄러운 자화상이 아닐 수 없다.

노무현 정권과 검찰은 이러한 오명을 벗고 뜨한 실추된 위상을 회복하기 위해서라도 국민 앞에 납득할만한 소명이 있어야 할 것이다. 아울러 당시 경선에 참여했던 노무현, 정동영, 김근태 후보에 대한 공정한 수사도 함께 이뤄져야 할 것이다. 국가 권력이 한낱 망나니의 춤사위가 되어선 절대 곤란하기 때문이다.

이에 우리는 노무현 권력의 충실한 하수인으로 전락한 검찰에 대해 엄중히 경고한다. 2002년 민주당 대선 경선 주자로 나섰던 현직 대통령을 위시한 집권 여당의 대선 주자인 정동영, 김근태 전 장관에 대해서도 공히 사법적 심판을 가하여 법의 평등함을 국민 앞에 보여 줄 것을 강력히 촉구하는 바다.

한화갑 대표 역시 정치적 보복이 그 얼마나 간악한 일인가를 뼈저리게 목도하고 있는 바, 이를 전화위복의 계기로 삼을 수 있기를 기대한다. 당 안팎의 역량 있는 인사들을 널리 불러들이고, 그간의 상처를 치유하는 가운데 흥겨운 잔칫상을 차릴 수 있어야 한다. 또한 종래의 구태의연한 모습에서 탈피함은 물론, 민주당 본래의 정체성을 회복함으로써 다시금 국민에게 희망의 전령으로 다가설 수 있어야 한다. 이를 토대로 할 때 오는 5·31 지방 선거에서의 약진을 기대할 수 있으리란 사실을 분명히 깨닫기 바란다.

2006년 2월 15일

자기반성 없는
범민주세력 대연합은 기만행위

공중파 방송에서 얼굴 마담 격을 하던 정동영 앵커가 통일부 장관에 이어 집권 여당인 열린당 신임 의장에 당선되었다. 물론 초대 의장에 선출되었으나, 지난 총선 유세 과정에서 노인에 대한 차마 입에 담지 못할 발언으로 중도 하차 한 바 있다. 당시 정동영 의장이 했던 말을 뜯어보자면, 사실 신종 고려장과도 같은 무지막지한 언어 살인이라 해도 과언이 아니었다.

그의 정치 입문을 살펴보면, DJ의 새로운 피 수혈의 일환으로 진행된 외부 인사 영입 과정에서 당시 민주당의 막강 배후 실력자로 군림하던 권노갑 전 의원에 의해 전격 발탁된다. 그리그 곧장 당 대변인이라는 화려한 간판과 함께 16대 국회의원에 당선됨으로써, 해바라기와 같은 하늘 무서운 줄 모르는 영화를 누리게 된다.

그런 그가 가장 먼저 목을 벤 사람이 있었으니, 공교롭게도 그를 오늘의 반석에 이르게끔 다리를 놓아 준 권노갑 전 의원이었다. 은혜를 입을 때에는 하늘에 떠 있는 별이라도 따다 바칠 듯 했건만, 그러나 DJ 임기 중에 철옹성을 쌓고 살던 권노갑 전 의원이 국민의 정부 권력 누수와 함께 세간의 도마에 오르게 된다. 그러자 오직 태양만을 바라보고 사는 해바라기에겐 자신의 정치적 스승이 오히려 걸림돌로 작용하게 되었던 것이다.

그렇듯 자신의 정치적 스승을 혹독하게 칼로 벤 여세를 몰아, 당시 집권 여당이던 새천년 민주당의 대통령 후보 경선에 나서게 된다. 그 과정에서 가장 유력한 경쟁자이던 노무현 후보를 향해, 사상이 의심된다는 식의 색깔론을 펼친다. 역시 독재 권력 하의 간판 앵커 출신다운 면모를 유감없이 발휘한 셈이다. 결국 그는 경선에서 2위를 차지하며 명실상부한 정치계의 화장발 거목으로 자리 잡게 된다.

그리고 이후 치뤄진 대선에서, 이 땅에 뭔가 새로운 변화를 갈망하던 민초들의 열화와 같은 희생적 지지를 등에 업고 노무현 후보가 대통령에 당선된다. 그러나 무엇하랴. 당시 민주당 소속이던 노무현 대통령을 위시한 정동영, 천정배, 신기남 그리고 개혁당 소속이던 유시민 등의 제씨들에 의해 민주당은 한바탕 피바람에 휩싸이게 된다. 결국 평화 개혁 세력이 둘로 쪼개지는 비운을 겪게 되는 것이다.

그 과정에서 분열 없는 개혁을 주창하며 민주당을 지킨 인사는 일순간 구태 정치인으로 매도되고, 아울러 자신의 양심에 따라 분당의 부당함을 고발하던 네티즌 일부가 경찰의 수사를 받거나 또는 감옥에 가야 했다. 그러나 권력을 좇아 대통령과 함께 열린당에 참여한 사람은 어느 날 갑자기 개혁의 전도사로 둔갑하는 참으로 해괴한 일이 아무런 거리낌 없이 벌어진다.

그런 졸렬하기 그지없는 정치 공세와 탄압을 앞세워 열린당은 총선에서 원내 과반 이상 의석을 얻는 초대형 흥행을 기록한다. 그리고 이제 총선 승리로부터 2년여의 세월이 흘렀다. 인구 사이에도 이벤트 성 정치 공략이 전혀 먹히지 않는 상태에 이르렀다. 열린당 대권 주자인 정동영, 김근태 전 장관이 사활을 걸다시피 한 전당대회였건만, 결과는 그들만의 리그로 끝나고 말았다는 점이 잘 웅변하고 있다.

그런데 여기서 재미있는 현상이 벌어지고 있다. 고작 한자리 수 지지율을 갖고 있는 열린당 대권 주자인 정동영, 김근태 전 장관이 흩어진 범민주세력의 대연합을 강조하고 있다는 점이다. 대승적 견지에서 보자면 원론적으로 맞는 말이다. 한나라당이라는 도무지 변화할 줄 모르는 꽉 막힌 집단 앞에서, 그야말로 평화개혁 세력은 그 누구라도 죽어나는 일이 명약관화하게 보이는 까닭이다.

문제는 바로 여기에 있다. 당초 서민과 중산층 팔아 집권에 성공한 盧 정권이다. 아울러 정치 개혁을 비롯한 제반 개혁 과제를 표방하며 민주당을 지킨 인사들을 난자하고, 또 그 여세를 몰아 총선에서 바람몰이에 성공한 열린당이다. 그렇다면 과연 그들에 의해 서민의 삶의 질은 좋아졌는가? 정치 환경은 또 얼마나 개선되었는가? 그것을 자문해 본다면, 과연 스스로를 향해 민주개혁 세력이라 칭할 수 있느냐는 것이다.

오히려 그들에 의해 구태 정치가 반복 세습되고 있으며, 양극화는 날로 심화되고 있다. 그로 인한 국민의 정치 불신은 가중되고, 서민의 생활상은 참담함 그 자체에 내 몰리고 있다. 이렇듯 스스로를 기만하고 또한 치 앞을 내다 볼 줄 모르는 사람들이 권력의 최고 정점을 차지한 채 국정을 운영하다보니, 나라꼴이 제대로 될 리 만무한 것이다.

정동영 신임 의장은 범민주세력 대연합을 말하기에 앞서, 지난 날 자신들이 저지른 만행에 대한 처절한 자기 반성과 함께 진솔한 마음의 용서를 구해야 한다. 그래야만 당한 자의 쌓인 앙금이 풀릴 수 있는 것이며 그것을 토대로 할 때, 진정한 의미의 새로운 모색이 가능하게 되는 까닭이다.

또한 서민 대중이 처한 고달픈 민생 현장 속으로 정직하게 다가 설 수 있어야 한다. 이는 종래의 방송국 카메라에 얼굴 팔려는 식의 쇼가 되어선 결단코 아니 될 말이다. 가난한 국민을 기만하고 제대로 돌보지 못한 채, 오히려 더욱 수렁에 빠지게 한 스스로의 죄과에 대한 뼈를 깎는 참회가 되어야 한다.

　그러나 여기서 무엇보다 분명한 것은, 범민주세력 대연합을 논의함에 있어, 이는 정동영 의장 또는 열린당의 몫이 아니라는 점이다. 시퍼렇게 멍들고 난자당하면서도 통합과 개혁을 동시에 일구어내기를 바람하며, 쓸쓸히 그러나 의연히 민주당을 지킨 인사들에게 부여된 특권이며 가치라는 사실이다. 자신들의 사정이 풍전등화에 놓이다 보니, 이제와 대연합을 운운한다는 것은 국민 앞에 그리 설득력을 얻을 수 없을 뿐만 아니라 도리도 아니기 때문이다.

2006년 2월 20일

전여옥의 사랑과
섹스에 관한 20가지 법칙

문필가로 인구 사이에서 유명세를 얻은 바 있는 전여옥 씨의 칼럼 가운데 "사랑과 섹스에 관한 20가지 법칙"이란 것이 있다. 자칫 고루하기 십상인 성에 대한 입장을 비교적 분명하면서도, 또 적잖이 따뜻한 시각으로 보고 있다는 점에서 호감을 지녔던 기억이 있다.

그런 그가 17대 국회에 입성한 후, 한나라당 대변인을 맡으면서 내어쏟는 논평을 접하게 되면, 때로 탱탱하게 출렁거리는 여인네의 젖가슴과도 같은 충만함을 느끼는 경우도 더러 있었다. 그런가하면 위태롭다 못해 막 터질 듯한 고무풍선과도 같은 아찔함을 경험하기도 했다. 이후 대변인에서 물러나면서 그 특유의 독설이 좀 잠잠 하는 듯하더니, 이번엔 끝내 대형 사고를 치고야 말았다.

어느 인터넷 뉴스 매체에 따르면, 한나라당 내부 행사에서 있은 전여옥 의원의 발언 가운데 김대중 전 대통령을 지칭해서는 치매든 노인으로 표현하는가 하면, 열린당 의원들을 향해선 날강도 · 날건달 · 싸가지 없는 X 등의 극단적 언어를 동원하며 거칠게 몰아세운 것이 발단이다.

정부 여당의 일부 인사들에 대해 세간에서 회자되기를, "참 싸가지 없는 사람들"이라고 하는 경우가 있음도 숨길 수 없는 사실임에 틀림없다. 국정을 다스리는 최고위층 인사들에 대한 우리 사회의 적잖은 여론인지라, 한 사람의 국민 된 입장에서 부끄러운 마음 감출 길이 없게 된다. 따라서 관련 당사자들은 스스로를 되돌아보아야 할 것이며 아울러 겸양의 미덕을 쌓아야 할 대목임에 분명하다.

그러나 문제는, 민족 문제의 역사적 승리로 평가받고 있는 6.15 선언에 대해, 치매든 노인의 분별없는 합의였다는 식의 악의적 물어뜯기 앞에서는 참으로 당혹스럽고 또 우려스런 마음을 갖지 않을 수 없다. 마치 그녀의 입술이 퇴화된 라디오에서 찍찍거리는 공해라도 되는 듯 말이다.

물론 야당 의원으로서 정부 여당에 대한 비판의 몫은 당연한 일이라 할 수 있다. 그럼에도 불구하고 그녀의 발언에 대해 지적하지 않을 수 없는 것은, 그 비판의 양식이 보다 격조 높고 또 인간적이어야 한다는 점이다. 그렇지 않으면 오히려 천박한 소음으로 들리게 되고, 본인 역시 싸가지 없는 X가 되기 때문이다.

문제의 발언이 인터넷 매체에 소개된 이후 "DJ를 향해 치매든 노인이란 표현은 한 바 없다"고 해명한 점에 있어서는, 그녀의 말이 사실이기를 바라고 또 다행스레 여긴다. 그러나 여기서도 지적하고 싶은 것은, 남북문제에 대한 종래의 극한 대립적 사고 체제, 그리고 DJ라는 한 인물에 대한 냉전주의자들의 오래되고 이해 못할 강박관념을 여실히 보여주고 있음은 스스로를 수치스럽게 여길 수 있어야 한다.

오는 4월로 예정된 방북 일정도 5월에 있을 지방 선거를 앞둔 미묘한 시점인지라, 자칫 여당의 선거에 악용될 수 있다는 한나라당의 설득력 있는 요청에 의해 6월로 미뤄지지 않았던가. 더욱이 병든 노구의 몸임에도 불구하고 민족의 평화 공존과 공동번영을 통한 통일의 가교 역할을 수행하기 위해 마지막 남은 여생을 쏟아 붓고 있는 국가 원로이지 않는가. 그렇다면 덕담은 건네지 못할망정 그리 낯 뜨겁게 깎아 내려서야 어디 될 말인가.

노무현 정권이 제 아무리 무능하고 또 좌충우돌하느라 날밤을 지샌다

한들, 한나라당이 절대 집권할 수 없다는 세간의 평가가 바로 여기에 연유하고 있다. 그것을 뼈아프게 들을 수 있다면, 민족문제에 있어서 보다 전향적인 자세를 취할 수 있어야 한다. 사학법 개정에 있어서 종래의 태도를 벗고 한결 진일보한 입장에서 타결한 것과 같이, 그리고 전여옥 의원의 사랑과 섹스에 관한 20가지 법칙에서 보여주었던 인간에 대한 내밀한 성찰처럼 함께 숙고할 수 있기를 기대한다.

2006년 2월 24일

정동영 의장의
분별없는 망언에 대해

정동영 의장이 지난 2004년 총선 유세 과정에서 노인을 향해 인간 이하의 막말을 해댄 사실이 아직 국민들 뇌리에 생생히 남아 있다. 그런데 이번엔 실업고 학생을 빗대 "못사는 집 아이들, 공부 못하는 아이들"이라고 표현함으로써 그가 지닌 인간성이 그 얼마나 몰상식하게 굴절되어 있는지를 다시 한 번 입증하고 있다.

설혹 정동영 의장의 말이 선의에 기인한다 하더라도 그러나 말은 가려서 해야 하는 것이고, 상대의 심중을 헤아릴 수 있어야 한다. 그저 생각 없이 함부로 내뱉게 되면 그게 설사 본인은 좋은 의미로 했다 하더라도, 듣는 쪽 입장에서는 오히려 거북하게 되는 까닭이다. 일찍 자신의 꿈을 접고 살아갈지도 모를 어린 학생들 가슴에 대못 하나 쿵쿵 박아 놓은 꼴이 되지 않기를 바랄 뿐이다.

사실 우리 사회가 공업화에 진입한 이후, 오랜 동안 국가 경제의 타이어 역할을 묵묵히 수행하고 있는 산업 현장의 꽃이랄 수 있는 인력의 상당수가 바로 실업고 출신이다. 상대적으로 어려운 여건임에도 불구하고 자신의 생업에 충실히 봉사하고 있는 그들임을 상기한다면, 그따위의 무도하기 짝이 없는 입놀림은 도무지 있을 수 없는 망발이라 아니할 수 없다. 오히려 그러한 전문 인력이 자신의 일에 대한 자부심을 갖고 열심히 일할 수 있는 토양을 마련해줘야 하는 것이 책임 있는 정치인의 자세인 것이다.

참여정부와 열린당 하면, 특별히 서민과 중산층 팔아 집권에 성공하고 또 국회를 장악한 정당이다. 그런데도 오히려 그들에 의해 우리 사회의 양극화가 더 심화되고 있음을 이미 각종 통계가 거짓 없이 말해주고 있다. 그렇다면 이를 스스로 부끄럽게 여기고 또 이의 해소를 위해 필요한 노력을 다해야 함에도 불구하고, 오히려 집권당 의장이 앞장 서 우리 사회의 계층 간 갈등을 조장하는 서글픈 현실을 목도하고 있다.

하긴 자신의 아들은 연간 수 천만원이 넘게 드는 미국 사립학교에 유학시키고 있으니, 연봉 1.000만원 남짓 되는 돈으로 힘들게 살아가야 하는 서민의 생활상은 알 리 없을 테지만 말이다. 바로 그것이 별 내용 없이 그저 화장발만 덕지덕지 묻은 정치인의 극명한 한계이기도 하다. 아무리 그렇다고 그리 분별없이 말할 일은 뜨 무엇이란 말인가. 그래서 눈물 젖은 빵을 먹어보지 않은 자와는 인생을 논하지 말라 했던가. 하물며 어떻게 국정을 논할 수 있겠는가.

자고로 겸양의 미덕을 깨우치지 못한 자가 나랏일에 나서게 되면 매사 시끄럽고 뒤틀리게 된다. 그리고 국민들은 그 똥을 치우느라 마음고생과 몸 고생을 동시에 하게 된다. 사려 깊지 못한 정치인이 불쑥 내던진 말로 인해 가난한 학부형과 그 학생들이 받을 마음의 상처를 생각하니 씁쓸하고 안타까운 생각 가눌 길이 없다.

2006년 2월 27일

불혹과 부동심에는
이르지 못할지라도

사람 나이 40 됨을 일컬어 공자는 불혹이라 했고, 맹자는 부동심이라며 스스로를 설파했다. 또한 예수는 그의 나이 33에 "다 이루었다"고 선언했으며, 부처는 35에 "더 위엣 것이 없다"며 득도에 이르게 된다.

참여 정부와 17대 국회 들어, 고위 공직자의 부적절한 언행이 연일 인구 사이에 오르내린다. 그 대표적인 것이 말의 경솔함에 기인하고 있다. 아울러 취중 성희롱을 비롯해 분별없는 골프 놀이도 크게 한 몫 하고 있다.

현직 대통령의 사려 깊지 못한 말잔치야, 이제 초등생에 의해서도 우스갯거리로 회자되는 지경에 이르렀으니 재론할 여지가 없을 듯하다. 국회 대 정부 질문에 대한 일부 국무위원들의 오만 방자한 답변 태도도 꼴사납기는 매양 다를 바 없다.

여기에 국회의원들의 성희롱 문제도 잊을만하면 불거져 나온다. 그런가하면 국무총리를 비롯한 몇몇 국무위원들의 골프 놀이 역시, 그 때를 구분 못하는 처신으로 인해 국민들 마음에 비수를 꽂는 경우가 왕왕 발생한다.

정치인이라고 해서, 고급 술집에 가서는 안 된다는 식의 냉엄한 잣대를 들이댈 일은 아닐 것이다. 또 고위 공직자라고 해서 골프를 삼가 해야 한다는 것도 좀 억지 춘향 같은 주문일 것이다. 그런데도 왜 문제가 되고 또 세간의 따가운 눈총을 받고 있는 것일까?

요즘 OECD 회원국 대부분의 국가에서는, 설혹 법적 부인이라 하더라도 그러나 사전 동의 없이 이뤄지는 남편의 성행위에 대해서는 이를 엄격히 규율하고 있다. 남편으로부터 인간적 모멸감을 받았다거나 또는 심한 구타를 당한 후에 성행위를 강제 받게 된다면 이는 필시 강간당하는 기분에 휩싸이게 될 것임에 분명하다.

그런가하면 최근 미국에서는 야당인 민주당이 집권 여당인 공화당 부시 대통령의 여러 실정을 들어 탄핵을 준비하는 것으로 외신은 전하고 있다. 이러한 목소리는 국민 일반 사이에 팽배한 여론에서도 확인되고 있고 심지어는 공화당 내에서도 적잖은 것으로 파악되고 있다.

그렇다면 우리의 사정은 과연 어떠한가. 일부 국회의원이 고급 술집에서 그 종사자들에게 심한 욕설을 퍼붓는 일을 비롯하여, 며칠 전엔 동석한 여성 민간인의 젖가슴을 불쑥 움켜지는 불미스런 일이 벌어지고 있다. 또 국무총리는 국가적으로 다급한 일이 발생한 상황에서도 기업인들과 어울려 골프 치느라 여념이 없었다니 어디 될 말인가.

이러한 한심한 작태는 노무현 대통령에게서 기인하는 바가 실로 크다. 지난 6.15 선언 3주년 기념식이 열리던 날, 비가 주룩주룩 내리는데도 불구하고 골프 삼매경에 빠진 채 참석하지 않았으니, 그 휘하의 총리 및 일부 장관들의 골프 삼매경에 대해 무어라 질책할 수 있겠는가. 아울러 기상 관측 이래 가장 강력한 태풍이 나라를 온통 휩쓸고 있는 상황에서도 대통령은 그 가족과 함께 태평하게 오페라 관람을 하였으니 더 말해 무엇 하겠는가.

나라꼴 돌아가는 사정이 이렇듯 어지럽고 구역질나는 지경에 처해 있으니, 무슨 수로 국민 일반에게 인간의 도리를 다할 것을 주문할 수 있겠으며 또 무슨 염치로 국민으로서의 책임과 의무를 강조할 수 있겠는가. 더욱이 이러한 일이 어쩌다 한 번 벌어진 실수가 아닌 잊혀질만하면

튀어나온다는데 그 문제의 심각성은 더하다. 세간에서 유행하는 말처럼 정말 국민 노릇 해먹기 어려운 것도 사실인 듯하다.

주문하거니와, 정치권이 불혹과 부동심을 발휘할 수는 없다 해도, 적어도 국가를 경영하는 막중한 자리에 있느니 만큼 그 신분에 맞는 최소한의 예는 갖춰주기를 바란다. 그래야 국민의 마음도 움직일 수 있게 되는 것이며, 국가 역시 미래를 향한 발전의 동력을 얻을 수 있으리라 여기기 때문이다.

2006년 3월 2일

무슨 염치로 참여와
개혁을 입에 무는가?

어제 보도된 기사 두 꼭지가 온 종일 가슴을 짓누른다. 구치소에 수감되어 있던 한 여성 재소자가 스스로 목숨을 끊으려 했다는 것과, KTX 여승무원들에 대한 도무지 납득할 수 없는 처우가 그것이다.

관련 소식에 따르면, 서울 구치소 교도관의 성추행을 무마하기 위해 상급 교정 당국까지 나서 사건을 축소 · 은폐하려 했으며, 이도 모자라 피해 여성에게 오히려 책임을 덮어 씌우려했다는 것이다. 그 뿐 아니라 "피해를 입증해 줄 증인이 있느냐?", "너만 힘들어진다"라는 식으로 회유 · 협박했다고 하니 도무지 눈과 귀를 의심하지 않을 수 없다.

얼마나 기가 막히고 원통했으면 자신도 모르는 사이에 소변이 나오는 상황에까지 이르게 되었을까. 정신 분열 증세까지 보였는데도 구치소 측이 이를 숨기다, 가족 면회 때 비로소 진상이 밝혀졌다고 하니 아연 말문이 막힌다. 또한 가족들의 입원 치료 요구를 묵살한 채, 통원 치료만을 허용하다 자살 기도에 이르게 했다니 통분을 금할 수 없다.

사정은 철도 공사도 예외가 아닌 듯하다. KTX 여승무원들에게도 성희롱 문제는 심각한 수준인 것으로 드러나고 있으며, 심지어는 보건 휴가마저 제비뽑기를 해서 가야 하는 절박한 처지에 놓여 있다고 한다. 또한 "피가 철철 흘러 넘쳐도 일은 해야 되는 것 아니냐"며 인간적 모멸감까지 받았다고 하니, 참으로 해괴하고 망측스런 일이 아닐 수 없다.

신입 사원에게 지급되는 유니폼마저 기존의 헌 옷을, 그것도 자기 돈을 들여 수선하거나 세탁해 입으라고 한다니 세상 천지에 이런 일도 있을 수 있는가 싶다. 더더욱 당혹스런 일은, 이들의 신분이 철도 공사가 위탁 도급하고 있는 자회사 소속의 비정규직 사원으로, 해당 위탁 회사에서 여승무원의 급여 가운데 30% 가량을 관리비 명목으로 떼어 가는 실정이라고 한다. 한 마디로 남의 피땀 어린 노동의 대가를, 그것도 국영 기업이 앞장 서 착취하고 있는 셈이다.

교정 당국을 지휘 감독하고 있는 정부 부처가 법무부다. 이곳의 수장이 천정배 장관으로, 그 누구보다 목청껏 개혁을 주창한 장본인이기도 하다. 철도 공사의 이철 사장 또한 민주화 운동의 화려한 전력의 소유자다. 그런데 작금 국민 일반의 인식은, 그 혹독하던 군부 독재 시절과 하등 다를 바 없는 썩어 문드러진 냄새를 고통스레 맡고 있다.

참여 정부를 표방하고, 또 숱한 개혁 과제를 제시했던 노무현 정권이다. 그런데도 오늘 우리의 삶과 의식은 과연 어느 시대 상황으로 회귀되기를 강요받고 있는 것인지, 절로 장탄식이 터져 나온다. 아울러 같은 하늘 아래 이런 극악한 일이 발생하고 있는데도 도대체 무슨 염치로 지금껏 참여 정부를 표방하고 또 개혁을 운운하는지 자꾸만 두려운 마음이 엄습한다.

기억할 것은, 오늘의 역사가 그대로 거짓 없이 기록되리라는 점이다. 그리고 우리가 피차 고난의 짐을 함께 나누어지고 가지 않으면 안 되는 인간이라는 명백한 사실이다. 또한 그 존엄의 푯대 위에서 너와 내가 결코 다르지 않다는 순박한 깨우침이다. 낮은 곳으로부터 새어 나오는 일상의 서럽고 고단한 호곡 소리에 귀 기울일 수 있기를 촉구한다.

2006년 3월 4일

노무현 권력
그 이후에 대한 궁금증

노무현 정권 1년여를 남겨 놓은 시점에서 매우 씁쓸한 여론조사 결과가 나왔다. 이를 간추려 보면, 노 대통령 잘한 일 없다(67%), 경제 어렵다(78%), 시국 불안하다(72%), 5년 전보다 부정부패 늘었다(65%)고 응답한 것으로 조사되고 있다. 여기에 집권 여당인 열린우리당 지지율은 고작 9%의 수치를 보이고 있다. 그들의 태동에서 보여준 악랄하고 야비하기 이를 데 없는 작태를 통해 애초 예견된 일이기는 했지만 그러나 이러한 참담한 결과 앞에서 당혹스런 마음 또한 감출 길이 없게 된다.

그런데 가장 눈길을 끄는 대목은 다름 아닌 부정부패 지수다. 참여정부 들어 입버릇처럼 쏟아내던 대통령과 집권당에 의한 선명성과 도덕성 우위에 대한 강조였음을 돌이켜 본다면, 이와 같은 국민 여론에 대해 당사자들은 스스로 혀를 깨물고 자결해도 모자랄 일이다. 그나만 사정이 좋아진 점이 있다면 시국 불안에 대한 국민 여론이 노 정권 출범 초기의 80%에 비해 다소 떨어졌다는 것이다. 이를 반추해 보면, 노 대통령의 막말과 깽판 같은 정치행태가 다소 시정되었다는 의미로 풀이된다.

지난날을 돌이켜보자니 참으로 깊은 자괴감이 들지 않을 수 없다. 개혁과 참여를 목청 돋우며 온 나라를 휘젓던 노무현 정권과 여당 인사들의 면면이 줄줄이 오버랩 된다. 풋내 펄펄 풍기며 난해하기 이를 데 없는 나라꼴을 만들어 놓은 것도 그렇거니와, 온갖 위선으로 국민을 기만한 파렴치한 정치 행태 또한 그렇다. 이를 떠올리게 되면 도무지 정치판

혹은 정치인에 대한 믿음이 들지 않는다. 더더욱 자신만이 지고지선이라며 목청 돋우려는 사람에 대해서는 우선 경멸어린 방어벽부터 치게 된다.

정치를 보는 시각이 냉소적으로 변하고 있다는 반증이다. 어쩌면 정치적 무관심으로 표현되는 게 더 타당한 말일지도 모른다. 당연히 옳지 않은 현상임에 분명하다. 그러나 이는 어떤 한 개인의 문제로만 국한되는 것이 아닌, 국민 인식 저변에 깊숙이 뿌리 내리고 있다는 데 그 문제의 심각성이 더한다. 우리 정치의 올바른 방향 설정에 있어서 참으로 우려되는 급박한 현실이라 아니할 수 없다. 마치 프랑스 쟈코뱅 정권의 처참한 몰락과 그 와중의 허탈한 군중 심리를 읽어가는 듯하다.

최근 대만에서는 총통 퇴진 시위가 연일 계속되고 있고, 급기야 태국에서는 군부가 쿠데타에 성공했다. 이러한 세계 국가 내에서의 예기치 못한 상황을 목도하면서 얻는 교훈은, 무능한 최고 통치자 혹은 권력이라면 최소한 도덕적 순결성이라도 갖추고 있어야 한다는 점이다. 더욱이 군부 독재에 대해 맞서 싸운 전력이 있는 정치인이라면, 우리 역사 발전의 순방향을 위해서라도 이를 뼈에 새길 수 있어야 한다. 이래저래 노무현 권력 그 이후에 대한 궁금증이 날이 갈수록 더하는 요즘이다. 참으로 살 떨리는 일이 아닐 수 없다.

2006년 9월 23일

親盧 살생부 없는
정계 개편은 사기극

노무현 정권 4년여 동안 손에 꼽을만한 치적이 과연 단 한 가지라도 있는 것인지 헤아려들게 되지만 도무지 기억되는 게 전무하다. 오히려 지속적인 경제악화, 심화되는 양극화, 높은 자살률, 심각한 청년실업, 치욕스런 국제외교, 팽배한 사회갈등, 널뛰는 부동산 등을 비롯해 그야말로 나라꼴이 날로 쑥대밭으로 변해가고 있는 상황이다.

근래 인구 사이에서 오픈 프라이머리(완전국민경선제)라는 말이 크게 회자되고 있다. 집권 여당에서 나오고 있는 말로, 내년 12월에 있을 대통령 선거를 앞두고 뭔가 깜짝쇼를 선보이겠다는 것이다. 국회 과반 가량의 의석을 차지하고 있고, 그것도 온갖 프리미엄을 안고 있는 명색이 집권당이란 곳에서 차기 대선 후보 한 사람 제대로 내지 못한 채 꼼수를 부리고 있으니, 그 호떡집 불난 듯한 속사정을 극명히 들여다 볼 수 있는 대목이다.

일말의 양심이 남아 있는 자들이라면 어찌 내년 12월에 있을 대선 걱정을 할 수 있으랴만, 저들의 몰염치하기 이를 데 없는 인면수심을 생각하게 되면 참으로 권력의 단맛이 좋긴 좋은 것이라는 생각마저 든다. 그러나 노무현 대통령과 그 친위 홍위병들이 함께 하는 한, 싸늘히 돌아선 여론을 돌이키기엔 이미 한계 상황에 처해 있는 듯하다. 이것이 고작 한자리수 지지율을 나타내고 있는 盧 대통령과 열린당에 대한 냉혹한 국민적 시선이다.

그렇다고 제 1 야당인 한나라당 역시 작금의 나라꼴에 대한 면죄부 시혜를 줘도 괜찮다는 식의 국민적 시각도 아닌 듯하다. 대통령과 정부 여당의 무능하고 무책임한 작태에 대해, 한나라당 또한 별반 다르지 않은 모습으로 대처해 왔다는 점을 자각할 수 있어야 한다. 어떤 결과에 대한 문책이 결국 대통령과 정부 여당으로 귀결된다는 점을 고려할 때 그리고 여당의 대선 주자가 전무한 상태임을 감안한다면, 현재 나타나고 있는 한나라당의 박근혜, 이명박 씨 등에 대한 선호도 수치에도 일정 부분 거품이 작용하고 있음을 깨달아야 한다.

언론 보도만으로도 알 수 있듯, 언제부터인가 정치권 깊숙이 정계 개편 논의가 이뤄져 왔음은 주지하는 바와 같다. 국가 경영에 일천한 자들이 권력을 독점하기 위해 온갖 파렴치한 술수와 모략으로 열린당을 창당할 때부터 어쩌면 예견된 일이었는지도 모른다. 그리고 그것의 방향성에 대한 것이 현재 여권을 비롯한 정치권 일각에서 나타나고 있는, 즉 노무현 대통령과 그 주변머리 없는 똘마니들을 끌어안고 갈 것인지, 아니면 노무현 대통령과 그 일당을 배제하고 갈 것인지를 놓고 설왕설래 중이다.

이 대목에서 매우 흥미로운 사실은, 기간 당원의 의사 결정 과정이 전혀 작용할 수 없게 된다는 점이다. 정당 민주화를 실현하겠다던 열린당의 창당 정신과는 완전히 배치되는 지경에 처한 것이다. 그런데 더더욱 흥미로운 점은, 애초 기간 당원에 의한 상향식 정당 민주화를 실현해야 한다며 고래고래 목청 돋우던 유시민 등과 같은 제씨가 도대체 어찌된 영문인지 아예 말문을 싹 닫고 있다. 얄팍하고 치졸하기 이를 데 없는 그들의 의문스런 태도가 무척이나 궁금치 않을 수 없다.

물론 한나라당의 일당 독재를 제어하기 위한 수단으로서 그리고 역사 발전의 새로운 축을 쌓는다는 의미로서의 정계 개편은 바람직한 측면이 있는 것도 사실이다. 그러나 분명히 기억해야 할 점은, 책임 정치의 구현이란 측면에서 작금의 난국에 대해 누군가는 그 화살을 피해갈 수 없다는 명명백백한 여론의 따가운 질책이다.

따라서 노무현 대통령과 그 친위 똘마니들을 비롯한 사이비들은 열린당에 그대로 존속하는 것이 마땅하다 하겠다. 그리고 무수히 쏟아지는 서민대중의 분노에 찬 돌팔매를 맞고 처참한 정치적 최후를 맞아야 한다. 그럼에도 꼭 필요하다면 열린당 인사 가운데 역량 있는 자원은 끌어모아야 한다. 이를 토대로 새로운 판짜기어 들어가야만 국민적 동의도 얻을 수 있게 되는 것이며 아울러 성과도 낼 수 있게 된다.

이를 위해서는 반드시 살생부가 필요하다. 세치 혀로 국민을 기만하고 나라꼴을 아사 상태로 내몰고간 잘못에 대해 어떠한 형태로든 그 죄과를 물어야만 향후 이와 같은 어지러운 난국이 재현되지 않는 까닭이다. 한 마디로 親盧 살생부 없는 정계 개편은 사기극이라는 것이다. 그리고 그 중심에는 맑으나 뜨거운 가슴으로 분노할 줄 아는 바로 민초들의 몫으로 굳세게 자리매김 되어야 한다.

2006년 10월 5일

盧 대통령과 정치권
그리고 언론의 단세포적 반응

북한 당국이 조선중앙통신을 통해 이번 자신들의 핵실험이 성공적으로 이뤄졌다고 타전했다. 이에 노무현 대통령은 일본 아베 총리와의 정상회담 직후 가진 기자회견에서 "대북 포용정책을 계속 주장할 수 없는 상황"이라며 그 특유의 조급하고 단세포적인 입장을 여실히 드러냈다. 정부 당국 또한 盧 대통령의 말이 떨어지기 무섭게 "북한에 대한 인도적 차원의 수해복구 지원도 즉각 중단하겠다."며 호들갑을 떨고 있다.

정치권을 비롯한 언론 또한 별의별 오도 방정을 떨며 북한 당국을 비난하기에 급급한 모습이다. 제 1 야당인 한나라당을 비롯한 극우 언론의 태도는, 한반도에서 즉각적이고 전면적인 전쟁이라도 발발할 것처럼 여론을 왜곡 날조하느라 광분한 모습이다. 이러한 사정은 여당도 크게 다르지 않다. 북한의 핵실험에 대한 열린당 분위기를 한 마디로 요약해 보면 "절대 용납할 수 없는 도발적 행위"로 규정, 마치 북한과 피비린내 나는 전쟁이라도 치러야만 하는 것처럼 국민의 불안 심리를 부추기고 있다.

북한 핵실험의 성공 여부에 대한 진위 파악조차 제대로 이뤄지지 않은 상태에서, 대통령을 비롯한 정부 당국은 물론이고 정치권 다수가 이리 경거망동을 일삼으며 동족간의 전쟁을 획책하는 듯한 태도를 보여서야 어디 될 말인가. 그리고 북한의 핵실험이 설혹 성공했다고 확증할 수 있을만한 어떤 단서가 포착된다 하더라도 남한 사회가 지금처럼 요동치며 부산을 떨어야 할 이유는 사실상 없다. 이는 민족 문제 전체적인 맥락과 그리고 미래의 한반도 군사방위 전략이란 측면에서 따져 봤을 때, 북한의 핵 보유에 대해 잃는 것보다는 오히려 얻는 게 많다는 점을 자각할 수 있어야 한다.

한반도 내에서의 핵무장에 대해 가장 경계하고 두려워해야 할 대상은 기실 따로 있다. 바로 초강국 일본과 중국이 그 가장 우선순위에 해당된다. 그리고 러시아 정도가 불편한 심기를 갖는 것이 타당하겠다. 우리 역사가 중국과 일본으로부터 숱한 침탈을 겪으며 오늘에 이르고 있음을 뼈에 새길 수 있다면 작금 벌어지고 있는 해괴하기 그지없는 정치권의 작태가 참으로 개탄스러운 일이라 아니할 수 없다. 한반도가 제 아무리 문명을 숭상하며 세계국가의 평화를 위해 노력하고 또 경제적인 부를 누린다한들, 바로 인접한 외세의 힘을 앞세운 침략 전쟁에 의해 유린당하게 된다면 한낱 무용지물이 되기 때문이다.

이러한 맥락에서 본다면 한반도의 핵 보유에 대해 미국도 그다지 큰 거부감을 나타낼 일만은 아닌 듯하다. 동북아에서의 영토 확장이 무의미한 미국 입장이라면, 남한을 비롯한 북한 그리고 향후 통일한국과의 외교적 관계만 적절히 유지하게 되면 중국과 러시아의 태평양 진출 야욕을 유효하게 차단할 수 있게 되기 때문이다. 아울러 날로 군사 대국화되고 있을 뿐만 아니라, 국민적 성향 또한 깊숙이 우경화되고 있는 일본에 대한 잠재적 방어력도 함께 확보하게 되는 셈인 까닭이다. 미국으로서는 그야말로 손대지 않고 코 푸는 격이다.

물론 이것은 하나의 가정이다. 그리고 외교적으로도 어느 특정 국가에 대해서는 적대적이어야 한다거나 혹은 우호적이어야 한다는 것을 말하려는 의도도 아니다. 다만 역사적 교훈을 통해 보다 거시적 관점에서 민족 공동체가 처한 오늘의 현실과 그리고 미래를 조망해보자는 것이다. 이를 냉엄히 짚어봄으로써 주변 강국인 중국의 최근 동북공정 획책은 물론이고, 잊을만하면 불거지는 독도에 대한 일본의 우려스런 망동 등, 결코 예사롭지만은 않은 한반도의 앞날에 대해 지혜로운 대처 방안을 찾아가자는 것이다. 그 해법 중의 하나가 한반도의 핵보유를 통한 가장 막강하고 실질적인 전쟁 억지력이 될 수 있다는 점이다.

오히려 문제는 남한 내에서의 낡고 쇄락한 정치 집단, 여기에 친일파 혹은 반민족적 정서를 지닌 냉전주의자들과 그리고 그들이 주도하고 있는 언론과 각종 사회적 시스템을 통한 끊임없는 불안감 조성이다. 이를 통해 정치적 이득을 누린다거나 혹은 기득권을 강화하려는 데 그 사태의 심각성은 더한다. 또한 이에 무분별하게 부화뇌동하며 반지성적인 행동을 획책하는 일부 그릇된 국민의식이다. 이들의 한결같은 표면적 이유는 북한이 정치적으로 불안하고 또 자정능력이 없는 미숙한 집단이기 때문에 언제든 핵공격을 단행함으로써 남한 사회가 불바다가 될 것이라며 윽박지른다. 이에 대해 이의를 제기하는 사람에 대해서는 친북이니 빨갱이니 하는 딱지를 붙이고선 아예 정상적인 의사소통마저 원천봉쇄한다.

사실 북한에 비해 정치·경제적으로 더 나을 바 없는 파키스탄도 핵을 보유하고 있다. 이를 통해 인접국이며 같은 핵보유국인 인도의 위협을 사실상 차단하고 있다. 인류애를 통한 지구촌의 평화구현이라는 측면에서 보자면 대단히 불행한 일임에 틀림없다. 그러나 파키스탄이 핵을 보유하지 않은 상태였다고 가정한다면, 인도와 파키스탄간의 살육전이 틈만 나면 전개되었을 개연성이 매우 높다. 혹은 지루한 전쟁 끝에 파키스탄이 인도의 영토로 편입되었거나 또는 속국으로 전락하고 말았을 것이다. 그러나 파키스탄이 핵무기라는 막강한 물리적 힘의 균형을 갖춤으로써 오히려 그 두 나라 사이에 상호 공존과 평화가 유지되고 있다. 이는 스스로를 지킬 수 있는 방위력이 있어야만 외세로부터도 자유로울 수 있다는 점을 잘 입증하고 있는 셈이다.

그렇다면 우리의 경우를 들여다보자. 해방 이후 외세의 꼭두각시놀음 하느라 동족간의 살육전을 치렀던 때가 고작 반세기 조금 전의 일이다. 그리고선 그들 외세의 힘에 의해 곧장 남북으로 갈라진 채 서로 으르렁대며 오늘에 이르고 있는 것이 숨길 수 없는 한반도의 슬픈 자화상이다. 그런데 이젠 그도 모자라 북한마저 둘로 쪼개놔야 직성이 풀리겠단 말인가. 북한과 국경을 맞대고 있는 중국은 물론이고 미국 역시 북한 핵 제거라는 서로간의 이해타산이 잘 얽혀 있는 급박한 요즘 상황이다. 이는 미국과 중국이 작당하면 언제든 북한을 불바다로 내몰 수 있다는 얘기다. 그리고 그로인해 우리가 얻을 수 있는 것은 또 다시 한반도가 세계열강의 놀이터로 전락된다는 것이다.

대통령을 비롯한 정부 당국 그리고 정치권 다수에서 한 목소리로 터져 나오고 있는 작금의 우려스런 언동에 대하 비통한 마음 지울 길이 없다. 이와 함께 전쟁을 부추기는 듯한 언론의 보도 태도 역시 경악을 금치 못할 사안이다. 어쩌면 일본·중국·미국이 가장 좋아할만한 재료를 실시간으로 여기저기서 짖어대고 있는 꼴이니 만고의 역적이 따로 없는 셈이다. 참으로 괘씸하고 통탄할 일이 아닐 수 없다.

2006년 10월 10일

이건희 회장 방패막이로
전락한 국회 재경위

국회 국정감사가 열리는 첫 날, 재경위 전체회의장 풍경은 그야말로 허가 낸 도적들이 자리를 꿰차고 있는 듯한 형국이다. 다름 아닌 삼성그룹 이건희 회장에 대한 고발안건과 증인채택안건이 모두 부결처리된 것이다.

이건희 회장은 1998년 기아자동차 사태 개입 및 삼성자동차 채권 보전 문제와 관련, 작년 10월 초순경에 이미 국감증인으로 채택된 바 있다. 그러나 당시 신병 치료를 이유로 미국에 체류하며 국회출석 요구에 불응하였었다.

새삼 돈다발의 위력을 유감없이 발휘한 셈이었고, 국가의 대의기관인 국회는 그야말로 재벌 회장님의 안하무인 앞에서도 무슨 연유에선지 손을 놓고 있었다. 그런데 이번엔 훌쩍 더 나아가 국회 차원에서 이를 아예 원천 차단해 준 것이다.

이로 인해 이건희 회장의 2005년 국감증인 불출석에 대한, 그것도 만 1년이 지난 후에야 검찰에 고발하겠다는 늑장대응도 이미 산 넘고 물 건너간 듯하다. 아울러 이번 국감장에 증인으로 출석시키는 것 또한 마치 가을 서리에 나뭇잎 꼴이 된 듯하다.

한 때 크게 유행되었던 "그대 앞에만 서면 나는 왜 작아지는가."란 대중가요 노랫말이 문득 머릿속을 어지럽게 스친다. 도대체 재경위 소속 의원나리들께 무슨 말 못할 사정이 그리 깊었던 것인지 의아스럽기 짝이 없는 대목이 아닐 수 없다.

이건희 삼성그룹 회장 고발안건에 대한 국회 재경위 소속 의원들의 기립표결을 보면, 찬성(7명), 반대(3명), 기권(8명)인 것으로 나타났다. 이 가운데 기권의 경우에도 암묵적인 반대의견이나 매양 다르지 않은지라, 결국 7명의 의원만이 찬성하고 그 외 11명의 의원은 반대한 셈이다.

이를 정당별로 살펴보면, 고발에 찬성한 경우는 열린당(4명), 한나라당(1명), 민주당(1명), 민노당(1명)이며, 고발에 반대한 쪽은 열린당(2명), 국중당(1명)이다. 그런데 여기서 더욱 아리송하고 그 속이 훤히 들여다보이는 것은 바로 기권한 의원들로 열린당 (6명), 한나라당 (2명)이다.

또한 이건희 회장 증인출석에 대한 표결에 있어서도 찬성 3명, 반대 2명, 기권 8명으로 나타났다. 특히 한나라당 소속의원 10명 의원 가운데 8명은 아예 표결조차 참여하지 않았다니 그 꿍꿍이속이 참으로 궁금타 아니할 수 없다. 결국 증인출석에 찬성한 의원은 고작 3명뿐이었는데 반해, 그 외 다수 의원들은 기권하거나 또는 슬금슬금 자리를 뜸으로써 반대의사를 행사했다는 뜻이다.

이를 빗대 국회 재경위 국감장에서 나온 꿎몇 의원의 뼈아픈 발언이 가슴을 친다. 먼저 증인출석을 주도한 민노당 심상정 의원의 역설로 "여러 동료의원들의 고충을 덜어드리고 재경위의 참담한 위신을 감안해 신청한 증인 모두를 철회하겠다."는 말이다. 그 담긴 속내를 뜯어보면, 참으로 썩은 재경위란 말로 해석해도 과언이 아닐 듯싶다.

여기에 민주당 김종인 의원의 일갈로 "국회에서 증인을 채택하더라도 이를 거부하는 사람들은 대개 권력이 있거나 힘이 있는 사람들", "제대로 된 처벌이 이뤄지지 않으면 굳이 국회에 누가 나오려고 하겠는가."라는 원로 경제통의 의미 깊은 질책이다. 국회를 비롯한 우리사회 권력 심장부의 비뚤어진 자화상을 잘 웅변하고 있는 대목임에 분명하다.

국정감사 첫날 드러난 국회 재경위의 행태를 통해, 과연 국회 재경위가 도대체 뭘 하는 곳인지 되묻지 않을 수 없다. 정부 재정과 국가의 경제정책을 살피며 이를 심의하고 검토하는 곳인지, 아니면 재벌그룹 회장님 구하기의 특명을 받고 국회에 파견된 방패막이들인지 그 정체가 묘연할 따름이다.

2006년 10월 14일

배신은
또 다른 배신을 낳는다

각종 여론조사에서 나타나고 있는 반향을 살펴보면, 盧 대통령과 열린당에 대한 지지율이 날로 하향곡선을 그리고 있다. 그리고 최근에는 그 존립근거마저 무색케 하는 수치를 보임으로써 이미 회복불능의 상태로 접어들고 말았다.

이와 함께 열린당 내부에서도 지난 민주당 분당이 잘못된 선택이었다는 반응들이 공개적으로 새어나오고 있다. 북핵문제 대처방안을 놓고서도 盧 대통령과 각을 세우는 목소리가 드세게 일고 있다. 마치 난파당한 뱃전에서 이리저리 살길 찾는 생쥐 떼를 보는 듯하다.

물론 당시 민주당이 그 내부적으로 적잖은 문제점을 안고 있었음을 부인할 수는 없다. 비록 연속 집권에 성공한 민주당이었지만 반드시 개선되어야 할 점도 있었기 때문이다. 아울러 이는 유감스럽게도 현재 진행형인 민주당의 어긋난 모습이기도 하다. 따라서 민주당도 변화되지 않으면 안 되는 절박한 상황에 처해 있는 것 또한 부끄러운 사실이다.

그러나 자신을 대통령으로 낳아 준 정당을 온갖 악랄하고 혹독한 방법을 동원하며 난자한 채 열린당을 창당한 것이 옳았는지에 대해서는 여전히 윤리적으로 용납키 어려운 것 또한 숨길 수 없다. 별의별 해괴한 정치 공세를 앞세우며 자신들 발아래 엎드린 사람은 어느 날 갑자기 개혁의 전도사로 둔갑하고, 분열 없는 개혁을 단행하자던 인사들은 바로 그 순간 구태 혹은 수구 정치인으로 매도되는 기막힌 현상이 백주 대낮에 아무렇지도 않게 벌어졌다.

盧 대통령 당선 4년여가 되어가는 지금, 그렇다면 그들이 그토록 목청 높여 주창하던 제반 개혁과제 아울러 깨끗한 정치실현을 비롯한 구태정치 청산에 대한 성과물은 과연 무엇이 담겨있는지 그리고 이에 대해 당당하고 떳떳한 모습으로 답할 수 있는 이가 도대체 몇 명이나 되는지 가슴에 손을 얹을 수 있어야 한다.

오히려 열린당 내부적으로 구태정치는 확대 재생산되고 있으며, 흑색비방 및 금품타락 선거와 같은 얼룩진 행태를 지난 재보궐을 통해 지속해서 보여줬다. 또한 제반 개혁과제 역시 말만 무성했을 뿐, 정작 실제 나타난 정책에 있어서는 오히려 한나라당보다 못한 경우도 있었으니 더 말해 무슨 소용이 있겠는가.

그들의 기만책동이야 그 태동부터 훤히 들여다보이는 대목이었지만, 이제 그들 입을 통해 그것도 집권 채 4년도 되기 전에 만천하에 공표되고 있다. 국민들로부터 버림받고 이제 권력의 끈마저 떨어진 것이나 매양 다르지 않은 盧 대통령을 짓밟으며 자신들 목전의 이익인 정치생명 연장을 꽤하고 있을 뿐이다.

그래서 배신은 또 다른 배신을 부르는 것이다. 그러나 이 와중에서도 盧 대통령은 할 말이 없을 것이다. 아니 하고 싶어도 할 수가 없는 것이다. 그 스스로가 배신의 원흉인지라 이에 대해 항변하는 순간 바로 코미디가 되기 때문이다. 다만 약육강식이란 정글의 법칙만이 본능적으로 살아 꿈틀대고 있을 뿐이다.

모름지기 인간은 그 사귐에 있어서 기본적으로 신의를 갖춰야 한다. 신의로 맺어진 관계는 잦은 고난과 고통 속에서도 동고동락을 함께 할 수 있지만, 그러나 권력욕이 바탕이 되었거나 혹은 강압적인 수단에 의한 경우에는 결국 권력의 끈이 떨어지면 그 둘의 관계는 파산되고 만다.

주군을 위해 한 때는 목숨이라도 바칠 듯 갖은 재롱을 떨며 권력을 탐하던 그들이었건만, 이제 막바지 벼랑에 이르자 대통령의 면상을 향해 정면으로 칼을 뽑아든 여당 내부 모습이다. 결국 노무현 자신도 배신의 쓰라린 역풍을 맞고 있는 것에 지나지 않는 것이다.

그러나 어찌하랴, 자신을 대통령으로 당선시켜 준 지지자들을 배신한 데 따른 아직은 하나의 맛보기에 불과한 것을. 그리고 국정을 농간하고 국민을 향해서는 숱한 거짓과 공갈 협박을 일삼은 데 대한 하나의 신호탄에 불과할 뿐인 것을. 권불 5년이 무상타 아니할 수 없다.

2006년 10월 15일

'도로노무현당'은 필망으로의 지름길

내년 12월이면 대통령 선거가 치러진다. 대선이 끝난 지 채 4개월이 되기 전에 총선이 치러지게 된다. 대선으로 가는 서막이 오름과 동시에 이른바 정치의 계절이 도래한 시점이다. 개별 정치인을 비롯한 정당 관계자들 또한 분주한 셈법에 돌입해 있는 정국이다.

특별히 집권 여당인 열린당 사정은 더욱 급박한 듯하다. 한 자릿수 지지율에 따른 민주당과의 통합 혹은 자신들만의 리모델링이니 하며, 이런 저런 정치적 수사를 동원하는 것이 이를 단적으로 웅변하고 있다. 어떻게든 정치생명을 연장해보겠다는 심산에서다. 그런데 그 아등바등 허우적대는 꼴을 보자니, 스스로의 잘못에 대한 애끓는 반성은 전혀 없이 오직 헤게모니 다툼에만 혈안이다.

태동 당시엔 100년 정당을 이어갈 것이라며 호언장담하던 얼치기들의 불장난이 불과 3년여 만에 공염불이 되고 만 것이다. 정계 개편 방향에 대해서도 이제 그들 내부적으로 고성과 삿대질까지 오가는 지경이라니, 필시 어딜 가나 분란만을 일삼는 유전인자로 똘똘 뭉친 자들이 분명한 듯하다. 혈기만 충만한 채 대안은 전무한, 마치 고만고만한 도토리들이 서로 잘 났다며 키 재기하는 것과 무에 다르다 하겠는가.

애초 서민과 중산층 팔아 대통령도 해 먹고, 또한 국회의원도 해 먹은 그들이다. 그런 그들이 오히려 중산층의 사소한 여유마저 빼앗아 청와대 샥스핀 파티를 즐기고, 그도 모자라 서민의 피눈물을 착취해 자신들만의 잔칫상을 차렸으니 그 사무친 원한이 하늘에 맞닿아 있음이라. 하기야 변변한 대선 주자 한 사람 내세우지 못한 채 사분오열되고 있는 형국이니 세세토록 지탄받을 일이 따로 없겠다.

경고하거니와, 민주당과 열린당이 물리적 통합을 하게 되는 순간 전 국민적 조롱에 직면하게 될 것임이 자명하다. 광주, 전남, 전북에서야 울며 겨자 먹기로 표를 줄 수 있을지 모를 일이지만, 그러나 여타 지역에서는 전멸에 가까운 성적표를 받아들게 될 것이다. 왜냐하면 무능하고 무책임한 '도로노무현당'으로 낙인찍힐 것이 뻔하기 때문이다.

툭 터놓고 솔직하게 말해보자. 지금 현재 열린당하면, 사람들은 곧장 무능하고 독선적이며 즉흥적인 노무현당을 떠올리게 된다. 호남 민심도 이젠 대체적으로 노무현 대통령하면 바로 김영삼 전 대통령의 좌충우돌 쯤으로 깊이 인식해가고 있다. 이를 빗대 노영삼이라고 지칭하는 데 주저하지 않을 정도니 갈 때까지 간 것이 아니고 무엇이겠는가.

이를 명확히 꿰뚫어 볼 수 있다면, 우리는 노무현 대통령과 유시민 의원을 비롯한 악질 분당 주도 세력을 과감히 내쳐야 한다. 아울러 친노 직계세력에 대해서도 준엄한 정치적 사형 선고를 내려야 한다. 누군가는 이 잘못되고 어긋난 현상에 대해 반드시 책임을 져야하기 때문이다.

사람들 눈에 무능한 집단 혹은 철면피 집단으로 취급받는 이들과 그저 몸집만 합친다고 해서 그에 대해 국민이 동의해 줄 것이라는 망상은 일찌감치 버리는 것이 좋다. 바로 그 순간 3류 코미디만도 못한 희대의 사기극으로 전락하고 말 것이다. 그 얄팍함을 국민들 또한 훤히 꿰뚫어 볼 줄 알기 때문이다.

나무도 가지를 쳐내야만 더 크고 올곧게 성장하지 않던가. 그런지라 오히려 묵은 체지방을 줄인다는 자세로 임할 수 있어야 한다. 그런 결단 없이는 모두가 함께 죽는다. 썩어 바스락거리는 나무에 조각할 수 없고,

갈기갈기 찢어진 튜브에 백 날 풀칠해봐야 말짱 도루묵이 된다는 뜻이
다.

　거듭 강조하거니와, 노무현 대통령과 유시민 의원을 비롯한 친노 마
피아 세력 그리고 여기에 악질 분당 세력을 선별 구분해 격리시켜야 한
다. 그런데도 이의 선결 없이 민주당과 열린당이 물리적으로 통합하는
순간, 국민들 뇌리에는 곧장 "도로노무현당"으로 내몰린다는 냉혹한 현
실을 읽을 수 있어야 한다.

　그리고 잘못을 범한 정치인에게는 반드시 그 죄과를 물어야만 향후
이런 몰상식적이고 허무맹랑한 정치판이 재연되지 않는다. 이는 책임정
치 구현을 위해서도 지극히 상식적인 일에 속한다. 이를 기점으로 제 세
력이 보다 활발하고 유기적인 연대를 통해 평화개혁의 길을 가야만 성
공할 수 있게 된다.

　따라서 버릴 것을 버린 후, 민주-열린 제 세력이 새로운 지점에서 함
께 모여 노무현 대통령과의 분명한 차별성을 보여 줄 수 있어야 한다.
그래야만 국민적 관심을 이끌어 낼 수 있을 뿐만 아니라, 그에 따른 새
로운 판짜기 또한 급물살을 탈 수 있게 된다. 또한 다음 대선과 총선에
있어서 보다 의미 있는 결과를 낳을 수 있게 되는 것이다.

2006년 10월 31일

역린을 꽤하는 자에겐
반드시 죽음이 따르리니

장강은 말이 없되 끊임없이 도도한 자태로 일체를 흘러 보낸다. 단 한 순간도 멈추지 않은 채 스스로를 비우고 또 비우건만 그러나 기묘하게도 늘 충만함으로 자신의 근원을 지키며 제 갈 길을 간다.

만상은 그리 지나가는 강물이다. 제 아무리 한 시대를 풍미한 영웅호걸이라 할지라도, 결국은 되돌릴 수 없는 세월의 뒤안길에 묻혀 흐르고 또 흘러가게 되는 것이다. 그리고 그 빈자리엔 다시금 새로운 것들로 가득 채워지는 순환의 법칙이 인간사의 순명과 같은 이치다.

그러나 이러한 시대의 도도한 흐름을 거부하게 되면, 그곳엔 소용돌이가 일고 상흔이 남는다. 그럼에도 이 당연한 순리를 거부한 채 역린을 꽤하면 꽤할수록 부침은 크게 일게 되는 것이며, 그에 따른 괴리는 씻을 수 없는 참혹한 결과로 나타나게 된다.

작금 정치권 사정이 정계개편 논의로 시끌벅적하다. 그런데 참으로 해괴망측한 일은, 도무지 염치란 것을 모르는 사람이 적잖이 있다는 사실이다. 나라 말아먹은 것은 기본이요, 거기에 별의별 명목의 가렴주구를 통해 서민의 눈물어린 쌈짓돈을 착취한 그들이 또 무슨 권력에 대한 뻔뻔함이 남아 있다고 감히 서민대중과 정체성을 입에 담으며 귀 따가운 나발을 불어대는지 모를 일이다.

적어도 책임 있는 정치인이라면, 물러 설 때를 알아야 한다. 국민의 삶을 도탄에 빠트린 데 대한 일말의 양심이라도 남아 있는 자들이라면,

스스로 장강에 몸을 던져 조용히 정치적 최후를 맞아야 하는 것이다. 이것이 국가에 대한 최소한의 예의며, 더 나아가 역사에 대한 상흔을 한 치라도 줄이는 길이다.

그런데도 이의 단순한 이치조차 깨닫지 못한 채, 향후 전개될 정계개편에 있어서 무슨 주도권을 쥐어보겠다는 속셈인지, 아무래도 그 낯짝에 철판 용접을 한 모양이다. 가슴을 찢으며 참회해도 용서받기 어려운 판국에 어디 그리 함부로 천방지축 날 뛸 수 있더란 말인가. 참으로 무도하고 가당치 않은 행태를 일삼고 있으니 차마 하늘 부끄러워 도리어 말문이 막힌다.

그렇다하여 어디 순백의 영혼이 있으랴만, 그러나 독초는 반드시 가려내야 하는 법이다. 농부가 땡볕을 마다 않고 논에 나서는 이유가 어디에 있겠는가? 솎아낼 것을 솎아낼 때, 그만큼 전체 조직의 건강을 담보할 수 있기 때문이다.

바로 여기에 지금 우리 시대의 고민이 담겨 있어야 한다. 어떻게 가는 길이 정도이고, 또 보다 원활한 유기적 연대를 통해 거룩한 힘을 형성할 수 있는 지를 지혜롭게 선택할 수 있어야 한다.

오늘도 장강은 말없이 흐른다. 비워내고 또 비워내도 언제나 가득 채워져 흐르는 그 생성의 이치. 그렇듯 인재는 언제나 솟아나고 있기 마련이다. 이를 깨달을 수 있다면 어리석게도 숫자놀음에 연연해 할 상황은 아니다. 오히려 단호히 외칠 일이다. 쭉정이는 쭉정이일 뿐 결단코 벼는 아닌 것이며, 역린을 꽤하는 자에겐 반드시 죽음이 임하리란 것을.

2006년 11월 3일

범법자들의 편의적이고
자의적인 잣대를 경계하며

통합론이 무성하다. 이대로 가다간 내년 대선에서 한나라당에게 정권을 헌납할 수 있기 때문에 민주–열린 두 정당이 지난날의 잘잘못은 서로 묻어둔 채 합방을 해야 된다는 주장이다. 생리적으로 한나라당에 대한 반감이 강한 사람 입장에서 보자면 언뜻칭 그럴 듯하게 들릴 수 있다.

그런데 이를 조금만 비틀어서 생각해 보면, 민주–열린 통합론이 그 얼마나 파렴치하고 위험한 발상인지를 훤히 깨달을 수 있게 된다. 두 정당이 물리적 통합을 이루는 바로 그 순간, 한나라당의 즉각적이고 파상적인 공세에 직면하게 된다. 즉, 나라 말아먹은 사람들이 또 다시 대국민 사기극을 펼치고 있다는 비판에 시달리게 될 것이 분명하다.

그리고 이는 지역 정서 혹은 이데올로기적인 것으로부터 비교적 자유로운 입장을 취하고 있는 유권자들 눈에도 참으로 뻔뻔하기 이를 데 없는 사기극으로 비춰지게 될 것이 자명하다. 따라서 그 의도와는 달리 강력한 대국민 역풍에 직면하게 될 것이란 점이다.

솔직히 말해보자. 정치에 대한 작금의 국민적 정서는 지극히 단순하고 명료하게 파악된다. 내년 대선에서 노무현 정권을 심판하는 것이, 현재 다수 서민 대중이 갖는 삶의 유일한 희망으로 자리매김 되고 있는 판국이다. 이런 상황에서 한나라당을 안주거리 삼아 통합을 운운한다는 것이 그 얼마나 구상유치한 발상인지 스스로를 부끄럽게 여길 수 있어야 한다.

정계 개편은 많은 점에서 필요한 일임에 분명하다. 무엇보다 우선적인 것은, 향후 한나라당의 일당 독재 체제가 아무런 거리낌 없이 그대로 가동될 위험요소를 안고 있기 때문이다. 따라서 이를 제어할 정치적 필요가 현실적으로 존재해야 하는 것도 시대적 요청이 되고 있다. 그리고 이에 대해 이의를 제기할, 소위 평화민주세력 또한 별반 많지 않을 것이다.

그런데 문제는 그 방향성이다. 국가 경영을 파탄으로 내몰고, 서민의 삶을 질곡에 빠트린 대가로 호의호식을 누린 사람들은 반드시 그에 따른 응분의 책임을 져야 한다. 다수 서민의 서럽고도 고단한 피눈물의 대가로 권력을 향유한 데 대한 거부할 수 없는 국민적 공분을 충족시킬 수 있어야만 한다는 뜻이다. 이것이 노무현 대통령 이하 그 오합지졸들이 상용 말장난처럼 남발하던 책임 정치의 구현인 셈이다.

정계 개편, 오늘날 피할 수 없는 시대적 요구 사항인 것만은 분명하다. 그러나 이를 어떻게 지혜롭게 풀어나갈 것인지, 아울러 어떤 결단성 있는 선택을 취할 것인지는 이제 냉철한 시각으로 정국을 바라보는 선각자들의 몫이라 하겠다. 그것은 특별한 누군가의 요술 방망이가 아니라, 바로 조국의 미래를 고뇌하는 '너'와 '나'에게 주어진 지상 명령일 수 있음을 스스로의 양심에 부끄럽지 않게 각인해야 한다.

2006년 11월 26일

정치판이
개 취급 받지 않기 위해선

행자부 자료에 따르면 주택을 3채 이상 소유하고 있는 사람이 120여만 명에 달하고 있는 것으로 나타나고 있다. 이중에는 10채 이상, 심지어는 20채 이상 주택을 소유하고 있는 사람도 포함되어 있으니, 그 잉여 물량은 가히 상상을 초월하고도 남을 지경이다.

즉, 이들이 투기를 목적으로 소유하고 있는 주택 물량만 실수요자에게 공급된다고 해도, 작금의 민란 지경으로까지 내몰리고 있는 주택문제는 완전히 해결될 수 있다는 뜻이다. 그런데도 극히 일부를 제외한 정치권 전반에 무슨 말 못할 사정이 그리 깊은 것인지, 걸핏하면 공급 지상주의에 용적률 타령이나 외쳐대며 자꾸만 본질을 호도하려드는지 심각한 의구심을 갖지 않을 수 없다.

그나마 서울 근교에 더러 남아 있는 자연녹지마저 여기저기 난개발로 파헤쳐서 신도시를 만든다한들, 여기에 서울 도심 곳곳에 용적률 높은 아파트 숲을 수없이 짓는다한들, 토지는 제한적이고 그 물량 또한 한계점을 안게 되는 것이다. 더더욱 교통문제를 비롯한 생활환경은 자칫 도심의 슬럼화를 초래할 개연성이 다분한 까닭에, 용적률에 있어서도 분명한 한계를 지닐 수밖에 없다.

그렇다고 수도권 거주민에게 필요한 주택 물량을 강원도나 충청도에 지을 수도 없는 일이다. 상대적으로 더 먼 거리에 있는 호남 및 영남 지방은 차치하고라도 말이다. 결국 주택을 이용할 수 있는 수도권 실수요자에게 적기에 공급되어져야 하는데, 이 역시 물량이 제한적으로 공급될 수밖에 없다는 약점에 힘입어 돈 있는 사람이 마구잡이로 사들인다면 결국 깨진 항아리에 물붓기가 되고 마는 격이다.

따라서 우리의 좁은 국토 여건을 감안하고, 또 무엇보다 수도권이 처한 사정을 충분히 고려해 '주택소유상한제'를 실시하는 것이 바람직하겠다. 특별히 수도권 주택소유에 있어서만큼은 그 어떠한 경우에도 1가구 1주택을 강제해야 할 필요가 있겠다. 그리고 이는 전국에 거쳐서도 1가구 2주택까지만 허용하도록 하는 방안을 마련토록 하는 것이 이리저리 날뛰고 있는 주택문제 안정을 위한 유일한 해결책이라 하겠다.

이를 위해 필요하다면 개헌을 해서라도 국민 일반이 겪고 있는 극도의 주거불안을 해소시킬 수 있어야 한다. 그래서 예측 가능한 주택구입 시기를 가늠하고 그에 맞게 계획적이고 안정적인 경제활동을 할 수 있도록 도와야 하는 것이 정치권력이 마땅히 해야 할 책무인 것이다. 이는 경기 선순환을 위해서도 매우 유익한 일이 될 수 있다. 주택시장으로 내몰린 거대 자금이 자연스레 시장 흐름으로 편입될 수 있는 측면이 강하기 때문이다.

여기서 오해의 소지를 줄이기 위해 몇 가지 첨언하자면, 수도권에 대한 물량 공급이 꾸준히 이뤄져야 함에는 크게 이의를 제기할 생각이 없다. 수도권 주택보급률이 아직 70%선에 그치고 있는 것으로 나타나고 있기 때문이다. 다만 이를 신도시라는 이름을 내걸어 마구잡이로 난개발 할 것이 아니라, 기존의 강북권에 대한 재개발을 통해 강남권과의 격차도 차츰 완화해 나가자는 것이다.

물론 주택소유상한제가 시행되게 되면, 현재의 주택가격에 대한 거품이 일시에 빠지는 부작용도 초래하게 될 것이 분명하다. 따라서 주택시장이 충격에 반응하고 또 준비할 수 있는 일정한 조정기간을 두어서 점진적으로 가격 안정을 유도할 수 있도록 해야 한다. 이때 양도세는 대폭 인하하되, 수도권에 2채 이상 또는 전국에 3채 이상 소유자에 대한 보유세는 더욱 차등 인상하는 것도 정책효과의 극대화를 위해 필요한 일이라 하겠다.

그리고 이러한 제도가 시행되기 전에 순수한 목적의 내 집 마련 차원에서 금융권 대출을 통해 생애 첫 주택구입을 한 경우에는 저리로 장기 분할상환 등과 같은 방법을 통해 구제할 수 있는 방안도 추진할 필요가 있겠다. 그야말로 정부의 잘못된 정책으로 인해 상투를 틀어쥔 선의의 피해자가 양산될 수 있으니 말이다.

물론 다가구 소유자에 대해서는 지금까지 무주택자를 등쳐먹은 대가로 부를 축적한 경우이니, 그리고 어찌 보건 정부 당국의 비호 하에 그동안 엄청난 불로소득을 누렸으니, 그에 따른 손해쯤은 당연히 감수함이 마땅한 일이라 하겠다. 주택가격의 거품이 빠진다하여, 부자가 가난뱅이 되는 일은 없을 것이기 때문이다.

끝으로 당부하자면, 이는 여야를 떠나 자칫 국난으로 치달을 수 있는 작금의 주택문제를 해결한다는 거국적 차원에서 정치권의 제 세력이 서로 머리를 맞대고 숙고할 수 있기를 기대하는 마음 크다. 적어도 정치판이 개 취급을 받지 않을 생각이라면 말이다.

2006년 11월 25일

양대 부동산 조폭집단의
역겨운 말장난

정치권이 수도권 아파트 값을 잡겠다며 요란법석을 떨고 있다. 정부 여당에선 환매조건부 분양과, 제 1 야당인 한나라당은 토지임대부 분양을 통해 기존의 반값에 아파트를 공급하겠다며 호언하고 있다.

얼핏 들으면 집 없는 서민이 곧장 아파트를 한 채씩 장만할 수 있을 것처럼 들린다. 그러나 이들 양대 부동산 조폭집단이 무슨 선심 경쟁이라도 하는 듯 내 놓고 있는 입법안을 조금만 유심히 뜯어볼라치면, 그 속이 훤히 들여다보이는 대국민 기만극이란 것을 파악할 수 있다.

주지하는 바와 같이 이미 수도권 아파트 값은 부풀려질 대로 부풀려진 상태에 놓여 있다. 노무현 정권 4년여 동안, 서울 아파트 값은 지역에 따라 거반 세 배 가량 상승한 것이 현실이다. 따라서 현재 아파트 거래 시세의 절반 정도 선에서 신규 분양 물량이 공급되어져도 하등 이상한 얘기가 될 수 없다.

그런데도 정부 여당이 들고 나온 환매조건부 분양이란 것이, 현재의 아파트 값에서 고작 20~30% 정도 낮은 가격대로 분양하겠다는 것이다. 이 또한 되팔 때는 물가상승률과 주택의 감가삼각을 적용해 팔아야 한다니, 이는 반값 아파트는 고사하고 한낱 빛깔 좋은 개살구에 불과하다.

왜냐하면 해당 아파트 입주자가 향후 자신이 살던 아파트를 팔아야 하는 상황이 되었을 경우 그간의 물가상승분을 포함, 여기에 건물의 감가삼각을 적용함으로서 그에 비례해 아파트를 처음 구입할 때보다 하락한 가격을 받고 되팔게 될 개연성이 높기 때문이다. 따라서 이보다는 오히려 저렴한 비용의 임대아파트가 더 실효성이 크다 하겠다.

이와 함께 한나라당의 토지임대부 분양 역시, 정부 여당 안과 도토리키 재기 식이기는 매양 다르지 않다. 토지 소유권이 전혀 없다는 문제와 함께 여기에 수십 년 후에는 아파트를 철거해야 하는 상황이 도래하게 되는데, 그때가 되면 재산 가치가 완전히 사라지고 마는 셈이다. 이 또한 저렴한 비용의 임대아파트 공급보다 훨씬 못한 수단으로서 자칫하다간 가난한 서민들 목돈 빼내서 건설사만 내 불릴 수 있게 되는 것이다.

결국 이들 두 부동산 조폭집단의 기만극은 그야말로 국민의 철퇴를 맞고 퇴장되어야 할 사악한 입안에 불과하다는 결론에 다다른다. 부동산 큰 손들은 꾸준히 주택을 통해 부도나지 않을 고수익 재테크를 실현하는 데 반해, 일반 서민은 그가 지닌 재산 가치가 끊임없이 하락하는 운명에 처해지고 마는 까닭이다.

그렇다면 방법은 딱 정해져 있다. 주택소유상한제를 통해 투기꾼 손으로 유입되는 잉여물량을 차단하는 것이다. 아울러 현재와 같이 거반 토공이 강제로 매입하다시피 한 땅에다 주공이 건물 올려서, 무주택 서민에게 일정 사업비를 더해 공급하면 자연스레 반값 아파트 만들 수 있게 된다. 그리고 주택 물량이 부족한 지역에 꾸준히 공급하게 되면 수도권 아파트 값은 절로 안정될 수밖에 없다.

이러한 토대가 마련된 후라면, 작금 정부 당국을 비롯해 여야가 내 놓고 있는 입법안이 현실 가능한 하나의 방안이 될 수 있다. 이는 주택을 투기의 수단이 아닌, 인간이 마땅히 갖춰야 할 주거 수단으로의 대변혁이 전제되고 있기 때문이다. 그러나 현재와 같은 상황에서는 집값 안정은커녕 오히려 서민 등살만 빼 먹게 되는 정치권의 역겨운 말장난에 불과할 뿐이다.

  그런데도 불구하고 오히려 토공이 앞장 서 땅장사하고, 주공 역시 뒤질세라 집장사를 하고 있는 판국에서, 무에 그리 잘났다고 정부 당국과 여야 가릴 것 없이 헛된 구호만 연신 남발하고 있는 것인지 그 꿍꿍이속이 자못 의심스럽지 않을 수 없는 대목이다. 건설사의 엄청난 폭리 뒤에 숨겨진 그 흑막이 없다고 누가 자신 있게 말할 수 있겠는가. 그저 씁쓸한 마음 가눌 길이 없다.

2006년 12월 24일

노무현과 유시민은
절대 닮지 말거라

노무현 대통령의 말 바꾸기는 비단 어제 오늘만의 문제는 아니다. 그의 입에서 나온 말이 채 하루도 못 넘기는 것으로 정평이 나 있을 뿐만 아니라, 이는 아예 주야를 가리지 않는 것으로 유명하다. 또한 동쪽과 서쪽에서 하는 말이 서로 판이하게 달라 극과 극을 오가는 위태로운 줄타기의 연속인 경우가 허다하다.

물론 정치인이란 신분이 다양한 분야의 여러 계층을 만나게 되는지라, 그에 따른 언어의 유동성을 전혀 도외시 할 수만은 없는 일이라 여긴다. 그러나 사회와 역사를 보는 안목이, 그 근본 뿌리마저 실시간으로 뒤틀리게 되면 국가의 운명은 쇠락에 처해질 수밖에 없게 된다. 특별히 국정 최고책임자인 대통령의 말이 어떤 일관되고 중심된 철학 없이 그저 기분 내키는 대로 함부로 횡행한다면 그 자신은 물론이거니와 국민 모두가 심각한 불행을 겪게 된다.

노무현 정권 4년여 동안 우리가 경험한 소중한 교훈이 바로 이 점이다. 그저 매 때마다 이율배반적인 상황을 연출함으로서 대외적으로는 국가의 위신을 추락시키고, 민족문제에 있어서도 오히려 퇴행된 현주소를 나타내고 있다. 또한 온갖 위선과 거짓으로 점철된 정책으로 인해 중산층을 비롯한 서민 대중에게 이루 말할 수 없는 좌절감을 안겨줌으로서 민주화 세력에 거는 실낱같은 희망의 불씨마저 송두리째 앗아갔다.

그런데 이보다 한 술 더 뜨는 정치인이 있으니, 바로 노무현 대통령의 복심으로 일컬어지고 있는 유시민 장관이다. 그가 정치 입문한 이래 숱하게 쏟아 놓은 말을 들여다보면, 그야말로 완전한 자기 부정의 연속이다. 어쩌면 저리도 뻔뻔할 수 있을까 하는 의문이 들 정도로 자기중심적이다. 모든 정치 상황을 자기 유리한 대로 판단하고 또 그대로 물어뜯는 유아적 습성을 여과 없이 보여주고 있다.

좀 거슬러 올라가 보자. 노무현 대통령이 한나라당과의 당대당 통합이나 거반 다를 바 없는 대연정을 제안한 바 있다. 당시 유시민 의원이 촐랑촐랑 말하기를 "한나라당과의 대연정은 선진화 정치를 위해 가장 필요하고 합리적인 것"이라고 목청 돋은 대목은 그의 정치적 위선이 어떤 지경에 놓여 있는지를 아주 극명하게 보여준 것에 다름 아니다. 이와 함께 민노당에 대한 인식에 있어서도 "민노당과는 가볍게 건너 뛸 수 있는 샛강이 놓여 있다."라고 했다가, 그 이후엔 "민노당과의 연대보다는 차라리 한나라당과 연합하는 게 낫다."라고 말함으로서 유시민 식 정치철학이 그 얼마나 기만적이며 또 천박한 것인지를 잘 보여주고 있다.

그리고 이들의 공통점은 국민의 이름을 차용한다거나 혹은 국민을 가르치려 든다는 점이다. 그런데 정작 그곳에 국민은 전혀 오간데 없고 오직 자신의 정치적 이해타산만 가득 자리한다. 개혁을 참칭해 오히려 개혁을 싸구려로 엿 바꿔 먹고, 입술로는 지역주의 청산을 들먹이면서도 정작 실천에 있어서는 오히려 철저히 지역주의를 이용해 먹는다. 또한 자신과 조금이라도 뜻이 다르면 바로 그 순간 별의별 해괴한 입놀림을 통해 상대 정치인을 짓뭉갠다. 이러한 얄팍한 언어적 유희야말로 우리 정치발전을 저해하는 독버섯이며, 아울러 민주주의 발전을 가로막는 암적 요소인 셈이다.

세상 물정 전혀 모르는 바보라 할지라도 사기꾼에게 한두 번 속게 되면 그 후론 똑 같은 사기꾼에겐 더는 속지 않게 된다. 노무현 대통령과 유시민 장관이 걸핏하면 내세우던 진정성이란 것도, 이젠 그 약발이 완전히 떨어지고 말았다. 워낙 수도 없이 이리저리 속은 터라 그들 입에서 무슨 말이 나와도 정작 더는 믿으려 들지 않는다는 사실이다. 이는 오늘날 노무현에 대한 한 자릿수 지지율을 통해 국민 일반이 무엇을 말하고 있는지를 잘 대변하고 있다. 또한 세간에 회자되기를 "노무현과 유시민은 절대 닮지 말거라"고 하는 말을 통해, 이 정권의 기만책동도 완전히 종말을 고한 것으로 판단된다.

2006년 12월 31일

고건 낙마와
노무현 몰락을 통해 얻는 교훈

"위대한 사랑과 위대한 업적은 그 만큼의 위험을 내포하고 있다." 이는 티베트의 정신적 지도자 '달라이 라마'의 말이다. 일개 범부에게도 해당되겠으나 그러나 보다 원대한 꿈을 지닌 자라면 뼈에 새겨놓을 만한 구절이다. 특별히 용꿈을 꾸는 이에게 있어서는 더더욱 깊이 각인시켜야 할 대목이라 하겠다.

예시된 실증을 굳이 멀리서 찾을 필요는 없을 것이다. 역사 속 영웅들이 남긴 숱한 삶의 족적을 통해 잘 드러나고 있기 때문이다. 그들이 목적하고 목표한 야망을 달성하기 위해, 자신 앞에 놓인 갖은 위험에의 도전을 마다하지 않음으로서 새로운 기회를 갖게 되고, 또 이를 통해 꿈을 쟁취해 갔던 것이다.

그럼에도 이를 애써 회피하거나 또는 주어진 기회 앞에서 우유부단했던 사람들은 대개가 몰락의 길을 걸었다. 한때 대선 지지율 1위를 달리던 고건 전 국무총리의 낙마 역시 이런 맥락에서 결코 예외가 아니다. 감나무에서 홍시감이 저절로 자신의 입에 떨어지기를 기대하는 것처럼 어리석은 일은 없다.

혹자는 말하기를 "자신은 도전을 회피하지도 않았으며 아울러 우유부단하게 처신하지도 않았노라"고 항변할 수도 있을 것이다. 만일 그게 사실이라면, 목적과 목표가 잘못 설정되었기 때문이다. 피아에 대한 기준선이 불분명하고 또 그 경계점이 어떻게 형성되어 있는지를 명확히 파악하지 못했다는 반증에 불과하다.

이러다보니 어떤 사안에 대해 설왕설래하게 되고, 이는 결국 반대쪽에 있는 사람을 견인하지도 못했을 뿐만 아니라, 자신의 아군마저 점점 싸울 의욕을 잃게 함으로서 진로를 차단당한 채 우왕좌왕하다 종래엔 도태되고 만 것이다. 더 솔직하게 표현하자면, 비록 의도적이진 않았다 하더라도 결과적으로는 자신의 우군을 내어 쫓는 일만을 반복하고 만 셈이다.

노무현 대통령의 몰락도 크게 다르지 않다. 대선을 승리로 이끌기까지 그는 어떻게 싸워야 하는 지를 잘 알고 있었다. 그러나 대통령에 당선된 이후, 그가 무책임하고 졸렬한 사기꾼이었음이 만천하에 드러나고 만다. 아울러 그의 사기성 행각이 드러나는 바로 그 순간, 그 또한 차츰 진로를 차단당한 채 연신 퇴각을 반복하게 된다, 그리고 이제는 역대 대통령 가운데 가장 지지율 낮은 퇴임식을 준비하고 있는 처지에 놓이고 만 것이다.

우리는 여기서 교훈을 얻을 수 있어야 한다. 물론 그 교훈의 바탕은 마음으로부터 참된 것이어야 한다. 그저 가식적이거나 또는 일종의 요식행위가 되어서는 결단코 아니 될 말이다. 자신이 어떤 목표를 갖고 또 어떤 집단 구성원을 위해 무엇을 할 것인가를 분명히 설정하고 실천할 수 있어야 한다.

이를 단적으로 말하자면, 경제회복 혹은 경제성장이 누구를 위해 복무해야 하는지와 같은 물음에 대해 구체적이고 명쾌한 답변을 할 수 있어야 한다는 뜻이다. 그러한 가운데 지지 세력이 형성되는 것이고, 이는 자신 앞에 놓인 숱한 도전 과제들과 맞서 싸울 수 있는 힘으로 작용하게 되는 것이다.

누구에게나 꿈은 결코 멀리 있는 것이 아니다. 그게 비록 크고 작고의 차이는 있을지언정, 다만 스스로에게 진실 되고, 그 양심 위에 부끄럽지 않아야 한다. 그럴 때라야만 온갖 위험 앞에서도 용기 있게 행동할 수 있게 된다. 또 그런 자라야만 자신의 꿈을 성취할 수 있는 자격이 생겨나는 것이다. 이것이 천명이요, 순명인 것이다.

2007년 2월 27일

김홍업 파동과
무너지는 김대중 신화

장개석이 중국 본토에서 쫓겨 와 대만 정부를 이끌게 되면서, 나라 안에 만연된 부패를 청산하고 기강을 바로 세우기 위해 내치를 강화하게 된다. 그와 함께 가족들에게도 절대로 부정에 연루되지 말고 깨끗한 생활에 힘쓸 것을 주문한다.

그런데 어느 날, 그의 며느리가 온당치 못한 방법으로 재산을 축적한다는 말을 듣게 된다. 이에 분노한 장개석은 며느리를 불러 보석 상자 하나를 건네준다. 가슴이 뜨끔해진 며느리가 집에 돌아가 상자를 풀어 보니 그 안에 권총이 들어 있었다.

결국 며느리는 자살하게 되고 이를 계기로 대만 국민들은 장개석과 국민당 정부를 신뢰하게 된다. 아울러 나라 안의 엄격한 법시행이 별다른 저항 없이 시행되게 된다. 일벌백계의 모범을 보임으로써 당시 관료 사회에 팽배해 있던 부정부패를 일소하고 오늘의 대만을 일군 초석을 놓게 된 것이다.

최근 김대중 전 대통령의 차남인 김홍업 씨의 재보선 공천문제로 민주당 안팎이 연일 논란에 휩싸여 있다. 이를 바라보는 국민 여론은 애초부터 싸늘히 굳어진 상태다. 심지어는 광주를 비롯한 호남에서조차 반대 여론이 거세게 일고 있다. 또한 보궐 선거구인 무안·신안 지역은 그 양상이 심상치 않은 조짐을 보이고 있다.

이들 여론의 중심에는 도덕성이 결여된 사람이 뻔뻔하기 이를 데 없이 함부로 날뛰는 처사란 지적이 대체적 정서다. 그리고 이는 김홍업 본인에게만 국한되는 것이 아닌, 그의 부친인 DJ에게까지 날선 화살촉으로 정조준 되고 있다는 사실이다. 이와 함께 민주당 역시 그 비난의 중심축에서 직격탄을 맞고 있다는 점이다.

물론 전직 대통령의 아들이란 이유만으로 공직선거 후보가 될 수 없다고 한다면, 이는 참으로 부당한 간섭이며 우스갯소리에 불과할 것이다. 그러나 국민 일반의 부정적 인식과 특별히 호남 민중들 사이에서조차 치욕스레 인식되는 소위 김홍업 전략공천을 굳이 강행해야 하는지에 대해서는 분명히 짚고 넘어가야 한다.

이는 김홍업 개인만의 일로 국한되는 것이 아닌, 그의 부친인 김대중 전 대통령의 위신마저 심각하게 훼손하는 결과를 낳고 있기 때문이다. 또한 호남민은 물론이고, 여기에 평화와 민주주의를 사랑하는 전체 민중에 대한 오만한 도전이며, 아울러 심각한 자기 부정을 강요하고 있는 요소로 작동되는 까닭이다.

그렇다고 김홍업 씨의 당선을 보장할 수 있는 상황도 결코 아니라는 점이다. 그리고 설혹 당선된다 하더라도 호남은 두고두고 세간의 우스갯거리로 전락될 것이 불을 보듯 자명하다. 그리고 만일 김홍업 씨가 낙선이라도 하게 되면 이는 곧 DJ의 위상 추락으로 이어질 개연성이 농후하다는 사실이다.

돌이켜 보건데, 우리 현대사에서 DJ가 어떤 인물이던가. 민주당 역시 어떤 정당이던가. 저 혹독한 군부 독재의 갖은 고문과 학살 앞에서도 끝내 굴하지 않고 이 땅에 민주주의의 찬연한 꽃을 피워내지 않았던가. 그리고 그 중심에 광주 정신으로 대변되는 서민 대중의 시리고 지난한 역사가 함께 숨 쉬고 있지 않던가 말이다.

이러한 점을 깊이 인식하고 있다면 이번 김홍업 씨에 대한 무원칙한

전략공천은 그 스스로가 즉각 내려놓아야 마땅하다. 그 길만이 무참하
게 죽어 간 망월동 영령들에 대한 살아남은 자로서의 도리이며, 또한 평
화개혁을 열망하는 제 세력 모두의 자존을 지키는 길이다. 아울러 DJ
역시 그 명예를 온전히 지킬 수 있는 보다 합당한 길이 될 수 있다.

2007년 3월 26일

차기 대통령이
갖춰야 할 조건과 덕목

　말은 곧 자신의 얼굴과 같다. 사람과 사람 사이의 의사소통의 창구이며 문서 없는 약속이 되기도 한다. 말을 통해서 사람 사이의 복잡하고 허다한 일이 일차적으로 이루어진다. 그런지라 피를 나눈 가족 구성원 간에도 말이 지켜지지 않으면 상호 불신이 쌓이게 된다.

　특히 가장의 말이 어떤 원칙이나 명분 없이 제멋대로 시시각각 변한다거나 또는 몰상식하고 천박하게 비춰진다면 이는 가장으로서의 통제력이나 권위를 잃게 되는 것은 자명한 사실이다. 한 마디로 콩가루 집안이 될 소지가 다분한 것이다.

　국가 경영도 결코 다르지 않다. 아니 오히려 더한 측면이 강하다. 국정 최고책임자인 대통령의 말은, 곧 국정운영 전반과 정책현안에 대해 최종 결론을 갖는 성격으로 인식된다. 따라서 자신의 정치적 이상과 함께 여론의 추이 등을 신중히 고려해 최종 발언되어야 하는 것은 지극히 당연한 일이라 하겠다. 그러나 유감스럽게도 그간 노무현 대통령이 행한 말은 전혀 그렇지 못했음을 부인하기 어렵다. 지극히 감정적인 것은 물론이고 또 비아냥거리기로 일관했음이 숨길 수 없는 사실이다. 그리고 이는 국민에게는 모멸감을 안겨 주었으며 또 국가적으로는 재앙으로 귀결되고 있다.

　대통령의 말이 조석으로 변하고, 어떤 정책에 있어서도 극과 극을 오가며 널뛰기 한다. 툭하면 대통령 못해 먹겠다며 국민을 협박한다. 자신과 입장이 다른 정치인에 대해서는 곧장 거세게 몰아세운다. 때로는 국가의 존망을 위태롭게 할 수도 있는 말이 불쑥 불쑥 튀어 나온다.

무릇 대통령의 말이란 국민의 다양한 여론을 수렴하고 이를 합리적으로 조정하는 마지막 단계여야 한다. 계층과 세대 간에 놓인 갈등을 조정하고 아울러 정치 제반의 혼선에 대한 최후의 보루로써 그 진술자가 되어야 하는 것이다. 이를 통해 각기 다른 이해 당사자 사이는 물론이고 또한 국정운영에 있어서도 대통령으로서의 말발이 서게 되는 것이다. 이는 일개 범부에게도 요구되는 덕목일 수 있겠으나, 그 맡은 바 책무가 크면 클수록 더더욱 엄격한 자세가 요구된다. 하물며 국정최고책임자인 대통령의 말이 제멋대로 설왕설래한다면 그 표장과 골은 예측키 어렵게 된다. 그리고 그 결과는 사회 정치적 혼란과 국정혼선 더 나아가 정부정책의 불신으로 이어지게 됨은 자명하다.

올 12월이면 대통령 선거가 치러지게 된다. 불과 반 년 가량을 남겨 놓고 있는 시점이다. 민족의 평화, 국가적 선진, 사회적 나눔의 정치를 펼쳐나갈 수 있는 가장 적임자가 누구인지를 정확히 헤아려 볼 수 있는 안목이 필요하다. 그리고 무엇보다 자신의 약속에 대해 제대로 이행해 나갈 수 있는 정치인이 누구인지를 파악할 수 있는 혜안 또한 필요하다.

이에 덧붙여 자신의 정치적 잇속만을 좇아 그저 아무렇지도 않게 이리저리 정당을 옮겨 다닌 전력이 있다거나, 또는 겉과 속이 판이하게 달라 이율배반적인 행태를 일삼았다거나, 아울러 권력의 단물이 떨어지기 무섭게 배신의 칼날을 들이댄 이를 변별해내는 일 또한 다른 것 못지않게 중요한 판단 기준이 되어야 함은 유권자로서 갖는 자존의 문제라 하겠다.

2007년 5월 5일

노무현과 그 패거리들의
거듭되는 목불인견

　민주당을 등에 업고 대통령에 당선된 노무현. 그 이전에 이미 천신정 또한 민주당 간판을 달고 국회의원을 해먹은 장본인들이다. 그런 그들이 권력을 독점하기 위해 온갖 악랄한 방법을 동원해 민주당을 짓밟고 선 딴 살림을 차리게 된다. 불과 수 년 전에 벌어졌던 파렴치한 짓으로 열린우리당 창당이 바로 그것이다. 개혁과 서민을 참칭해 온갖 사기행각으로 날밤을 세운 그들이 오늘날 인구 사이에서는 무능의 대명사로 회자되고 있다.

　그런데 여기서 참 재미난 현상이 나타나고 있다. 지난 국민의 정부 종언이 무섭게 민주당을 난도질하고 떠났던 그들이 이젠 자기들끼리 서로 물고 뜯고 온갖 난리법석이다. 한 때는 목숨까지도 함께 할 듯 하며 노무현 찬양을 목청껏 외쳐대던 그들이 이제 겨우 4년 만에 친노, 비노, 반노로 나뉘어 목불인견의 상황을 연출하고 있다. 노무현 권력의 종말이 가까워질수록 그 강도는 날로 치열하고 살벌하다. 다들 비열하기가 한 치의 오차도 없이 똑같은 족속임에 분명하다.

　그래서 배신은 또 다른 배신을 부른다고 하였던가. 애초 노무현 대통령과 그들이 합작해 자행했던 초유의 야바위 행각이 지금 또 다시 그들에 의해 재연되고 있다. 그리고 국민들은 이 웃지 못 할 상황을 그저 씁쓰레한 표정으로 지켜보고 있다. 오직 권력의 향유만을 위해 눈이 먼 그들인지라, 이제 그 권력의 끈이 막바지 벼랑에 이르자 서로가 서로를 향해 정면으로 썩은 칼자루를 휘두르고 있는 형국이다. 참으로 딱하고 불쌍하기 그지없는 군상이다.

무론하고 죽음은 언제나 자신의 코앞에 머물고 있다. 권력도 이와 다르지 않다. 다만 차이가 있다면 전자는 그 시기가 다소 불확실한 상태지만 후자의 경우에는 그 시기를 가늠해 볼 수 있다는 점이다. 그럼에도 권력의 허상을 깨닫지 못한 채 설쳐대는 이들의 어리석음은 어디에서 기인하는 것일까? 바로 나에게만은 지금의 권력이 어떻게든 계속될 것이라는 함정에 빠져 든 까닭이다. 권력이 항구적으로 자신의 배를 불려 줄 수 있다는 그 엉뚱한 발상 때문에 연거푸 허둥거리게 되는 것이다.

때문에 권력에 대한 참된 자각이 없는 자에게서는 충실한 권력 운영을 기대하기 어렵게 되는 충분한 이유가 여기에 있다. 그들의 관심은 국가와 국민이기보다는 권력이란 단물과 우상이 우선순위에 놓여 있는 까닭이다. 그러나 사려 깊은 사람이라면 자신의 권세와 영화가 그 정점에 달할수록 이는 곧 스스로에게 권력의 몰락이 임박했음을 깨달아 알게 되지만 어리석은 자는 결국 그의 어리석음으로 인해 참혹하고 비참하기 이를 데 없는 운명에 처하게 된다.

비록 늦었지만, 그러나 이제라도 盧 대통령을 위시한 그 안개 속 패거리들은 자숙해야 한다. 아울러 권력의 몰락이 그들 위에 검은 그림자를 드리우고 있음을 두렵고 떨리는 마음으로 준비해야 한다. 나라를 거들내고 서민의 삶을 피폐케 한 온갖 죄악상에 대해, 그리고 곧이어 닥치게 될 국민적 심판에 대해 이를 참회하는 심정으로 받아들일 수 있어야 한다. 권력의 몰락은 언제나 자신의 코앞에 머물고 있다는 점을 분별하면서 말이다.

2007년 5월 6일

정동영, 천정배,
김근태의 아전인수

2004년 3월 12일은 盧 대통령이 국회에 의해 탄핵소추 당한 날이다. 국회가 그 주어진 절차에 따라 합법적 권한 행사를 한 것이었음에도 불구하고 여론은 매우 냉랭했다. 영남 지역을 제외하고선 보수적 성향의 표심도 그다지 좋지 않았다. 특별히 스스로를 진보적인 것으로 여기는 표심의 반동은 상당히 격앙된 상태였다.

이러한 분위기에 편승된 정동영 씨는 전직 공중파 방송국 앵커 출신답게 아주 치열한 연기를 펼쳐 보인다. 카메라를 면밀히 의식한 상태에서 들고 있던 서류뭉치를 의사당에 내던지는가 하면, 일단의 열린당 사람들과 함께 울고불고하는 장면을 매우 그럴듯하게 소화해 낸다. 그리고 그러한 장면은 연일 각종 매체를 통해 실시간으로 내보내진다.

마음 약한 우리 국민들께서는 뉴스 및 관련 소식 접할 때마다 적잖이 눈시울 적셨으리라 여긴다. 탄핵당하는 대통령과 그리고 그를 위해 눈물 흘리고 분노하는 듯한 이들은 모두가 티 없고 순결한 사람으로 보였으리라. 어쩌면 악당 손에서 올리버를 구해오는 뽀빠이를 보는듯한 향수에 젖었을지도 모를 일이다.

당시 상황이 실로 그런 환경을 연출하고 있었다. 한나라당이 현금을 차떼기로 받아먹은 사실이 각종 언론을 통해 연일 앞 다퉈 보도되고, 민주당 또한 적지 않은 점에서 스스로를 갱신하지 못했으니 국민일반의 그러한 시각이 하등 이상한 일도 아닐 터이다.

물론 민주당 입장에선 억울한 면도 있을 것이다. 당시 노무현 대통령과 같은 패거리였던 정동영, 천정배, 신기남, 유시민 제씨 등에 의한 지속적이고 악질적인 민주당 죽이기에 의해 적잖이 사실관계가 부풀려진 측면이 다분한 때문이다. 어찌 보면 민주당으로선 멀쩡히 눈뜨고 코 베이는 가슴앓이를 했을법하다.

결국 열린당은 같은 해 4월 15일 치러진 총선에서 국회 과반을 넘는 152석(지역구 129+비례대표 23)을 얻는다. 인구 사이에서 차떼기당으로 회자되던 한나라당도 그 불명예와는 달리 선방을 하게 된다. 또한 가장 왼쪽 영역을 담당하고 있는 민노당의 약진과 원내 진출이 이뤄진다. 이에 반해 민주당은 그야말로 처참한 패배로 기록되는 선거결과를 남긴다.

총선이 끝난 후, 국회 과반 이상을 점한 집권 여당의 모습은 기세등등했다. 정동영 씨가 초대 의장을 거쳐 통일부 장관이 된다. 천정배 의원 역시 법무부 장관에 기용된다. 신기남 의원 또한 열린당 의장을 맡게 된다. 김근태 의원도 보건복지부 장관을 거쳐 당의장을 맡는다. 유시민 의원도 결코 빠질 수 없는 열린당 창당 일등공신인지라, 김근태 의원 이후 보건복지부 장관에 기용된다.

다들 인구 사이에 제법 알려진 이름이다. 그런 그들에게 이쯤에서 꼭 묻고 싶은 게 있다. 애초 열린당 창당을 표방하며 국민 앞에 약속했던 이루 헤아리기 힘든 개혁과제는 지금 어디서 다들 무엇하고 있는가? 백년 정당을 만들겠다며 민주당을 만신창이로 짓찢어 놓고 나갔던 저들의 현 주소는 지금 도대체 어떤 지경에 놓여 있단 말인가?

이제 노무현 권력도 명줄 끈긴 산송장이나 매양 다르지 않은 신세다. 이에 발맞춰 너도 나도 뒤질세라 노무현 대통령 밟고 가기에 바쁜 모습이다. 노무현 대통령만 짓뭉개 놓으면 다음 대권은 따 놓은 것이라도 되는 냥 설레발 떠는 것이 참으로 가소롭게 보이기고 하고, 다른 한편으로는 뻔뻔하기 이를 데 없는 처사로 여겨진다.

하기야 노무현 대통령은 이리저리 당한다 해도 하등 항변할 바가 못 된다. 본시 서민 팔아 권력을 움켜쥔 그가 오히려 서민 등골 빼먹는 짓만 서슴없이 골라 했으니 비판 받아 마땅한 것이 사실이다. 개혁을 싸구려로 엿 바꿔 먹은 그의 죄과는 두고두고 역사적 조롱거리가 될 것임이 분명한 터다.

그렇다면 그런 노무현 대통령을 비판하는 정동영, 천정배, 김근태 의원 등에게도 묻고 싶다. 도대체 그들 낯짝에 무슨 염치가 있어서 노무현 대통령에게만 모든 책임을 뒤집어씌우려 한단 말인가? 또 그럴 자격이라도 있더란 말인가? 그것도 당의장에 장관까지 해먹은 입장이라면 서로 무한 연대 책임을 져야 하는 것이 국가와 국민에 대한 도리가 아니겠는가.

한나라당과 공조해 햇볕정책 특검 할 때는 그저 입에 무슨 재갈이 물렸던지 아무 소리도 못한 그들이다. 지난 총선 때 열린당 공약 사항 중 하나였던 아파트 원가공개 역시 총선 끝나기 무섭게 그들 스스로가 용도 폐기하고 말았다. 노무현 대통령이 한나라당과 대연정한다고 할 때도, 그에 대해 제대로 반박하는 사람 보지 못했다.

노무현 권력이 잘 나갈 때는, 그저 노비어천가 불러 제치며 앞 다퉈 충성 맹세를 하였던 그들이다. 그런 그들이 이제와선 산송장 노무현 대통령 하나를 놓고 뭇매 때리기에 연일 핏대를 세운다. 참으로 비열하기 이를 데 없는 정치판이다. 썩어 문드러진 악취가 밤낮을 가리지 않고 진동한다. 이런 저열한 코미디가 따로 없을 것이다.

더욱이 민주당에 대고서는 통합에 적극 나서라며 협박성 발언까지 서슴없이 내뱉는다. 그토록 못 잡아먹어서 안달하던 민주당에 대고 이젠 내쳤다 매쳤다 하는 짓을 아무 거리낌 없이 번갈아하고 있다. 그렇다고 그런 그들이 노무현 대통령과 다른 사람 취급 받을 줄 안다면 그것처럼 큰 착각도 없을 것이다.

민주당을 풍지박살 냈던 그들이 이젠 자신들이 세운 열린당 또한 그대로 말아먹고 있다. 아니 이미 다 산산조각 찢어먹고 말았다. 예나 지금이나 스스로 책임지는 자세는 전혀 보이지 않고 오직 남 탓하기에만 여념이 없다. 이런 상황에서 도대체 무엇을 더 바랄 수 있겠는지 모를 일이다. 나중에도 똑 같은 행태를 반복하고도 남을 사람들임에 틀림없다.

국민 무서운 줄 알아야 한다. 권력 앞에서 지극히 겸허한 자세를 갖출 수 있어야 한다. 스스로의 양심을 속이는 부끄러운 짓을 저질러선 아니 될 말이다. 말문이 열려 있는 초등학생 정도의 사고력만 갖추고 있더라도 그리는 못할 일이다. 그리고 무엇보다 국민이 알고, 하늘이 알고, 그들 스스로의 양심이 알고 있다는 점이다.

그런데도 무슨 낯짝이 그리 두꺼워 또 다시 권력 질을 해보겠다고 천방지축 날뛰는지 딱한 마음이 앞선다. 충고하거니와 자숙하고 반성하는 자세가 선행되어야 한다. 국민이 위임한 권력을 제대로 이행치 못한 죄과에 대해 무릎 끓고 용서를 구해야 한다. 향후 계속해서 권력 질을 탐하고 싶거든 적어도 스스로의 죄과를 자복하는 게 우선순위임을 명심할 일이다.

2007년 5월 8일

盧 대통령의
지역주의에 대한 몰이해

노무현 대통령이 지역주의를 언급했다. 5·18 기념식에 맞춰 광주를 찾은 자리에서다. 그의 발언을 간추려 보자면, 지역주의를 이용한 일부 정치인의 공천장사와 같은 정치부패, 정책과 논리로 경쟁하는 것이 아닌 욕설과 태업 등의 정치 실종에 대한 언급이다.

원론적으로 맞는 말이다. 우리 정치가 보다 선진화되기 위해서는 반드시 시정되어야 할 문제임에 분명한 사실이다. 당선이 확실한 지역에 공천권 쥐어주며 뒷돈 챙기는 썩어 문드러진 정치인이 아니고서야 이에 대해 반론을 펼 사람은 아무도 없을 것이다.

그렇다면 盧 대통령에게 묻는다. 지난 민주당 대선 후보 경선 당시의 불법자금 문제가 불거지자 관련 자료를 폐기했다고 시침이 뗀 사실을 잊었는가. 또한 어느 특정 정당의 대선 후보에 비해 그 자신의 대선자금은 1/10에 불과하다고 말하질 않았던가, 그러다 캐내면 캐낼수록 그것이 새빨간 거짓말이란 것이 만천하에 들통 나질 않았던가.

이도 모자라 걸핏하면 대통령 못해 먹겠다며 그 자신이 국민을 상대로 태업을 일삼은 사실이 도대체 몇몇 번이던가? 허구한 날을 지난 정권과 남 탓하며 허송세월 보낸 것은 또한 몇몇 번이던가? 도무지 앞뒤 분간할 수 없이 시시각각 돌변하며 비아냥대는 그의 오만방자한 발언에 대해서는 또 무어라 변명할 참인가.

거듭 盧 대통령에게 묻는다. 대통령에 당선되고 이듬해 총선에서도 열린당이 과반 의석을 확보하게 된다. 영남에서도 의석을 얻는 수확이 있었다. 그러자 곧장 일부 정치모리배들과의 사전 조율 하에 영남발전 특별위원회란 것을 둔 바 있다. 그런 이후로 각종 재보선에서의 무참한 패배를 비롯해, 심지어는 그의 고향인 김해에서조차 깨지질 않았던가.

보다 정직해지자. 그리고 사실을 말해보자. 지난 시절 민주당이 영남을 제외한 전 지역에 거쳐 의석을 확보했음을 상기할 일이다. 그리고 이는 호남이라는 지역적 한계가 아닌 영남 군부독재 세력과 냉전주의 세력에 대한 처절한 항거이며, 아울러 민주주의에 대한 순박한 발로였음을 어찌 설명할 셈인가.

시대와 역사에 대한 고민과 통찰 없이 어찌 그런 망발을 함부로 입에 담을 수 있단 말인가. 호남의 저항정신과 영남의 집단이기적 패권주의를 동일시하는 盧 대통령의 소아적 사고체계야말로 명백한 철학부재이자 무식의 소치라 아니할 수 없다. 그리고 그의 그러한 몰이해가 결국 오늘날 개혁을 팔아 자신의 치부만을 일삼은 결과로 나타나고 말았지만 말이다.

2007년 5월 20일

대통합 논의는
꼼수정치의 전형

정치란 감동이며 희망이어야 한다. 축적된 명분과 그에 못지않은 실리 그리고 현상에 대한 정확한 진단과 함께 미래에 대한 분명한 청사진을 제시할 수 있어야 한다. 이 서로간의 조화를 통해 최고 접점을 찾아내는 어울림의 미학이 바로 정치다.

이럴 때라야만 어떤 목표에 대한 조직 구성원 전체의 총체적 역량이 반영될 수 있게 되는 것이며, 이를 토대로 조직의 유기적 상호작용이 최대화된다. 조직의 결속력 또한 굳건히 다져짐으로서 그 에너지가 폭발적 힘을 갖게 되는 것 또한 물론이다.

이를 위해서는 먼저 정치지도자 스스로가 그의 정치적 행위와 그 결과에 대해 책임을 다하는 자세를 보여줘야 한다. 그리고 그 영향력이 크면 클수록 더더욱 철저히 요구됨은 두 말할 나위가 없다. 운전미숙으로 사고를 내고선 엉뚱한 승객에게 책임을 묻는다면 기가 찰 노릇이질 않는가.

그런데 요즘 우리 정치판을 보면 참으로 꼴사나운 광경이 연일 계속된다. 불과 몇 년 사이에 자신들이 속해 있던 정당을 두 번씩이나 이리저리 쪼개며 난도질하고 있으니 말이다. 그러면서도 그런 그들의 입으로 대통합을 운운해대니 세상에 이런 조롱거리감이 따로 없다.

그들의 속사정은 분명하고 간단하다. 국민은 전혀 안중에 없고, 오로지 자신들의 정치생명 연장에만 온통 혈안이 되어 있는 까닭이다. 멀쩡

하던 정당을 쪼개고 나가더니, 이젠 자신들이 세운 정당마저 불과 4년 만에 산산조각 내고 있다. 그런 그들에게서 더 무엇을 바라랴.

기억할 일이다. 국민일반이 오히려 그들 상투 꼭대기에서 훤히 내려다보고 있다는 사실을 결코 간과해서는 아니 될 말이다. 이런저런 꼼수를 통해 뭘 얻을 수 있다고 생각한다면 그것처럼 큰 오산이 없다. 한 마디로 국민을 우롱하는 처사에 다름 아닌 셈이다.

얕은 정치적 수사를 남발하며 국민의 눈과 귀를 속이고 또 무시하는 정치행태로는 결단코 성공할 수 없다. 스스로 책임질 것에 대해 책임지려 하지 않은 채 연거푸 남 탓으로만 일관하는 정치인에겐 훗날이 없다. 견디기 힘든 혹독한 심판만이 두고두고 세간의 입방아에 오를 뿐이다.

먼저 사죄하는 자세를 보여줘야 한다. 그리고 자숙하며 백의종군하는 것이 그나마 서로를 돕는 일이며 피차에 유익이 되는 길이다. 무대에서 내려 올 때를 아는 지혜와 미덕이 그 어느 때보다 절실히 요구되는 정국이다. 발버둥 치면 칠수록 더 깊은 수렁으로 빠져들 테니 말이다.

2007년 6월 1일

통합정국 해법과
불가피한 살생부 명단

요즘 정치권의 최대 화두로 떠오른 통합논의로 장안이 온통 시끌벅적하다. 소통합이니 대통합이니 하며 이해 당사자인 정치인은 물론이거니와 언론에서도 연일 대서특필하고 있다. 그리고 이 와중의 핵심에 민주당이 상종가를 치며 자리 잡고 있다.

불과 얼마 전만해도 민주당을 향해 무슨 뿔난 도깨비 취급하며 헐뜯던 그들이 이젠 아예 내 놓고 통합 구걸질이다. 때로는 민주당을 왕따 시키겠다며 도무지 씨알도 먹히지 않을 협박성 발언까지 서슴없이 내뱉는다. 결혼해 주지 않으면 강간이라도 하겠다는 듯한 발상이다.

대체로 볼거리 있는 곳에 사람의 눈길이 머물고, 먹음직스런 음식 있는 곳에 사람의 발길이 머물게 됨은 인지상정이다. TV 시청과 같은 일상적인 경우에도 그렇거니와, 사무실 밀집지역의 식당가에서도 점심시간이면 손님들로 북적대는 곳이 확연히 구분된다.

수신 상태가 불량한 지역에서야 도리 없이 고정 채널에 시선을 맞춘다. 자리를 잡지 못한 일부가 울며 겨자 먹기 식으로 인적 뜸한 곳에서 억지 끼니를 때우게 된다. 마치 노무현 대통령 친위 세력과 그리고 천동태로 구분되는 국정 파탄자의 초라한 몰골과 맞닿아 있는 듯하다.

사실 통합의 방식에 있어서 대통합이니 소통합이니 하는 논의는 결코 문제의 본질이 될 수 없다. 해법은 오히려 단순하고 명료하다. 노무현 정권의 실정에 직접 책임이 있는 사람만 추려내면 자연스레 풀릴 수 있는 사안이다. 이것이 순리고 또한 국민적 요구 사항이다.

집권당 당의장에 장관까지 해 먹었으면, 盧 대통령과 공히 그 책임이 무한 연계되고 있음을 깨달을 수 있어야 한다. 이것이 책임 있는 정치인의 자세다. 그리고 책임정치의 구현이다. 그런데도 또 무슨 권력 질을 더해보겠다고 앞 다퉈 악다구니를 해댄대서야 어디 될 말인가.

시간이 그리 길지 않다. 무엇을 어떻게 하는 것이 국민적 공감대를 형성할 수 있고 또 힘을 한데로 결집시킬 수 있는지를 결단해야 한다. 인구 사이에서 분열과 무능의 대명사로 각인되고 있는 자들이 설치면 설칠수록 판세만 우스갯거리로 전락되고 만다는 사실을 분명히 기억하자.

정도를 가면 된다. 그래야만 국민을 향해 표를 호소할 수 있게 된다. '도로노무현당'과 '도로열린당'으로 향하는 바로 그 순간 또 다른 분열의 비극을 잉태할 뿐만 아니라, 아울러 오는 대선은 물론이거니와 총선 역시 처절한 패망으로 기록될 것이 불을 보듯 훤한 까닭이다.

거듭 강조하지만 노무현 대통령과 그 친위 홍위병들 그리고 막강한 정치적 힘을 휘두르며 나라를 아사지경으로 내몬 무능하기 짝이 없는 자들은 철저히 배제해야 한다. 이런 기본 전제 하에서만 통합 논의에 대한 진정성을 인정받게 되는 것이며 국민적 공감 또한 얻을 수 있음을 명심할 일이다.

2007년 6월 1일

친일 역적이 되레
큰소리치는 해괴한 정치판

　통합을 하잔다. 민주당과 열린당이 통합을 해야만 수구 세력인 한나라당을 이길 수 있고 또 모두가 살 수 있는 길이란다. 한나라당을 향해 서로 정체성이 엇비슷하니 대연정하자고 구걸하던 자들의 입에서 나오는 볼멘소리다. 이제 송장이 다되긴 된 모양이다.

　생각해 볼 일이다. 어떤 마음씨 착한 여인이 별반 없는 놈을 서방으로 맞이해서 온갖 헌신을 마다하며 뒷바라지해서 출세시켰다. 그랬더니 어느 날 그 서방이란 놈이 집문서와 땅문서는 물론이고, 온갖 패물과 현금까지 한꺼번에 들고 다른 여자와 딴 살림을 차렸다.

　그도 모자라 멀쩡한 아내를 향해선 별의별 악다구니를 퍼부으며 핍박했을 뿐만 아니라 심지어는 빚까지 떠안겨 놓았다. 그리고 남은 처자식들을 향해선 걸핏하면 누명을 씌워 옥살이를 시키거나 또는 그런 억울함을 견디다 못해 자살케 만들었다.

　그로부터 이제 몇 년의 세월이 흘렀다. 피눈물 나는 인고의 날을 딛고 아내는 다소 안정을 되찾았다. 이에 반해 서방이란 작자는 첩에게 몸도 돈도 다 빼앗긴 채 알거지가 되었다. 더 가관인 것은 그의 이웃들로부터 절대불신이란 회생불능의 병까지 얻게 된 처지로 전락했다.

　더 생각해 볼 일이다. 친일파들이 침략자 일본의 총칼을 등에 업고 같은 동족을 무지막지하게 때려잡은 사실을 우리는 역사를 통해 익히 알고 있다. 조국의 독립을 위해 자기희생을 마다하지 않던 독립 운동가들을 향해 모진 고문과 살육행위를 일삼았음을 말이다.

그런데 해방이 되자 이번엔 서로 뭉쳐야만 일본을 이길 수 있다며 추악하기 짝이 없는 입놀림을 해댄다. 그리고는 또 다시 독립 운동가들을 향해 빨갱이란 색깔을 덧씌워 악랄하게 유린한다. 오직 힘이 되는 쪽으로만 붙어서 온갖 추악한 짓을 서슴없이 자행한 버러지들이다.

그리고 그 대가로 친일파들은 해방 정국에서 떵떵거리며 대대손손 부와 권력을 독점하게 된다. 오히려 독립 운동가들만 가난과 헐벗음은 물론이요, 자손들마저 사회적 약자로 내몰리는 수난을 겪게 된다. 참으로 있을 수 없는 해괴한 일이 한국의 근현대사에 얼룩져 물든다.

정치권에서 통합 논의가 한창이다. 이 와중에서 어떤 이들은 말한다. 지난 97년 대선에서 DJP 연합을 통해 정권을 창출한 것과 같이, 이번에도 그렇게 가야 한다는 주장이다. 즉 노무현 대통령을 비롯한 제 세력을 포함해 민주당이 함께 가야만 한나라당을 이길 수 있다는 것이다.

그런데 과연 그런 기대가 옳은 것일까? 그리고 또 실현 가능한 일일까? 혹여 그렇게 믿는다면 착각도 그런 큰 착각은 없을 것이다. 이는 군부 종식 15년이 되는 오늘날에도 민주-반민주로만 정치구도를 규정하면 그게 국민들 사이에서 통할 것이라는 오산에서 연유한다.

물론 97년 당시에는 DJP 연합이 적절한 상황 판단이었다. 그 전에 대통령을 역임한 김영삼은 군부 독재에 투항한 사람으로 각인되었다. 여기에 DJ 대통령 만들기에 한을 품고 있던 호남대중의 적극적 지지와 그리고 수도권을 비롯한 진보적 유권자들의 암묵적 동의가 있었다.

즉 김종필을 통한 충청표를 얻지 못하고서는 한나라당에게 연이어 정권이 넘어 갈 수밖에 없다는 이른바 반 한나라당 성향의 현실 인식이 DJP 연합을 추인해 줌으로써 얻을 수 있었던 결과다. 그리고 그로 인해 수평적 정권 교체라는 쾌거를 이룬 것 또한 사실이다.

그러나 지금의 정치 지형은 사뭇 다른 양상을 띠고 있다. DJ와 노무현 대통령을 연거푸 당선시킴으로서 민주-반민주라는 정치구도가 상당 부분 희석된 상태다. 여기에 노무현 대통령과 그 아류들의 온갖 사이비 개혁놀이에 의한 국민적 식상함과 분노는 가히 폭발 일보직전이다.

따라서 통합이 된다한들 호남에서야 울며 겨자 먹기로 동의해 줄 수 있을지 모르지만 그러나 수도권을 비롯한 기타 지역에서는 이에 대해 매우 조소 섞인 반응이다. 그리고 호남 역시 이러한 구역질나는 정치판에 대고 예전과 같은 몰표를 결코 몰아주지 않으리란 점이다.

결국 작금의 이 총체적 난국에 대해 누군가는 책임지는 사람이 있어야만 한다는 결론에 이르게 된다. 그리고 그들을 확실히 밟고 서야만 싸늘히 돌아선 부동층이 관심을 갖고 지지를 보낼 수 있게 된다. 이것이 현재 나타나고 있는 숨길 수 없는 대체적 국민 정서다.

이렇듯 너무나 단순한 셈법을 모르쇠한 채, 오직 몇몇 정치 장사치들의 명줄 연장을 위해 대통합이니 뭐니 하며 훤히 속보이는 꼼수를 부린다면 모두가 공멸할 수밖에 없게 된다. 또한 이러한 작태로 어찌 다음 선거에서 국민을 향해 표를 호소할 수 있겠는가.

어떤 원칙도 없고, 정의로움도 없고, 그저 가당치도 않은 정치권력만 탐해선 아니 될 말이다. 이는 선거 전략에 있어서도 하수 가운데 최하수일 뿐이다. 노무현 대통령과 열린당 색채가 강한 자들은 그저 조용히 죽어 지내면 족할 일이다. 그나마 서로를 위해 유익한 일이 되겠다.

그런데도 자신들의 잘못에 대한 반성은 전무한 채, 그저 또 다시 무임승차하겠다는 야바위 행각을 일삼는다면 추악한 짓이다. 그리고 무엇보다 이런 젖비린내 나는 정치판에 더는 장미꽃을 갖다 바칠 정도로 우리 국민이 어리석지 않다는 점을 명심할 일이다.

2007년 6월 7일

창녀정치, 봇짐정치,
국민이 봉인가?

지난 날 한나라당 안에서 갖은 정치적 영화를 누리며, 민족문제의 진일보한 가치로 평가되는 햇볕정책은 물론이고 또한 사사건건 민주당 헐뜯기에 여념이 없었던 손학규 씨가 어느 날 갑자기 햇볕정책 전도사 역을 자임하고 나섰다.

그 이유야 삼척동자도 다 알다시피, 한나라당 내의 대선 경선에서 이명박 씨와 박근혜 씨에 비해 도무지 만회하기 힘들 정도의 수치로 밀리게 되자 그간 자신이 몸담으며 온갖 영화를 누리던 정당에서 봇짐을 싼 후에 내뱉는 졸렬한 호객행위에 다름 아니다.

이는 비단 손학규 씨만의 문제가 아니다. 자신들의 정치적 토양이자 자양이 되었던 민주당을 이루 헤아릴 수 없는 막말로 왜곡하고 폄하하며 짓찢어 놓은 정치적 훌리건들과 그리고 철따라 이곳저곳으로 떠도는 철새들의 집합체가 열린당이다.

이의 교집합이라 할 수 있는 중심축에는 집권 여당의 당의장을 비롯하여 장관을 지낸 정동영 씨와 김근태 씨가 자리하고 있다. 아울러 노무현 대통령의 최측근이자 장관을 지낸 유시민 씨와 김두관 씨 역시 적잖은 지분을 소유하고 있다.

문제는 이들의 낯짝 두꺼움과 파렴치성이다. 권력을 독점하기 위해 민주당을 망신창이로 짓밟으며 그 피비린내 나는 도륙의 칼춤을 추던 때가 바로 몇 해 전의 일이다. 그런데 이젠 그들이 주도해 만든 열린당을 뜯어 먹을 것 다 뜯어 먹었다는 식으로 내팽개치며 자신은 무관하다는 듯이 손사래를 친다.

어제까지만 해도 서로 목숨을 함께 할 것처럼 하던 그 당사자들 간에 지금은 손가락질을 비롯해 막말까지 해대며 좌충우돌해대는 참으로 해괴한 상황이 벌어지고 있다.

서민과 중산층을 팔아 얻은 대가로 한때는 국회 과반 이상 의석을 확보하며 천하를 호령할 듯 기세등등하던 그들이다. 그러나 불과 몇 년의 시간이 지난 지금, 만천하에 드러난 사기개혁 짓을 비롯하여 세간에서 회자되는 이루 형용하기 어려운 무능의 대명사로 자리매김 되고 있다.

중산층은 몰락하고 서민의 삶은 극빈층으로 내 몰린지 오래이며, 젊은 사회 초년생들이 자신의 꿈을 펼칠 기회조차 원천봉쇄 당한 채 마냥 나라를 원망하는 슬픈 현실을 목도하고 있다. 이는 각종 통계 지표를 통해 부인할 수 없는 사실로 잘 입증되고 있다.

인접한 일본은 그간의 침체된 경제 터널을 뚫고나와 대호황을 구가하고 있다. 비정규직의 대대적인 정규직 전환은 물론이고 심지어는 정년까지 연장하고 있는 판국이다. 중국 역시 신기술 개발을 비롯한 무서운 성장세로 우리 경제를 압박하고 있다.

그런데도 책임 있게 말하고 처신해야 할 우리 정치 지도자들은 오로지 권력 움켜쥐기에만 혈안이 된 채 별의별 창녀 짓을 마다하지 않고 있다. 이래서는 결단코 나라의 미래가 없다. 사술이 만연하고 또 그것이 득세하는 땅에서는 국가적 패퇴와 쓰라린 눈물만이 주검으로 휘돌아다닐 뿐이다.

대선을 앞두고 통합 논의가 점입가경으로 치닫고 있다. 한나라당 탈레반 출신 손학규 씨와, 민주당을 풍지박살 낸 데 이어 자신의 손으로 만든 열린당 마저 깨부순 정동영 씨가 대국민 호객꾼으로 나서고 있다.

여기에 김근태 씨가 뚜쟁이 역할을 자처하고 있다.

이를테면 봇짐장수와 정치창녀들과의 야합인 셈이다. 그런데 더욱 가관인 것은 참여정부와 함께 무한 연대책임을 지고 있는 그 직접 당사자들이 그저 노무현 씨 한 사람만 집중 몰매를 때린다 하여 자신들의 행각이 면피될 수 있으리라 여기는 도덕 불감증이다.

경고하거니와 그들이 짐승이 아닌 인간으로서의 대우를 받기 원한다면, 적어도 집권 여당인 열린당의 당의장을 비롯해 노무현 정권의 장관까지 지냈음을 자각해야 한다. 또한 고통 받는 이들의 피눈물을 유린한 채 자신들의 정치적 이해득실에만 혈안이 되었던 그 결과에 대해 보다 책임 있는 자세를 보여줘야 하는 것이다.

그런데도 불구하고 날로 치솟는 국민적 불신을 희석시키기 위해 대통합이니 뭐니 하며 훤히 속보이는 꼼수 짓을 해댄다면 이를 지켜보는 국민의 심경은 천불이 날 뿐이란 사실을 깨달아야 한다.

물론 우리 정치가 양당체제를 갖추는 것에 대해서는 크게 이의를 제기할 생각이 없다. 이를 위한 한 방편으로서의 통합논의에 대해서도 이해할 수 있는 대목이다. 그러나 이미 국민적 심판을 받고 몰락한 인사들이 전면에 나서 설친대서야 어디 국민적 감흥이 일겠는가.

다만 일관되게 반노반한의 길을 걸어 온 민주당과 그 자원들이 앞장서 통합 정국을 주도할 때라야만 명분이 서게 되는 것이며, 아울러 국민적 관심과 지지를 호소할 수 있는 당위성을 마련하게 되는 것이다. 그래야만 국민적 감동으로 자연스레 연결될 수 있음은 물론이다.

거듭 주문하거니와 나서야 할 때와 물러서야 할 때를 구분할 수 있어야 한다. 그리고 무엇이 보다 당당하고 떳떳한 길인가를 결단할 수 있어야 한다. 정체성이 모호한 봇짐장수 또는 신의를 헌신짝 버리듯 하는 이들이 악다구니를 해대서는 절대 이번 대선에서 가망이 없다.

그런지라 민주당과 그 적통을 잇고 있는 이들이 통합논의를 주도할 수 있을 때 국민적 공감대 형성은 물론이고 승리를 향한 희미한 단초라도 마련할 수 있게 되는 것이다. 이는 비단 정치 공학적인 측면을 떠나 우리 정치 발전에 있어서도 반드시 유익이 되는 까닭이다.

2007년 7월 16일

DJ라 할지라도 사악한 자 편에
서면 필망 면치 못해

명분을 잃게 되면 천하의 제왕이라 할지라도 그 위상이 추락하게 된다. 근래 DJ의 행보를 두고서 터져 나오는 세간의 따끔한 지적이다. 이는 호남 내에서조차 그 비판의 강도가 날로 비등해지고 있다는 데 그 심각성은 더한다.

지난 17대 총선 이후 일단의 열린당 의원이 DJ를 찾은 바 있다. 그 자리에서 DJ가 말하기를 "총선에서 열린당 후보를 찍었다"라는 뉘앙스의 발언을 한 바 있다. 몇몇 정치 조무래기들에 대한 덕담이겠거니 생각하며 치솟는 울분을 애써 참았을 이들이 닳을 것이다.

주지하는 바와 같이 노무현 정권 들어서기 무섭게 DJ가 그 자신의 임기 내내 심혈을 기울여 추진했던 햇볕정책을 난도질함으로써 민족문제에 심각한 퇴행을 초래했다. 그런가하견 DJ의 팔 다리가 되어 주었던 이들이 억울한 누명을 쓰고 줄줄이 감옥행을 당한 바 있다. 그러나 이러한 와중에서도 DJ의 처신은 참으로 안타까운 것의 연속이었다.

민주당이 두 동강 날 때는 아무런 발언도 하지 않은 채 집안 문을 꼭꼭 걸어 잠그고선 숨어버린 DJ였다. 노무현이 한나라당과의 대연정이니 뭐니 하며 구걸질 할 때도, 다수 열린당 의원도 그러했지만 DJ 역시 그에 대해 침묵으로 일관했다.

사실 그간 DJ를 진정어린 시선으로 아끼고 또 지켜 준 정당과 그 지지자들을 들라 한다면 당연히 민주당과 그 구성원들이었음을 숨길 수 없다. 그럼에도 불구하고 어찌된 영문인지 민주당에 대한 DJ의 태도는 지극히 실망스런 처신뿐이었다.

그런데 더더욱 이해하기 어려운 것은, 어떤 정치적 사안에 대해 DJ 자신이 손 벌릴 일이 생기면 꼭 민주당을 향한다는 점이다. 이는 민주당과 호남을 자신의 들러리쯤으로 인식하고 있다는 단적인 반증에 지나지 않는다.

지난 무안·신안 지역 보궐선거를 돌이켜 보자. 지역민의 반대가 과반을 웃돌고 있음에도 불구하고 자신의 둘째 아들을 출마시키는 강수를 둔다. 아들에게 국회의원 자리는 안겨 주었을지 모를 일이지만 그러나 자신에 대한 지지기반의 붕괴가 상당 부분 진행되고 말았다. 바로 국민적 신망을 잃게 된 것이다.

물론 국민의 정부 5년을 거치면서, 그간 적체되었던 인사 문제에 있어서는 해갈된 측면이 있다. 그러나 지역 예산문제를 비롯한 경제적 측면에서는 호남이 오히려 역차별을 당했음을 기억할 일이다. 도대체 호남이 무슨 천형의 땅이라도 된다는 말인지 서글픈 마음 금할 길이 없다.

최근에는 국가를 나락의 구렁텅이로 몰아넣은 노무현 대통령을 비롯한 그 정치적 사생아들과 함께 묻지 마 통합을 하라고 민주당을 향해 아예 내 놓고 종용한다. 노무현 정권과 열린당을 향한 국민적 불신과 적개심이 어느 정도인지를 뻔히 알고 있을 터인데도 말이다.

이래서는 안 된다. 자신의 잇속만을 좇아 아무렇지도 않게 정당을 쪼개고 만드는 일이 반복되는 3류 정치가 지속되어서는 결단코 아니 될 말이다. 이는 국민을 기만하고서도, 또 이런저런 쇼만 거창하게 한 탓하고 나면 된다는 썩어빠진 근성을 심어주게 되는 까닭이다. 그리고 그러한 잘못된 정치적 악순환의 고리가 연이어 계속됨으로써 국가적 손실과 국민적 폐해만 극심해지는 연유에서다.

DJ의 위상이 세워지게 된 것은, 그가 지난 날 혹독한 군사정권의 온갖 위협 앞에서도 자신의 민주주의에 대한 신념을 꿋꿋하게 지켜나간 때문이다. 바로 그 정신의 산물인 셈이다. 그리고 DJ가 대통령이 된 이후엔 민족애에 기반을 둔 깊은 통찰력과 혜안으로 햇볕정책을 추진한 것에 대한 아낌없는 박수인 것이다.

그런 그가 근래엔 호남에서조차 극렬한 비판의 대상이 되고 있다. 그간 존경해 오던 DJ라 할지라도 그의 잘못된 처신에 대해서는 단호히 아니라고 말하고 있는 것이다. 바로 그것이 호남의 자존을 지키고 또 DJ 자신의 명예를 온전히 지키는 길이라 여기기 때문이다.

이를 통해 결코 호남은 DJ 한 사람만을 위한 봉이 아니란 사실을 입증하고 있다. 호남은 민족의 평화 협력을 통한 통일 지향적 가치를 신봉하며, 각자의 다양성을 존중하는 가운데 민주주의적 가치를 따르고, 또 불의 앞에서는 그 어떤 회유와 위협 앞에서도 굴하지 않는 올곧은 정신을 목숨처럼 아는 까닭이다.

바로 이것이 광주 정신으로 대변되는 그리고 오늘 날 비록 미진하지만 민주주의의 기틀을 마련한 시간적 공간적 토대가 바로 호남인 것이다. 이런 호남을 향해 그 누구라 할지라도 거짓됨을 강요해선 아니 될 말이다. 천하의 DJ마저도 사악한 자의 편에 서면 결코 그 위상이 온전치 못하게 됨을 깨달을 일이다.

2007년 7월 22일

선한
사마리아인이 되어야

한나라당 이명박 대선 후보의 종교가 개신교다. 그 직분은 장로로, 목사를 도와 교회를 감독하고 또 치리를 담당하는 당회 구성원이다. 즉 교회 안에서 목사와 장로들만 회합할 수 있는 기구의 일원으로서 목사 다음가는 지도자인 셈이다. 따라서 신앙적으로나 도덕적으로 교회의 모범이 되어야 함은 물론이고 이교도 사이에서도 존경의 대상이 될 수 있어야 한다.

그런 그가 오히려 교인들 사이에서조차 지탄의 대명사로 손가락질 받고 있다. 탈세를 목적으로 자기 자식을 자신 소유의 빌딩에 위장 취업시킨 것을 비롯하여, 막대한 재산가임에도 불구하고 건강보험료로 고작 1만 원대만 납부했다고 하면 그 부도덕성에 심각한 의구심을 갖지 않을 수 없다.

이런 사람이 향후 국가의 미래를 이끌어 갈 대통령이 되겠다고 나서고 있는 판국이니 자조 섞인 장탄식이 절로 새어나오는 요즘이다. 도대체 무슨 염치로 국민 일반을 향해서는 탈세와 같은 반사회적 행위를 근절할 수 있겠는가? 국가적 영이 서지 않게 되는 것은 물론이고 전 국민적 조롱거리로 전락될 것임이 분명하다.

예수의 공생애 때 일화다. 온갖 불법과 탈법을 일삼으며 가난한 자들을 유린하고 또 헛된 것을 가르치던 당시 유태인 사회의 고급 지도자들을 향해 "너희는 사탄, 마귀, 독사의 새끼들"이라고 꾸짖던 예수의 눈물을 보아야 할 일이다. 한나라당 이명박 다선 후보가 개신교 신자이며 또 장로인 것으로 널리 알려져 있기에 하는 말이다.

그와 관련된 항간의 의혹이 사실이라면 이런 경우에 해당된다. 즉 그가 건강보험료를 터무니없이 적게 낼 때 그리고 온갖 탈세를 일삼으며 빌딩을 비롯한 이곳저곳에 땅을 사고 있을 때 다수 서민은 그들의 굶주린 쌈짓돈으로 부족한 국고를 채운 셈이다.

거짓은 또 다른 거짓을 낳는다고 하였던가? 요즘 이명박 후보 캠프에서 나오는 여러 구차한 변명을 보노라면 마치 거짓말이 습관화 된 사람들의 집합체로만 여겨진다. 온갖 거짓과 위선으로 치장한들 그것이 영속할 수 있으리라 여기는 것은 실로 어리석고 무모한 짓이다. 무책임한 거짓말이 어디까지 갈 수 있을 것인지 지켜 볼 일이다.

2007년 12월 2일

盧 대통령에 대한
증오심이 부른 대선 결과

과반에 근접한 수치를 보이며 한나라당 이명박 후보가 제 17대 대통령에 당선되었다. 이에 반해 집권당 정동영 후보는 고작 1/4을 조금 웃도는 득표율에 그치고 말았다. 48.7%대 26.1%란 충격적인 격차를 보이며 집권당의 처참한 패배로 막을 내렸다.

정동영 후보의 참패는 이미 예고된 바나 다름없었다. 입으로는 허구한 날 서민대중을 팔면서도 정작 실천에 있어서는 오히려 서민 등골 뽑아 먹기에 여념이 없었다. 참여정부를 표방하였건만 그러나 자신들과 조금이라도 다른 세력에 대해서는 별의별 부당한 잣대를 들이대며 없는 죄까지 뒤집어씌우는 사악한 짓을 마다하지 않았다. 심지어 입바른 소리하는 일반 네티즌에 대해서까지 줄줄이 오랏줄로 묶었으니 이미 볼 일 다 본 상태였다. 그뿐 아니다. 구호처럼 울리는 개혁타령에 귀가 따가울 정도였지만 어찌된 것이 구태정치는 한 치도 개선되지 않았으며 깨끗한 정치 역시 여전히 멀게만 느껴진다.

노무현 정권 5년여 동안 3배 이상 오른 수도권 아파트값은 가히 충격적인 기록이다. 또한 날로 늘고 있는 비정규직 근로자를 비롯해 서민생활과 직결되는 각종 세금부담의 증가는 그대로 경제적 약자의 생활상을 무겁게 압박하고 있다. 여기에 심각한 규모의 청년실업은 사회불안의 또 다른 축으로 작동하고 있는 실정이다.

이렇듯 온갖 사이비 개혁놀이에 그 심신이 지칠 대로 지친 다수 국민은 끝 모를 절망에 깊게 병들어 갔다. 그리고 마침내 그 절망의 곳간 여기저기에 폭발일로의 증오심 또한 차곡차곡 쌓아갔던 것이다. 물론 부동산 부자에게는 한없는 불로소득을 안겨 준지라 표정관리하기에 꽤나 신경 쓰였겠지만 말이다.

문제는 또 있다. 노무현 정권의 국정난맥과 서민생활 파탄에 대해 대통령과 함께 무한 연대책임을 져야 할 그 직접 당사자가 바로 정동영 후보다. 집권당 의장을 비롯하여 장관까지 지냈으며 당내 지분 또한 가장 많이 보유하고 있는 까닭이다. 그런 그가 진정어린 반성은 전무한 채 또 뭘 하겠다며 뻔뻔하게 나서서 표를 구걸하니 그게 통할 리 만무했던 것이다. TV를 보는 유권자의 울화통만 치밀어 오르게 하고 말았다.

사정이 이렇다보니 집권당 후보의 입에서 나오는 그 무슨 소리도 모두가 공허하게만 들릴 뿐이었다. 선거 전략 또한 민주와 반민주 식의 닳고 낡아빠진 구도로 몰고 갔으니 양식 있는 유권자라면 그저 코웃음만 나오는 상황이었다. 오로지 권력다툼 그 이상도 이하도 아닌 것으로 비춰졌던 것이다.

여기에 선거 의제 설정에 있어서드 완전히 실패했다. 한나라당 이명박 후보 측에선 작금의 경제적 어려움에 봉착한 국민 정서를 충분히 읽고 잘 대처했다. 이를테면 경제회생을 비롯한 실업해소 그리고 누구나 성공할 수 있다는 희망의 전령으로 각인되는 데 반해 정동영 후보의 경우에는 지난 노무현 후보의 대통령 당선 때와 유사한 전략을 구사함으로써 국민적 식상함만 가중시켰다.

그런지라 한나라당 이명박 후보의 크고 작은 도덕적 하자에도 불구하고 이번 대선에서 그가 압승을 거둔 것은 어쩌면 당연시 읽히는 대목이다. 막판 터진 이명박 후보의 BBK 관련 광운대 특강 동영상 탓에 그나마 애초 예상 득표율에 비해 4% 안팎 가량 낮게 나온 측면도 있다.

그러나 이명박, 정동영 두 정치인에 대한 대체적 민의는 크게 다르지 않은 것 같다. 어차피 그 밥에 그 나물이라는 식이다. 그렇다면 차라리 뭔가 능력 있게 보이는 후보에게 표를 던짐으로써 지난 5년여 동안 서민대중을 기만한 세력에 대해 냉혹한 심판을 가했다고 보는 게 보다 정확한 민심의 향배일 것이다.

하기야 오죽했으면 어느 외신에선 개를 빗대어 집권 여당의 무능을 꼬집었겠는가. 부끄럽고 또 부끄러운 일이 아닐 수 없다. 이는 다시 말해 이명박 당선자 또한 대통령 자리를 그저 주웠다고 해도 결코 과언이 아니라는 뜻이다. 이래저래 씁쓰레한 대선 결과다.

2007년 12월 22일

정성태 정치 칼럼집

창녀정치 봇짐정치

2008년 02월 25일 초판인쇄
2008년 02월 29일 초판발행

지은이 : 정 성 태
펴낸이 : 이 혜 숙
펴낸곳 : 도서출판 신세림
100-015 서울특별시 중구 충무로5가 19-9 부성B/D 702호
등록일 : 1991. 12. 24
등록번호 : 제2-1298호
전화 : 02-2264-1972
팩스 : 02-2264-1973
E-mail : shinselim@chollian.net

정가 10,000원

ISBN 89-5800-066-X, 03810

* 잘못된 책은 구입하신 서점에서 바꾸어 드립니다.